しんじゅくはなぞのうら

新宿花園裏交番 ナイトシフト

香納諒一

祥伝社文庫

目次

一章　夜の訪れ

1

「なんだか未来都市にいるみたいですね」

同じ花園裏交番勤務のシフト中、唯一の後輩である内藤章助が言った。

「未来都市か……」

坂下浩介は、口の中でつぶやくように応じた。

四谷中央署管轄の新宿花園裏交番で勤務に就いてから、今年で三年。こんな新宿の街を目にするのは初めてだった。新型コロナの感染者が増えるにしたがって街から少しずつ人が減り、ついには緊急事態宣言の発令によって、大概の飲食店が店を閉めてしまった。オフィスビルには明かりこそあれ、出勤と退社の時間帯に当たる朝夕以外には人の出入りがほとんどなく、誰もが建物の中でじっと息を殺しているように感じられた。

そして、仕事を終えた人々が新宿を去る日暮れ以降の時間に至っては、街全体がいよいよ人けがなくなり、SFの世界に紛れ込んだかのようなのだ。新宿通り、靖国通り、明治通りといった、ありとあらゆる大通りから車が消え、田舎の農道ぐらいの頻度で、主にタクシーが通過するくらいだ。歩行者が誰もいない歩道がだだっ広く、そして、信号や街灯がやけに無機質で明るく感じられるだけの味気ない世界……。今日もまたじきに、そんな夜が始まろうとしていた。

しかし、交番勤務のあわただしさは、何があろうと変わらない。いや、むしろ負担が増している。人が減ってしまった分、店舗やオフィスを狙った窃盗事件が増えているのが現実だった。犯罪を抑止するため、今までよりもむしろパトロールの回数を増やす必要があったし、人けのない建物に何か不自然な様子がないか、細かく注意を払いつづけるようにと命じられていた。おのずとひとりひとりの疲労がたまるが、そんなことでめげてはいられないのが浩介たち制服警官の仕事だ。

「おい、とまれ。人だぞ！」

浩介は、あわてて章助を呼びとめた。

路地に面した雑居ビルの出入り口から、グレーの制服を着てマスクをした宅配業者がふたり、見慣れた宅配便の箱を持って自転車の前に飛び出して来たのだ。

急ブレーキをかけるも、前輪に迫られ、宅配業者たちはあたふたと飛び退いた。片方は小さな箱をふたつ重ねて持ち、もうひとりは大きな箱を両手で抱えていて、それらをそろって取り落としそうになった。

「あ、すみません。大丈夫ですか？」

詫びながら自転車を降りようとする浩介たちを、ふたりは押しとどめるようにした。「大丈夫です」「大丈夫ですから」と口々に告げ、ちょっと先に停めたミニバンへと急いだ。

小柄なほうは、宅配業者にしては珍しいロングヘアで、しかもかなり明るい茶色に染めていた。のっぽのほうは目鼻立ちも髪型も極めて平凡、見た傍から忘れてしまいそうな男だったが、耳だけはすごく立派でそれが印象に残った。幅も厚みもどっしりとした耳だった。

ふたりはミニバンのリアゲートを開けて宅配便の箱をそこに戻し、運転席と助手席に納まって走り出した。

緊急事態宣言にともない、不要不急の外出を控えるようにと盛んに呼びかけているために宅配でものを注文する人間が増え、見るからに忙しそうだった。

浩介たちも先を急ぐことにして、ペダルをこぐ足に力を込めた。無線連絡で指示を受けた場所へと向かう途中なのだ。

目的の場所が近づくと、路地の先に女性が立ってきょろきょろしていた。眼鏡をかけた、丸顔の小柄な人だった。年齢は三十代の半ばぐらい。袖をまくり上げたシャツを着てエプロンをかけ、髪を後ろで結んでいる。走って来る浩介たちに気づくと、伸び上がるようにして手を振った。

「おまわりさん。こっちです、こっちこっち。早く来てください。お願いします！」

だが、そう声を上げたくせに、浩介たちが自転車で近づくと今度は両手を前方に突き出してとめた。

「あっ、そこ、気をつけて！　上にいますので！」

浩介たちは顔を見合わせ、自転車の速度を落として上空を見上げた。大きなカラスが一羽、電線にとまってこちらを見下ろしていた。太陽が路地の先に傾きはじめており、地上はすでに翳っていたが、カラスはその黒々とした体に名残りの日差しを浴びて光っていた。

浩介は片足を地面についてとまって帽子をかぶり直し、いつでも抜き取れるようにと腰の警棒を確かめてから、改めて自転車のペダルをこいだ。いつ来るか、いつ襲って来るかと警戒していたが、幸いに何事も起こらず、章助とふたりしてその女性のもとにたどり着いた。

「ああ、来てくださってよかった。ちょっと前にも、三歳の女の子とお母さんが襲われそうになったんですよ」

　女性は早口でまくし立て、マスクの隙間から漏れる息で眼鏡が曇った。

「あっちにも一羽いるんです」と再び指す先には、ゴシック風石造りによる昭和の遺物的なビルがあり、その屋上の手すりに別のカラスがとまっていた。

「たぶんあのビルの上に巣があるんです。周囲を自分の縄張りと思ってるみたいで、前の道を通る人に対して威嚇して来ます」

「なるほど……。いつからなんですか？」

　浩介が訊いた。ビルは五階建てで、その上が屋上になっているようだった。

「ええと、四、五日になるかしら。様子を見てたんですけれど、全然よくならないので、一昨日、堪りかねて役所に連絡したんです。でも、今はほら、コロナでてんてこ舞いみたいで……。担当者から連絡を寄越すって言われたんですけれど、結局、今日になってもまだナシの礫です。だけど、おまわりさん、環境対策課って、コロナは関係ないですよね——。それとも、役所は全部、コロナ対策に駆り出されているんでしょうか」

「う〜ん。自分たちには、役所のことはなんとも」

　そう言葉を濁すしかなかった。

「前にも、こういうことがあったんですか？」

「いいえ、初めてですよ。人が減ったのを知ってて、我が物顔になり出したんじゃないかしら。カラスって、すごく賢いって言いますでしょ」

「そうですね……。お隣のビルの持ち主に相談は？」

「いいえ、ちょっとそういうことは私たちには……」

「わかりました。立ち入って除去するとしたら、管理責任者の許可が必要ですし、今、上司のほうから区役所に確認を取っていますので、しばらくお待ちください」

「そうしていただけると助かります。あら、いけない。申し遅れました。私はこの《日の丸園》の園長をしております山根と申します。都からは、休園の要請が来てるのですけれど、ここを閉めてしまったら働けなくなる人が大勢いるので、つづけられる限りは頑張ろうって思ってるんです」

彼女はそう言いながら、エプロンのポケットから名刺を出して差し出した。新たな来園者などに渡すため、いつでもそこに入れているのだろう。

浩介たちが立つ前にも、隣と同じぐらいに老朽化の進んだビルが建っていた。一階と二階は学習塾だが、緊急事態宣言の影響で今は閉めていた。窓や壁に貼られた「合格実績」の数字が、薄闇に沈んでいる。三階と四階が保育園だが、四階の南側半分はルーフバルコニーで、建物は残りの半分だけだ。

三階部分の窓ガラスに、《二十四時間保育　日の丸園》と書かれてあった。

この施設は新宿でも数少ない、二十四時間保育が可能な保育園なのだ。夜遅くまで子供を預けなければならないような職種の親が子供を預けに来る。名刺にも「二十四時間保育」と目立つように刷り込まれている。彼女のフルネームは山根康子だった。

周囲はもっと高層の新しいビルに囲まれ、このふたつのビルだけが取り残されたような感じがする。

「なるほど、それは大変ですね。新宿花園裏交番の坂下です」「内藤です」と、浩介たちが順番に名乗り返す途中で、康子があわてて大声を上げた。

「あ、そこは危ないです。道の反対側を歩いてください」

五十男と三十過ぎぐらいのカップルが、肩を寄せ合って歩いていたが、そう注意を促されて足をとめた。訝しみ、事問いたげに周囲を見回す。

あっという間の出来事だった。羽を広げ、倍ぐらいの大きさになったカラスがカップルを目がけて鋭く切り込むように舞い降りると、女性の帽子を撥ね飛ばして空へと舞い上がった。帽子を足で盗もうとしてしくじったようにも、人間をからかう目的で頭から撥ね飛ばしたようにも見えた。

女性が大きな悲鳴を上げ、男が彼女を抱え込んで庇うも、カラスは上空で旋回し、再びふたりを狙って舞い降りてきた。

浩介たちは警棒を抜き、振り回しながら、大声で喚いて追い立てた。

だが、元の電線に悠々と戻ったカラスには、恐れをなしてどこかへ飛び去る気配はなく、小馬鹿にしたように「カア」「カア」と鳴いていた。肩を怒らせるみたいな仕草で羽を畳み直し、首のつけ根から上だけを広角に動かして辺りを睥睨する。

カップルの男のほうが、路上に落ちていた帽子をあわてて拾った。女性の体を庇うように抱き、口早に「ありがとうございました」と礼を述べて遠ざかる。雰囲気からすると、今はブティックホテルとかファッションホテルと名を変えたどこかのラブホテルでしけこんでいたか、これからしけこむところのようだった。

この保育園は大久保通りより少し新宿寄りの路地にあって、さらに新宿寄りにはいわゆるラブホテル街が広がり、新大久保駅の方角はコリアンタウンにつづいている。駅でいうと地下鉄の東新宿駅が最寄りだ。周辺にも飲み屋やバーが存在し、保育の環境としては決して良好とはいえないのだろうが、そんなことを考慮していてはこの街で子供を預ける場所を確保するのは難しいのだ。

「あんなふうなんですよ。憎ったらしいったらありゃしません。ほら、こっちの様子を窺ってるんです」

カラスは、そう言って指差す康子や浩介たちを、相変わらず小馬鹿にしたように見下ろしていた。黒い小さな目がどこを見ているのか正確に判断することは難しく、なんだか睨まれているようにも感じられてならない。

「確かに危ないですね。これは早く何とかしないと」

浩介は無線を革帯から引き抜き、イヤフォンを耳に突っ込んで所属の花園裏交番に連絡を入れた。こうして傍に民間人がいる場合には、必ずイヤフォンを使用するのが決まりだった。

「こちら交番、重森」

班長の重森周作が無線に応じ、

「坂下です。保育園の前に着きました。確かに、危険です。今も自分たちが到着した途端、カラスが通りかかったカップルに襲いかかったところです」

浩介はそう報告し、

「現在確認されたカラスは二羽です。隣にやはり同じぐらいの高さのビルがあって、その屋上に巣を作ってるようです」

と、つけ加えた。

「区役所の環境対策課と連絡が取れた。対応が遅れてる理由がわかったぞ」

重森が言った。

「なんです、やっぱりコロナですか?」

「コロナの影響といやあ、これもそうなのかもな。街に人がいないので、あっちでもこっちでもカラスが我が物顔で縄張りを主張してるらしい。役所の環境対策課は、主に超音波発生装置でカラスを追っ払うんだが、あんまりあちこちに現われるので人員も機械も足りてない。しかも、人がいないのをわかっていて、一度追い払っても少しするとまた戻って来るそうだ」

「頭がいいですね……」

「オーナーには、俺から連絡する。保育園の園児たちに何かがあってからでは遅いから、手配ができたらビルに立ち入り、即座に処置をしてもらえるようにしよう」

「お願いします」

「おまえから、園にはそう話しておいてくれ。とにかく今夜はそのエリアによく注意しておくことにして、交代が行くまで片方が周囲をパトロールし、もう片方がそこを見張るんだ。園児に怪我がないように気をつけろ」

ここは本当は花園裏交番の管轄ではなく、東新宿署の管轄エリアだったが、最寄りの交番は別の事件で出払っていた。一一〇番通報があった場合には、近くをパトロールしている警察官の中から最短で駆けつけられる者が対応するのが決まりだ。それで浩介たちが駆けつけたのだが、少しすれば交代要員を、管轄の東新宿署が派遣してくれるだろう。

「了解しました」

浩介は無線を切り、その旨を康子に告げた。

「ですから、しばらくは我々のどちらか一方がここで見張りますので、どうぞ心配なさらないでください」

「それは助かりますわ。ありがとうございます。うちは夜遅くになってからも、お子さんを迎えに来る利用者が結構いるんです」

浩介は、改めて上空に目をやった。

「カラスの様子を確かめたいので、こちらのビルの屋上に昇らせてもらっても構わないですか？」

「もちろんです。様子を見ていただけたら助かります」

「それと、要らなくなったCDとかDVDのディスクはありませんか？」

「ええと、探せばあるかもしれませんが……、どうしてですか？」

「裏のきらきらした面に、マジックで色を塗ってぶら下げるんです。カラスは光るものは好きだけど、ぶら下げてあるとか、人為的なものを感じると警戒して寄りつかなくなるんですよ。ほんとかどうかわかりませんが、うちの田舎ではそう言われてるんです」

「そうですか。それじゃあ、スタッフで探してみます。園児に何か可愛らしい絵でも描いてもらおうかしら。——あらっ、でも可愛らしい絵じゃ、きっとカラスが逃げませんわね」

康子が軽口を叩き、口を押さえて笑った。

度が強そうに見える眼鏡のレンズの奥で、両目が細い線になったがすぐに真顔に戻り、保育園の出入り口に顔を向けた。

「あら、今度は何かしら……？」

2

浩介たちが注意を払っていると、言い争う声が大きくなり、女がふたり保育園の戸口から姿を現した。片方は逃げるような足取りで、もう一方がそれを追って逃がすまいとしているみたいだ。

「ちょっと待ってったら。まだ、話は終わってないでしょ」

追って来た女が言い、前の女の行く手に回り込んで立ち塞がった。

「私、もう行かないと時間ないよ。お店が開く時間。あなた、私をとめる権利ないわ」

「そのお店が問題なんでしょ。どうしてこういう状況なのに、協力してお店を閉めないんですか」

「お客さんがいるから、閉められないでしょ。あなたには関係ないよ」

「私は看護師で病院に勤めてると、さっきから説明してるじゃないの。もしも私や娘がこの保育園でコロナに感染したら、仕事に出られなくなるのよ。そうしたら、患者さんはどうなるの？　患者さんにうつしてしまう心配だってあるわ。考えればわかることでしょ」

片方は日本語の発音がどことなくたどたどしく、その発音からたぶん中国人だろうと察せられた。年齢は二十代の前半だろう。

もう一方は、なんとなく堅苦しそうな雰囲気で、どうやら看護師らしかった。背の高い女性で、しかも棒でも呑んだみたいに背筋をぴんと伸ばしている。相手よりも十歳ぐらい年上に見える。

「おふたりとも、落ち着いてください。静かに話し合いましょう」

山根康子がとめに入ると、女性たちは康子と一緒にいる制服警官に気がついた。

「ああ、おまわりさん。ちょうどいいところに来てくれました。緊急事態宣言が出てるっていうのに、この人、お店を閉めようとしないんです。信じられません。子供同士で感染したりしたら、いったいどうするつもりなのか……」

看護師の女性がまくし立てるが、中国人らしきほうだって負けてはいなかった。

「だから、あなた、そんなことを言う権利ないよ。それに、小ちゃい子はコロナがうつらないとテレビで言ってた。第一、子供を預けられなかったら働けない。大人が働けなかったら、子供が生きていけなくなる。そうでしょ」

「ちょっとちょっと。お願いですから、ふたりとも落ち着いてください――」

ふたりとも機関銃のような勢いで喋るものだから、なかなか口を差し挟む隙が見つからなかった浩介は、やっと割って入った。

「私、もう行く。お店忙しい」

中国人女性が言い、看護師が引き留めたが、「もう、放っておいて」と振り切って行ってしまった。

「いったい何て人なのかしら。もう私も行かないと……。それじゃあ、明日は母が迎えに来るので、お願いします」

残された看護師の女性もそう言って行きかけた。だが、何か思い出した様子ですぐに引き返して来て、

「園長先生。申し訳ないんですが、そのとき、この手紙を母に渡してもらえますか。娘について、色々と細かい注意点が書いてありますので」

なんだか改まった調子で言いながら、康子に白い封筒を差し出した。封筒には、印刷したみたいな几帳面な楷書体で、きちんと母親の名前が書いてあった。

「わかりました。それじゃあ、お預かりしておいて、お嬢さんを迎えにいらしたときに渡します」

康子は約束し、その手紙をエプロンのポケットに入れた。

「それじゃあ、よろしくお願いします」

背の高い女性は、丁寧に頭を下げて遠ざかった。速足で進むときでも、棒を呑んだように腰から上をぴんと伸ばした姿勢は変わらなかった。たぶん、職場でもいつもそうしているのだろう。

「若いほうはメイカさんといって、従妹夫婦がやってる店を手伝ってて、奥さんが手が離

せないときには時々ああしてお嬢さんを預けに来るんです。日本人のほうは、もうお察しかもしれませんが、看護師さんです。どちらも、三歳のお嬢さんを預けてるんですよ」

「時々、あんなふうに言い争いを……？」

「いいえ、あんなことは初めてなんですが、やっぱりコロナのせいでみんなカリカリしてるんじゃないでしょうか。それじゃあ、中へどうぞ」

「はい、ありがとうございます」

浩介はパトロールを内藤章助に任せ、山根康子に案内してもらって建物に入った。

一階の学習塾の隣に、ビルの奥へと伸びる通路があり、そこを入って四階へと昇った。

建物内部の印象は表よりもいっそう古めかしく、一基だけのエレヴェーターも運行速度が遅かった。

「本当は、できるだけ建物の一階が良かったんですけれど、新宿のエリアじゃあ、なかなかそんな物件もなくて……、そもそも、周囲にバーなどの飲み屋が少ない場所を探すだけで大変だったんです」

そんなことを言いながらエレヴェーターを降りた康子は、その後、「眠っている子もいるので、そっと入ってください」と、少し抑えた声で言いつつ四階のドアを開けた。

中は、靴を脱ぐ場所以外は全部フェルト張りの床で、今彼女が言ったように、数人の保育士に見守られながら幼子たちが眠っていた。

目を開けている子は、警察官の制服で入って来た浩介のほうに、きょとんとした顔を向けている。

脱いだ靴を両手に持った浩介は、花壇の縁を通るときみたいな気分で、眠っている幼子たちを万が一にも踏んでしまわないように気をつけて部屋を横切った。

康子がバルコニーに面した窓を開けてくれた。彼女はそこにあるサンダルを、浩介は自分の靴を履いてバルコニーに降りた。

バルコニーは二十畳ぐらいの広さがあり、やや縦長の長方形をしていた。表の通りは向かって右側で、ここからだと真正面に隣のビルが見えた。

ビルの手すりにとまったカラスが、こちらに首を向けていた。浩介と目が合うと、鳥類に独特な仕草で頭を左右に巡らせたが、そうしながらもずっと黒い目のどこかでこっちの様子を窺っているような感じがした。隣のビルのほうが一階分高いため、カラスから見下ろされる形だった。気分のいいものではなかった。

「気をつけてください。誰かが外に出ると、必ず威嚇してくるんです」

「そうしたら、私ひとりで行きますので、山根さんはここから動かないで。なんなら、部屋の中に入っていてください」

浩介は部屋の窓のところに立つ康子に告げ、その横の外壁に固定された鉄製の梯子に手をかけた。そこから点検のために屋上へ昇れるようになっている。チラッとカラスを振り向いてから、相手を刺激しないようにとゆっくり昇った。

　上に着き、中腰の姿勢で振り返ると、カラスは相変わらずこっちを見ていた。手すりにとまった一羽のほかに、その少し後ろにもう一羽いる。やっぱりつがいなのだろう。向こうのルーフバルコニーにはかつての家庭菜園の名残りで、木枠や煉瓦で造られた花壇がいくつか、荒れた感じの状態でほったらかされており、もう一羽のカラスのほうは、その花壇の際に置かれた土袋か何かに乗っていた。

　黄昏どき。物の境界線がみなあやふやになって、ぼんやりと溶け合っていく時刻だ。ちょっとの間に黄昏の光がいっそう弱まり、夜の闇が色濃く混じり始めていた。今日の勤めを終えつつある日の光の名残りで、わずかに青みがかった闇が正に色濃くなろうとしている。

　下の通りの街灯に明かりが灯り、周囲の高層ビルの窓にもいつしか明かりが見えた。

「大丈夫ですか、おまわりさん」

　下から康子の声がした。彼女は窓から顔だけ出して、恐る恐るこっちを見上げていた。

「大丈夫です。危ないから、顔を出さないでください」

　浩介はふと頭の片隅に違和感を覚え、隣のビルのカラスへと顔を戻した。手すりにとまったほうではなく、その後ろのもう一羽を凝視した。

　あのカラスは、何に乗っているのだろう……。

コンクリートの床付近はすでに闇が濃く、しかも花壇の暗がりにもなっているためによく見えなかった。しかし、それは土袋ではないような気がした。

我知れず、背中がざわっとした。

眉間にしわを寄せて凝視すると、それが人の形を取ったような気がし――、

「わ……」

浩介は思わず声を漏らして尻餅をついた。

「おまわりさん、どうかしましたか……。様子はどうです……？」

下からまた康子の声がしたが、しばらくは何も答えられなかった。

カラスが乗っているのは土袋なんかじゃない。死体なのだ。

3

内藤章助は、ひとりで夜の街を巡回しながら解放感を味わっていた。

坂下浩介とは一期違いだが、向こうは大学を出てから二年間いわゆる一般企業に勤め、その後、警察学校に入ったので、高校を卒業後すぐに警察学校に入った章助とは、年齢的には六、七歳違った。

面倒見がよくて、頼れる兄貴のような存在なのだが、どうもその点が窮屈なのだ。お

堅いばかりじゃなく、普通に冗談も言えば、ときには抜けているところもある先輩だった。酒を飲みに連れていってもらったときなどは、一緒になって思いきりはめを外したこともある。だが、最近ではやっぱり息が詰まる。なんとなくあの先輩といると、自分がとてもちっぽけに思えてならなかった。自分のような人間など、警察官にならなければよかったのではないかという気がしてしまう……。

（そうだ、俺など警察官にならなけりゃよかったんだ……）

最近、なんとなく気がついた……。何も坂下浩介のせいじゃなく、これは自分自身が原因なのかもしれない。

しかし、意地でも警察官を辞めるわけにはいかなかった。

「おまえは何をやっても長続きしないんだ」

という父親の声が聞こえる気がする。ソロバン塾に始まって、少年野球チームも、そして、中学のサッカー部も、なにもかも途中で投げ出してしまった。

もっとも、投げ出したというのはすべて父親の言い分で、章助には章助なりの考えがあった。ソロバンじゃなくコンピューターの時代だというのは小学生にだってわかったし、少年野球チームを抜けたのは、たまたま監督とそりが合わなかっただけの話だ。サッカーのほうは……、まあいいだろう、ここでうだうだ考えたところで仕方がない。

いつものように途中で考えるのを投げ出したとき、女の悲鳴が聞こえ、章助はあわてて辺り（あた）を見回した。新宿はどこもかしこもビルばかりのため、音があちこちのビルの外壁に反響して出所が判断しにくい。こうして顔を巡らせ、両耳できちんと聞き取るようにするのがコツだった。

（こっちだ！）

方向を見定め、ペダルをこぐ足に力を込めた。ひとつ目の路地の入り口に差しかかると、そこをちょっと入ったところに若い女性が倒れていた。その先を、こちらに背を向け、男がひとり逃げていく。遠くて顔まではっきりわからないが、ジーンズにスタジアムジャンパーを着た若い男だ。

「待て！　警察だ、待て！」

大声で怒鳴（どな）ればそれに驚き、こっちに顔を向けないかと期待したのだが、男はチラッと背後を見ただけで姿を消してしまった。野球帽をかぶって、マスクをしていたこともあって、顔は全然わからなかった。

手早く自転車にスタンドをかけた章助は、無線で現住地を告げ、男の服装や年格好と逃走した方角を報告し、救急車を要請した。

「大丈夫ですか？」と呼びかけながら、女の元へ駆け寄った。

彼女は、頭を殴（なぐ）られたショックでぼおっとしているらしく、虚（うつ）ろな表情で上半身を起こし、立ち上がろうとしていた。だが、後頭部から流れ出た血が、ショートヘアの先端の細いうなじへとつたっている。

「ダメです！　動かないで！　血が出ています」

章助が言うと、はっと驚いて掌を頭に当てた。

「あれ、あなたは……」

真正面から目が合い、章助は思わずつぶやいた。さっき、二十四時間保育園の戸口で、看護師と言い争っていた中国人だった。確かあの園の園長が、名前はメイカだと言っていた。

血で染まった掌を茫然と見つめたメイカは、それで初めて痛みに気づいたかのように顔を歪め、その目に恐怖が広がった。何か問いかけたそうに再び章助を見つめるが、半開きの口から言葉が発せられることはないままで、一瞬、白目を剝いてグラッとした。

章助はあわてて彼女を抱え、そっとその場に横たえた。

自転車の後部の荷台に固定された通称「弁当箱」と呼ばれる白い箱には、違反切符や取締りに使うチョークなどとともに、重森の発案で簡単な医療キットも入っている。章助はいったん彼女から離れると、そこからガーゼを出して来て傷口にあてがった。頭部は出血の量が多いため、ガーゼが見る間に赤く染まっていく。

「大丈夫ですから。救急車を手配したので、安心してください」

だが、章助がそう告げると、メイカは懸命に首を振った。

「救急車なんて困る……。そんな必要ない。店で従妹たちが待ってる。私、帰らなくては……」

思わぬ強い口調で拒絶され、章助は怯（ひる）んだ。

「動いてはだめです。頭の傷は、何が起こるかわからないんだ」

「帰らないとダメなの……。帰らないと……」

「私から店の御主人夫婦には連絡します。お店の名前と電話番号を教えてください。だから、あなたは病院に行くんです。いいですね」

章助が力を込めて言うと、さすがに言い張るのはやめたが、「でも、私……、でも、私……」と、口の中で繰り返した。

「誰にやられたんですか？ 犯人の顔は見ましたか？」

章助は訊いた。早めのタイミングでしておいたほうがいい質問だった。

「いいえ、顔はわからない。後ろから、ボカンって……」

「何も言わず、いきなり殴りかかって来たんですね？」

「そうそう。だから、顔はわからない……」

章助は、さり気なくメイカの様子を窺った。話の通りなら、通り魔だ。街から人が減った影響で、悪質な犯罪が起こったことになる。だが、なんとなく妙だ。そわそわし、目を合わせようとしないのが気になった。

「誰かに恨まれてないですか？」

「私が……？　そんなことないよ。私、みんなに好かれてる」

「思わぬ恨みを買っていることがあるんです。例えばお店のお客さんと、最近、トラブルになったようなことは？」

「お客さん、みんないい人ばっかり。トラブルなし。——ああ、トラブルなら、さっき、保育園であの看護師に絡まれたことよ。おまわりさんも見てたでしょ」

「——」

「大丈夫か、章助」

　声がして顔を向けると、同じシフトの班長である重森周作が、自転車で近づいてくるところだった。

「すでに救急車を手配済みですが、しかし、犯人は逃走中です」

「ああ、無線を聞いたよ。一応、逃走したと思しき方向に、山さんに行ってもらってる。普段の新宿じゃあ、人に紛れて見つからないだろうが、今の状況だと職質でパクれるかもしれん」

　重森の手配にぬかりはなかった。

　交番勤務の警察官は、だいたい三、四年から長くても五年ぐらいで勤務先を替わるが、この重森だけは違った。若い時分には何度か、他の交番勤務になったことがあるそうだが、その度に希望して戻って来て、花園裏交番一筋に勤務している。花園裏の主とか、新宿の生き字引と呼ばれる名物警官なのだ。

地域に顔が広く、それ故にもたらされる情報もあるし、所轄や本庁の捜査官の中にも、元は重森の部下だった人間がけっこういた。「地域の治安を守ることに徹したい」と主張して、私服警官への道を辞退したこともあるとの噂だ。噂の真偽を本人に直接確かめたことはないが、きっと事実にちがいないと章助は確信していた。

「何かホシの手がかりは？」

「いえ、今のところは、無線で報告した以上のことは――」

章助はそう答えてから、少し声をひそめてつづけた。

「ただ、どうも被害者の女性は、何か隠してるような感じがするんです」

「隠してる――？」

「はっきりはわからないんですが、喋り方とかから、なんとなくそんな感じが……。被害者につき添い、もう少しよく話を聞きたいのですが」

もっとはっきりした理由が述べられればいいのだが、そんな曖昧なことしか言えない自分がまどろっこしい。

「そうか。わかった」

メイカの頭部に押し当てたガーゼを換えているところに救急車が到着し、あとは彼らに任せることにした。

そこに、「山さん」こと主任の山口勉が戻って来た。

「ダメでした。一応、周辺のブロックは隈なく走ってみましたが、それらしい者は見つかりませんでした。ただ、犯人が逃げ去った先に防犯カメラがあったので、それをチェックしたいのですが」

「わかった。それじゃあ、俺も一緒に行こう。章助、おまえは被害者につき添って病院へ行き、もう少し詳しい話を訊いてみてくれ」

「了解です」

章助は、声を弾ませた。ひとりで任務をひとつ任されたことも、自分の意見を尊重してもらえたことも嬉しかった。

彼女が犯人について何かを隠していて、それを上手く聞き出すことで逮捕につながるかもしれない。いつもの楽天的な性格が頭をもたげて、そんな想像が広がった。

そのとき、重森の無線が鳴った。イヤフォンを耳にねじ込み、応答を始める。

「なるほど……。なに……、死体……。わかった。それじゃあ、俺もそっちへ向かう」

やりとりは、長くはかからなかった。

無線を切ると、重森は主に山口のほうを見て口を開いた。

「浩介からだった。あのカラスが居座ってるビルの屋上で、男性の死体が見つかったそうだ。俺はそっちに向かうので、防犯カメラのほうは、山さんひとりで頼む」

「了解です」

「そしたら、カラスのやつは、その死体をエサにして食うためにあそこに陣取ってたのかな……」

章助は思いつきを口にし、その途端に自分でぞっとした。

4

捜査陣が出張って来たあとは、制服警官の出る幕はなかった。規制線を守り、野次馬をそれ以上は近づけないようにして現場を確保することが普段の仕事だったが、今夜の浩介は、第一発見者として詳細を申し述べて以降、捜査責任者の傍にただ控えているしかなかった。責任者は、東新宿署の城田という班長だった。

その頭上では、相変わらずカラスが騒いでいた。死体が見つかったルーフバルコニーには、鑑識を中心として大勢の警察官が上がっていて、追い出されてしまった格好だった。低空を飛び回り、ときおり他のビルや街灯の天辺などで羽を休ませながら、盛んに自分の縄張りを主張している。

「ああ、どうも重森さん、御無沙汰してます」

城田が、自転車で駆けつけて来た重森に気づいて片手を上げた。重森はこの新宿の名物警官で、私服の捜査員たちの間にも顔が広かった。

「うちのがお世話になります」

城田の年格好は四十代の前半ぐらい。自分よりも十以上年下の捜査責任者に対して、重森は丁寧な態度を崩さなかった。

「いやいや、助かりましたよ」

城田は頭を下げ返し、問わず語りに話し始めた。

「死体が見つかったルーフバルコニーの部屋は、一週間ちょっと前に住人が引っ越して空き家だったらしいです。そこに忍び込み、何かやってたんですな。というか、何か探してたのかもしれない。バルコニーには住人が残していったと思われる花壇やプランターが並んでるんですが、その土があちこち掘り返されてました」

「花壇やプランターの中に、何か隠されていたということですか……？」

「少なくとも死体の男は、そう考えていたんでしょう」

「身元はわかったんですか？」

「いや、鞄はなく、上着やズボンのポケットも完全に空で、免許証等、身元がわかるようなものは何も身に着けていませんでした。加えてホトケは腐敗が進んでいる上に、カラスに大分やられてましたので、容貌がほとんどわかりません」

「白骨化、ですか……。そうすると、指紋も？」

「ええ。今、鑑識さんが採取を試みてますが、指紋が取れる皮膚が残っているのか疑問ですね。現在わかっているのは、服装が遊び人風で、身長が一六〇センチちょっとの比較的小柄な男ってぐらいです」

城田が喋っているところに、鑑識課の人間がビルのエントランスを出て近づいて来た。城田と同年配の班長だった。

「頭部を詳しく調べたよ。死因は、頭部打撲による脳挫傷。後頭部の頭蓋骨が陥没してた。ほぼ即死と見ていいだろう」

鑑識課の班長は、前置きもなくそう説明を始めた。同じ所轄の班長同士、城田とはあちこちの現場を一緒に担当してきて気心が知れた同士だ。したがって、口調はフランクなものだった。

「殴られたのか？」

「いや、背後の花壇の角に後頭部をぶつけたんだな。打撲痕の形状が一致するし、花壇の角に血痕が残っていた。誰かに強く押されて倒れ、その拍子に後頭部をぶつけた可能性が考えられるが、死体の足元の方向には、ルーフバルコニーからもうひとつ上の点検用の屋上に昇る固定梯子があった。ホトケはそこに登ろうとして落ちた可能性もある。この点についちゃ、解剖医の先生の所見を待ちたいところさ」

「ドアのピッキング痕は？」

「いいや、なかった。鍵を使って入ったはずだ」

「だが、鍵は見つかっていない……。それに、死体は身元のわかるものは何も身に着けていなかった……」

城田は少し顎を引き、独りごちるように言った。侵入者は複数で、死体で見つかった男以外の人物が、部屋の鍵や財布等の男の持ち物や、さらには花壇かプランターの土の中から見つけた何かを持ち去った可能性を考えている。

「死後経過時間は？」

「正確なところは、監察医の報告を待たないことにはわからないが、白骨化の度合いからすると一週間から十日ぐらいだろう」

地中の死体は、腐敗し白骨化するまでに最低でも半年は要するが、空気にさらされた死体は死後変化が早く、夏場ならおよそ一週間程度でかなり白骨化が進む。顔や手足など、衣服の外に出ている部分のほうが、衣服でおおわれた胴体部よりも白骨化が速い。どの部分がどれだけ白骨化しているかが、死後経過した時間の目安となる。

「それにしても、いくらコロナによる自粛で人がいないとはいえ、新宿のど真ん中で、一週間もの間、死体がそのままになっていたとはな……」

周囲に視線をやりながら、城田がつぶやくように言い、傍にいた浩介たち他の人間もつられて視線を巡らせた。周囲には高いビルが連なり、その窓の多くは死体が発見されたルーフバルコニーよりも高い場所にあった。だが、南北のビルからは、バルコニーに面した居室部分の建物と花壇とが邪魔になって見えなかったのかもしれない。東側は保育園が入ったビルだがここよりも低く、西側のビルにはたまたまこちら側に面して窓がなかった。

それにしても、大都会の真ん中で誰の目にもとまらぬまま腐敗が進み、カラスに死体が啄まれていたことを想像すると、寒々しい気分になる。

「死体の指紋採取はどうだい？　やっぱりダメか？」

「ああ、やはり無理だな。皮膚がなくなってる。だが、歯のほうは治療痕があった」

「そっちから追える。年齢の目安は？」

「三十代後半から四十代」

中年ということだ。白骨化した死体の場合、骨密度や歯の摩耗具合によって年齢を割り出す。しかし、その幅はかなり大雑把で、「青年」「中年」「老年」という以上の算出はなかなか難しい。

「あとはDNA鑑定待ちか——」

城田の指摘に、鑑識課の班長は無言で小さくうなずいた。

そこへ、捜査員のひとりが、住人らしい中年女性を伴ってビルから出て来た。

「班長、最上階に暮らしていた住人と親しくされていた方が見つかりました。こちら、ひとつ下の階に住んでいる高木文江さんです」

そう紹介された女性は、城田に頭を下げたあと、顎を突き出すようにして上空を眺めた。

「それにしても、ルーフバルコニーに死体があったなんて、気味悪いわ……。なんだか変な臭いがする気がしたんです……。カラスが騒がしかったのも、そのためだったんでしょうか……」

一階下の住人ということは、死体のあったルーフバルコニーの真下ということになる。

「ええ、まあ——」

城田は言葉を濁して、質問に転じた。

「異臭やカラス以外にも、最近、何か気づかれたことはなかったですか？」

「何かとは——？」

「そうですね。例えば、誰かが言い争う声を聞いたとか」

「いいえ、そういうことはなかったですよ」

「上階には、どういった方が住んでらしたんでしょうか？」

「勝田さんというお爺さんとお孫さんが、ふたりで暮らしてました。勝田さんはもう御高齢で、歩くのが少し不自由だったものですから、お孫さんが面倒を見てたんです。でも、今年の初めに勝田さんが亡くなって、それからしばらく彼女がひとりで暮らしてたんですが、部屋の権利とか、相続のこととか、なんだか色々あったみたいで、明け渡して出て行きましたよ。二週間ぐらい前でしたかね」

「彼女と仰いましたが、勝田さんのお孫さんは女性だったんですね？」

「ええ。お孫さんって言っても、私と同じ四十前後ぐらいでしたけど」

「名前はわかりますか？」

「はい、佳那さんです。お爺さんのほうは、清治とか、そんな名だったと思います」

城田は、名前の書き方をそれぞれ確かめてメモを取り、

「色々あったというのは？」

と質問を進めた。

「勝田さんは、この辺にいくつか不動産を持ってたらしいんです。ここの最上階の部屋だって、結構広さがあるから、それなりの値段はしますでしょ。詳しくは知りませんけれど、亡くなって、相続をどうするとか、そういうことで親戚と揉めたみたいですよ。それに、ここって、再開発の話が出ていて、立ち退きを迫られてるんです。その補償とかも、誰が貰うかで色々あったんじゃないかしら」

こういう感じの中年女性が「詳しくは知らない」と言うときは、もう少し質問を向けてみればもっと何か出て来ることを、大概の捜査員が知っている。

「親戚というのは？」

城田がそう話を振ると、案の定、彼女はこんな話を始めた。

「彼女の伯母さんに当たる人だと思うんですけれどね、勝田さんが動けなくなっても自分じゃ面倒を見ようともしなかったくせに、いざ亡くなったら、色々と煩いことを言い始めたんですよ。結局、ここの部屋も、その伯母さんに取り上げられたんじゃないかしら」

「それにしても、孫が一緒に暮らして祖父の面倒を見るとは、感心ですね。勝田佳那さんの親はどうしてたんでしょう？」

「ああ、彼女の母親が勝田清治さんの娘だったんですけれど、もう亡くなってますよ。伯母さんっていうのは、その人のお姉さんね」

「なるほど、それで孫に当たる佳那さんが面倒を見たと――」

城田はそう応じつつ、次の質問をする様子だったが、その前に高木文江が何か思いついた。

「そうだ。思い出したんですけれど、いいですか？」

「ええ、もちろん。何でしょう？」

「私、ヤクザ風の男が佳那さんにつきまとってるのを見たことがあるんです」

「ヤクザ風の男――？」

「ええ。最初に見かけたのは、半年ぐらい前かしら……。そうね、まだお爺ちゃんも生きてたし、それぐらいですよ。ちょうどこの前の通りで、そのヤクザ風の男が佳那さんにまとわりついてたんです。それに、一度、勝田さんを怒鳴りつけてたこともあったわ。いえね、この通りに大声が響き渡ったので、何かと思って部屋の窓から見下ろしたら、デイサービスの車に乗り込もうとしてる勝田のお爺ちゃんをその男が怒鳴りつけてたんですよ。あれは、間違いなく、佳那さんにまとわりついてたのと同じ男でした」

「どんな男だったか、できるだけ具体的に思い出してもらえますか」

「そうですね、比較的小柄な男でした。頭は短く刈り上げてて、職人風って言うんですか。でも、ハデハデしい服を着て、チャラチャラと金のネックレスをしてたりしたので、なんだか柄の悪そうな人だなって」

「佳那さんに、その男について尋ねたことは？」

「ええ、そのあとたまたま会ったときに、それとなく訊きました。なんだか困ってたみたいだけれど、あれ、誰だったのって。でも、彼女、言葉を濁して何も答えませんでした」

「その男の顔を覚えてますか？　もう一度見ればわかりますでしょうか？」

「さあ、どうでしょうね……。ちょっとそれは……」

彼女は視力を試そうとでもするかのように、眼鏡の奥の目をしばたたかせた。

「ところで、勝田佳那さんが写った写真はありますか？」

「ええと、写真ですか……。どうだったかしら……。ああ、ちょっと待ってください」

自分のスマホを取り出して操作し、じきに画面を捜査員たちのほうに向けた。

「これだわ。これが佳那さんです」

瘦身でショートヘアの、大人しそうな女性だった。

「その写真を転送していただけますか」

「ええ、構いませんよ」

「佳那さんの引っ越し先はわかりますか？」

スマホを操作して写真を転送してくれた彼女に、さらに質問をした。

「いいえ、それはちょっと」

「インスタやＬＩＮＥでつながっていたりは？」

「いえ、つながってません。彼女、そういうのはやらない人でした」

「なるほど、そうですか」

城田は少し間を置いてから、ごくさり気ない調子で質問をつづけた。

「ところで、佳那さんは、祖父の勝田清治さんが何か高価なものをルーフバルコニーかどこかに隠しているらしい、みたいな話をしていたことはありませんか？」

「いいえ、ありませんけれど」

高木文江は首を振り、怪訝そうに城田を見つめ返した。

「何か隠していたんですか？」

「いえ、いえ。ルーフバルコニーにあるプランターの土があちこち掘り返されていた理由がわからないものですから、念のために、お尋ねしてみただけです」

「プランターの土が……？」

「ええ、何か理由に思い当たりませんか？」

「いいえ、何も――」

「そうですか。お時間を取っていただき、ありがとうございました」

城田が言うと、傍で待機していた若い捜査員がそれを待って口を開いた。ちょっと前に小走りで近づいて来て、話に区切りがつくのを待っていたのだ。

「よろしいでしょうか。部屋から該当指紋がひとつ出ました。早乙女興業の立木卓という男です。傷害、麻薬の不法所持および売買、脅迫などで三度服役し、去年の夏に出て来てます。この男です」

そう言いながら、タブレットに表示された顔写真を城田に見せる。

「ああ、この男です。間違いありません。佳那さんにつきまとっていたのは、この男だわ」

城田がモニターの角度を見やすく変えると、文江はそれを一目見てすぐに断言した。

「間違いありませんね」

「はい、間違いありません。絶対です」

「助かりました。ありがとうございます」

彼女が去ったあと、城田は改めてタブレットを見つめた。

前科データによれば、立木卓は身長一六三センチで、現在四十三歳。身長も年格好も、ルーフバルコニーの白骨死体と一致する。

「それから、もうひとつあるんです」

報告に来た捜査員がつづけた。

「勝田佳那さんのほうですが、念のために照会したところ、彼女にもひとつ逮捕歴がありました。もう二十年近く前ですが、麻薬取締法違反で逮捕されてます。しかし、初犯でしたし、所持使用だけで売買の疑いはありませんでしたので、執行猶予（しっこうゆうよ）になっていますが」

「なるほど。他には？」

「いえ、今のところはそれだけです」

「そしたら、勝田清治の娘で、佳那と揉めてたという伯母に当たる女の居所を探してくれ。死体の男がなぜルーフバルコニーの花壇やプランターをあちこち掘り返してたのかについて、何か知ってるかもしれない。ああ、それと、佳那の行方についてもな」

「了解しました」

「それと、そっちのふたりは、早乙女興業へ行き、立木卓について訊いて来い。死体のDNAと比較したいので、何か照合できるものを探すんだ」

ふたりも「了解しました」と応じて走り去る。

「死体は立木卓ですかね――」

傍に控えてやりとりを聞いていたデカ長が、低い声で城田の意見を求めた。

「どうかな。部屋の指紋がいつついたのかわからないし、俺はまだ、半々ってとこだと思うね。だが、生きているなら、何か知っていそうだな」

浩介が早く私服警官になりたいと思うのは、こういうときだった。早く自分も、こうしたやりとりに加われるようになりたい。

城田のポケットで携帯が鳴り、

「本署からだ」

取り出して表示を確かめ、通話ボタンを押して耳元に運んだ。

「はい……、今、現場ですが……。現状から判断して、事故ではありませんね。後頭部の頭蓋骨が陥没してます……。いや、ホームレスの類じゃありません……。まだ断定はできませんが、組関係者の線も……」

低い声でそんなふうに応対してから、突如、声のトーンを高めた。

「え……、だって、たった今、捜査に着手したばかりですよ！」

その後、城田は「ええ」「はあ」「しかし」と短い言葉で応じ、何か口を差し挟む隙を探しているのがわかったが、なかなかそれができなかった。相手が、かなりの勢いで喋っているらしい。

「しかし、そんな馬鹿な……。そんなことをしたら、街の治安はどうなるんですか……」

やがて、そう口調を荒らげてから、城田は情けなさそうにため息をついた。

「副署長のほうで、なんとかしてくださいよ。いくらなんでも、取りかかっているヤマを投げ出すなんて、警察官としてできませんよ、そんなことは……」

浩介たちは、城田の口からそんな言葉が飛び出すに及び、いよいよ聞き耳を立てた。副署長はいわば事務方のトップだ。それがいったい、事件現場に何の用なのだろう……。「投げ出す」とは、いったいどういうことだ……。

「非常識ですよ……。それは……。いったい、現場を何だと思ってるんだ！」

城田はついに大声を出し、周囲で動き回っていた捜査員たちが足をとめて注意を向け始めた。

しかし、段々と勢いが衰(おとろ)え、ついには説得されたらしかった。

電話を切った城田は、周囲で耳に神経を集中させていた捜査員たちの数に驚き、小石を呑んだみたいな顔をした。

「何だったんだ、今の電話は？　副署長が、現場にいったい何の用だ……？」

鑑識課の班長が全員を代表するように訊き、城田は改めて彼らを見渡した。

「みんな聞いてくれ。残念だが、捜査はいったん中止だ」

「そんな……、どういうことですか？　副署長から、いったい何と言われたんです？」

お互いに顔を見合わせる捜査員たちの中から、女房役のデカ長が口を開いて言った。

「まあ、落ち着いてくれ、チョウさん」

城田は気安い者同士の口調で応じつつ、マスクのゴムひもを思い出したみたいにしっかりと耳にかけ直した。

「おい、ちょっとこっちに集まってくれ」と、ビルの出入り口付近や警察車両の傍にいる捜査員たちも手招きし、人の輪を自分の周囲に寄せた。

「副署長から連絡があった。うちの署で、たった今コロナのクラスターが確認されたそうだ」

捜査員たちの間に、ざわめきが広がった。人の輪の後ろのほうにいた浩介は、無意識にマスクのゴムひもを耳にかけ直し、それがほんのちょっと前に城田がしたのと同じ動作であることに気がついた。捜査員たちの何人かも同じことをしていた。

「つまり……、集団感染ですか……」

デカ長が、どこか素っ頓狂な声で言ってから、

「だけど、おかしいですよ……。ついさっきまで、俺たちの大半が署にいたんですよ。そのときは何も言われなかったじゃないですか……」

尋ねるというより、問い詰める口調になった。

「ああ。だからこそ俺たちも、全員が新型コロナに感染してる可能性があるそうだ」

「そんな馬鹿な……。誰ひとりとして、体調不良を訴えたりしてませんよ……」

「総務課長がしてるそうだ。悪寒がするということで熱を測ったら、わずかだが発熱していた」

「それで、検査結果は――?」

「課長の検査の結果は、これからさ。だが、総務課の職員が一昨日から数人休んでいて、念のためにPCR検査をしたところ、たった今、陽性反応が確認された」

「しかし……、総務課とは階が違いますし、指示された通り、他の部署の人間との交流は極力避けてますよ。ですから、こっちに広がることはないのでは――?」

「それが、先週の金曜に、うちの課長が向こうの課長と同席してるんだ。交通安全協会との会合があり、そのあと、恒例の宴会になって、刑事課と総務課だけじゃない。交通課はもちろん、署長と副署長も一緒になってみんなで飲んだそうだ」

今度のざわめきは、ちょっと前とは大分雰囲気が違った。

「なんですって、バカバカしい……」

「呆れたな……。ただの接待じゃないですか……」

「こっちには、自粛だ自粛だと言って、一緒に酒を飲むことはもちろん、よその課の人間と直接会って話すことすらやめろと言ってるくせに、自分たちは酒を飲んで騒いでたんですか……」

不満の声が、あっちからもこっちからも上がるのを、城田は両手で押さえつけるようにした。

「おい、声を小さくしろ。野次馬がいるんだぞ……」

「それで、署はどうなるんです?」

捜査員のひとりが訊いた。

「まだわからんよ……。なにしろ、全国で初めてのケースだからな……。ただし、クラスターが発生した場合、二週間は閉鎖するというのが上からのお達しだそうだ。一両日中には保健所から人間が来て、署内全体を消毒することになるかもしれんそうだ」

「警察署を二週間も閉鎖するんですか……。そんな馬鹿な……」

「そんな大げさな処置が必要なんですか……?」

「どうせ何かあったときに責められたくないっていう、上の責任回避でしょ」

「そもそも、その間、署の業務はどうなるんです? まさか、警察を休業にするなんてことは……」

ひとりが半信半疑という口調で問いかけるのを、

「え……、まさか班長、街の治安がどうしたとか電話で言ってたのは、そのことですか⁉ まさか、警察が休業になったりはしませんよね……? スポーツジムやカラオケ店とは違うんですよ!」

別のひとりが呆れ果てた顔で、それを打ち消すぐらいの大声を出した。

「大声を出すなと言ってるだろ！　そんなことは、言われなくてもわかってるさ。詳しい話は、まだ俺にも何ともわからんのだ……。とにかく、ここの現場は、四谷中央署に後を引き継いでもらうように依頼したそうだ。俺たちは、これからすぐに全員がＰＣＲ検査を受け、結果が出るまでは隔離状態になる。あ、重森さんたちは近づかないでください。なにしろ、俺たちは全員、陽性者かもしれないそうですから……」

城田がふと思いついた様子で言い、重森と浩介のふたりを遠ざけた。

5

救急外来用の通用口から入って廊下を走った。患者を乗せたストレッチャーを押す救急隊員ふたりの広い背中を追った。

彼らにつづいて救急外来の治療室へと駆け込んだ章助は、思わず歩みを緩めて周囲を見回しながら、日暮れどきに先輩の坂下浩介と交わした会話を思い出した。

（ここはまるで、未来の病院みたいだ……）

いや、むしろ、映画の中のワン・シーンというべきか……。章助も警察官として何度かこの救急外来に来たことがあった。今回同様、傷を負った被害者につき添い、治療の合間に話を聴取する任務が大半だったが、ときには負傷した加害者が逃走を図らないようにと見張ったこともある。新宿で何か急患があった場合、大概搬送させる先は、この新宿中央病院の外来救急センターなのだ。

そこは今、これまでとはまったく異なる世界になっていた。天井に作りつけられたレールからぶら下がった透明な厚いビニールシートが空間を細かく区切り、通路とそうでない部分とを明確に分けている。

かつては布張りの衝立などで仕切られた中で個別の治療を行なっていたブースも、そのスペース毎にビニールカーテンがかかっていた。

「すぐに脳波検査だ。それに、縫合の用意」

医者が言うのが耳に入り、章助は被害者のメイカに注意を戻した。彼女はストレッチャーから処置用のベッドへと移され、そこで医者が診察を始めたところだった。救急車の中ではしきりと痛みを訴えていたが、今は少し静かになっていた。だが、頭部に傷がある場合、鎮静剤は極力使っていないはずだった。鎮静剤の影響で意識が朦朧とすると、頭部のダメージを医者が判断しにくいためだ。

(治療後、すぐにまた話を聞けるといいのだが……)

事件現場で最初に話を聞いたときからずっと、彼女は何か隠している感じがしていた。言おうか言うまいかを迷っているのかもしれない。最初の印象を大事にしろというのが、重森の教えだった。

通路とブースの境目辺りに立って治療を見守っていた章助は、看護師がひとり急ぎ足で近づいて来るのに気づいて通り道をあけた。

だが、中に入るものとばかり思った看護師は、そうしてよけた章助の真正面で立ちどまり、あろうことかすごい顔でこちらを睨みつけて来た。

「ちょっと、あなた、おまわりさん。どうして入って来たんですか⁉」

その権幕にたじろぎ、章助は言葉に詰まってしまった。

「そう言われても……」

おどおどと相手の顔に目をやり、驚いた。今、章助を睨んでいるのは、ついさっき保育園の前でメイカと言い争いをしていた女性だった。あのときは口うるさそうな女だと感じた程度だったが、今度は確信した。間違いなく口うるさい女だ！

相手も章助がさっきの制服警官だと知って、ちょっと戸惑ったようだった。

「ここで働いてたんですか……？」

「ええ、はい、そうです。とにかく、おまわりさん、入って来ては困ります。ここには手術を含む緊急の対応を必要とする患者さんがたくさんいるし、こうしていつ新たに運ばれて来るかわからないんです。新型コロナへの対策で、患者本人以外は院内に立ち入らないようにと、緊急事態宣言を受けて通用口にも大きく書いてあるはずです」

「そうなんですか……」

そんなものには、まったく気づかなかった。通用口にいた守衛には何も言われなかったし、今、目の前で治療に当たっている医師だって、章助を見ても何も言わなかったのに……。

そう思ってチラッと医者を見ると、患者の治療に当たりつつもなんとなくきまり悪そうにしていた。どうやら、受けていた指示をコロッと忘れていた口らしい。緊急事態宣言と言われたって、急に習慣を変えられないのだ。それから、もうひとつ察しがついた。医者よりも、この怖い看護師みたいな女たちが、実質的にはここを仕切っているにちがいない。

「しかし、彼女は傷害事件の被害者で、本人の口から詳しく事情を聞く必要があるんです――」

章助は、一応抗弁した。こっちだって仕事なのだ。だが、彼女は硬い壁のようだった。

「御事情はわかりますが、改めて別のときにしていただけませんか」

「だけど、犯人は逃走中なんですよ……」

「ここでは感染対策が優先します」

「そうかもしれませんが……」

「もしもおまわりさんから、ここで新型コロナウイルスの感染が広まったらどうするんですか?」

「しかし、僕は健康体ですし……」

「どうして無症状の感染者ではないと言えるんです!?」

「――」

「患者さんもそうですが、私たち医療従事者が感染したらどうなると思いますか。もしもここの救急センターでクラスターが発生したらと想像すると、恐ろしくてなりません。新宿の街全体が、大混乱に陥りますよ。どうか御理解ください」

「はあ……」

「警察でも、こういった話は出ているはずですよ」

そういえば、思い出した。つい数日前の朝礼で、そんな話をされた覚えがある。例によってその多くは、右の耳から入って左の耳に抜けた感じがするが、確かに記憶の片鱗が残っている。

章助は、すっかりしょぼくれて処置室をあとにした。

救急搬送口から表に出ると、そこで足どめを食らっている男を見つけた。五十前後の小柄な男で、頭髪は短く刈り上げ、上下ともジャージ姿だった。中に入れてくれ、と強く抗議しているが、守衛がふたりがかりでそれをとめている。

男の日本語の発音が耳に入り、章助は小走りで近づいた。

「もしかして、メイカさんの御家族ですか？」

そう尋ねる章助へ、男は救いを求めるような目を向けた。

「ええ、ええ、店主です。メイカの従妹の夫。彼女も店で一緒に暮らしてる。家族みたいなもの。ここに入院したと聞いて、やって来ました。しかし、看護師に追い返された」

かなり日本語が達者だといえたが、メイカ同様にどことなく微妙なアクセントがある。

「お名前は？」

「シアオチェン。リー・シアオチェンです。おまわりさん、なんとかしてください」

シアオチェンが応えて言うのに覆いかぶせるようにして、守衛のひとりが口を開いた。

「おまわりさんからも、説明してくださいよ。病院の規則で、今は入れられないんです。実をいうと、ちょっと前にうっかりおまわりさんを通しちゃったんで、私らも大目玉を食らったんですよ……」

章助は、改めてシアオチェンに向き直った。

「リー・シアオさん、実は自分も今、看護師さんから追い出されたところなんですよ」

「シアオじゃない。シアオチェン。シアオは、ただ、小さいという意味だよ」

「そうでしたか……、失礼しました。そしたら、ええと、シアオチェンさん。そういうわけだから、今は面会はできないんです。でも、幸い、メイカさんは比較的しっかりしてます」

「ほんとですか……？」

「ええ、本当です。だから心配しないでください。何かわかったら連絡しますので、いったんお店に引き上げたらいかがですか」

「そうですね……」

「それと、犯人を逮捕するのに協力してもらえませんか」

「もちろんします。でも、いったい、どういう……？」

「そうしたら、ちょっとこちらで話を聞かせてください」

救急搬送口の前では邪魔になる。章助はシアオチェンを促してその場を離れた。

そこから程近い駐車スペースに、シアオチェンのスクーターが駐まっていた。その横に移動して章助が質問を始めようとすると、シアオチェンのほうから尋ねて来た。

「で、誰がいったい、メイカを？　メイカは、何と言ってたんですか？」

「背後から走り寄って来て、いきなり頭部を殴りつけられたので、相手の顔はわからないとのことでした。ですが、何かそわそわしている感じがしたのですが……」

「それ、どういうこと――？」

「何か隠しているというか、言おうか言うまいか迷っているというか……。よくわからないのですが、誰か、メイカさんを恨んでいそうな人間に心当たりはありませんか？」

シアオチェンは何か考え込むようにうつむいたが、結局、首を振った。

「ごめんなさい、わからない。メイカ、良い子です。恨んでいる人、いないはず」

6

新宿には八十前後の暴力団が事務所を持っており、それに関連したフロント企業もおよそ同数ある。暴力団新法によって、いわゆる反社会勢力に対する締めつけが強まり、暴力団との間のあらゆる取引が規制されるようにはなったものの、グレーゾーンが広がっただけで、抜け道はいくらでも存在することの証だった。

早乙女興業は、新宿二丁目の裏通りに事務所を構えていた。二丁目は言わずと知れたゲイタウンで、仲通りにはその類の店が軒を連ねるが、少し裏に入ればマンションが建ち並ぶ静かな居住エリアとなる。仲通りも現在では緊急事態宣言を受けて閉めている店が多いため、歩行者もなく静まり返っていた。

浩介は重森の横に並び、鏝目のついた白亜の壁が目立つ三階建ての前で自転車を降りた。デザイナーや持ち主の思惑はおそらく違うのだろうが、壁の色と質感故に、どことなく場末のラブホテルを思わせる建物だった。一階はガレージで、車二台分ぐらいの幅があるが、シャッターが降りていて中の様子はわからない。その隣に、白いステンレス製のドアがあった。

重森がインタフォンを押そうとしたとき、携帯無線が鳴った。音量を絞って応答すると、東新宿署の城田の声が聞こえて来た。

「城田です。今、どこですか？」

「早乙女興業の前です。ちょうどこれから訪ねるところですよ」

「ああ、それなら間に合ってよかった。勝田清治の長女、つまり佳那の伯母に当たる女性と連絡が取れたんです。まだ、ウラ取りがこれからですが、一応、耳に入れておこうと思いましてね」

「わかりました。ちょっと待ってください」

重森はそう応答すると、浩介とともにいったんそこを離れた。

東新宿署にクラスターが発生した関係で、保育園の隣のビルのルーフバルコニーで白骨体が見つかった事件は、重森たちが属する四谷中央署に引き継がれることになった。捜査課の人間の到着前に、部屋に指紋が見つかった立木卓については調べを進めておくため、重森と浩介が早乙女興業を訪ねて来たのだった。

「それじゃ、わかったことを順番に伝えます」

城田は、改めてそう話し始めた。

「勝田清治の長女の名は新谷久枝（しんたにひさえ）。まず、興味深いことを言っていたのですが、勝田清治は生前、自分にはこっそりと隠した財産があるという話を、何かにつけては家族に吹聴（ふいちょう）

していたそうなんです。昔、勝田は宝石商をしていて、仲買を通さず、自分で世界中を飛び回って高価な宝石を仕入れていました。そのときに入手した宝石を、こっそりとどこかに隠したというんですよ」

「じゃあ、ルーフバルコニーで見つかった死体は、それを探そうとしてたと――？」

「ルーフバルコニーの花壇やプランターをあちこち掘り起こした跡があると話したら、長女はそう推測してました。もっとも、父親に隠し財産があったという話自体はまったく信じていませんで、鼻で笑い飛ばしてましたけれどね。というのは、勝田は宝石商をやめてから、所有していた不動産を順番に売り払ってるんです。知人からうまい話を持ちかけられ、新たな事業を興しては失敗することを繰り返していたそうです」

「なるほど。もしも隠し財産があったとして、とっくにそれも換金してたはずだと言うんですね」

「ええ」

「しかし、自分が死んだあと、こっそりと誰かに遺したいと思ってたってこともあるのでは」

浩介がそう指摘すると、無線を通して城田の低い笑い声がした。

「勝田の長女も、そう思いついたみたいで、急に不安になったらしくて、誰がいったい掘り起こしたんだとずいぶんしつこく訊かれましたよ。ちなみに、勝田清治は若い頃かなり勝手をやり、家庭を顧みずに遊び回っては、あちこちに女を作っていたそうです。そのため、長女は父親を大分嫌ってますね。それは次女、つまり、佳那の亡くなった母親も同様で、ふたりとも父親とは疎遠だったそうです」

「孫娘の佳那は、よく祖父の面倒を見る気になりましたね」

「それにはちょっと事情があって、二年前、佳那は借金をこしらえて住むところもなくなり、あそこに転がり込んだんだそうです。祖父に返済のための借金を申し込みに行ったら、一緒に暮らして俺の面倒を見るなら、肩代わりをしてやると持ちかけられたそうです」

「それから二年、面倒を見つづけたわけか……。あの部屋の売却代金は、どうなったんでしょう?　佳那の手に渡ったんでしょうか?」

「いえ、あの部屋は、とっくにもう勝田清治のものではありませんでした」

「どういうことです……?」

「業者に売り払って住みつづけてたんです。いわゆるリースバックというやつですよ」

「何ですか、それは?」

「不動産を売却後、家賃を払ってそこに住みつづけるんです」

「ああ、老人夫婦が家を売却し、その代金を老後の資金に充てるってやつですか」

「そういうケースが宣伝されてますが、賃金が下がったり、会社が倒産したりで、ローンが払いつづけられなくてリースバックを利用する場合もあります。最近はコロナによって、そういった人が増えているようです。勝田清治にローンの返済はありませんでしたが、高齢であることに加えて、病気で動けなくなりました。生活費に充てるため、このシステムを利用してあそこを売却したんです」

「そのことを、面倒を見ていた孫の佳那は知っていたんでしょうか？」

「それなんですよ。知っていたならば、はたして二年間も面倒を見るでしょうか。これはまだ私の想像に過ぎませんが、知らずに面倒を見つづけた結果、自分に何も遺されているものがないと知った勝田佳那が、清治が生前に言っていた『隠し財産』のことを思い出し、ルーフバルコニーの花壇を掘り返して回ったとも考えられます」

「立木卓に手伝わせて、ですか？」

「あの死体が立木だとすれば、そういうことになりますね。ま、あるいは、立木というヤクザのほうから持ちかけたのかもしれませんが」

「勝田佳那の行方は？」

「いや、それはまだまったく手がかりがありません。住民票は、もう何年も更新されてませんでした。引っ越し業者を当たるよう、私のほうから四谷中央署の捜査責任者に引き継ぎます」

「お願いします」

「ああ、それと、もうひとつ耳に入れておく話があったんだ。一階下に住む女性の言っていた通り、あの二棟とも取り壊し、敷地を一体化して高層ビルを建てる再開発計画が進んでいました。ところが、古い不動産にありがちな話ですが、ふたつのビルとも権利関係が複雑で、しかも債権が重なり、いくつかは訴訟に発展してるんです。そこに債権譲渡という形で、ふたつのデベロッパーが介入していて、その片方が早乙女興業のフロント企業でした」

「なるほど。ちなみに、もう一方は？」

「《津川エステート》というデベロッパーですが、この経営者の津川一郎というのは、《郷党会》の幹部だった男です。形だけ組を抜け、フロント企業に回った口ですね。早乙女興業のほうも、三上健夫って幹部が形は組から抜けてフロント企業を作ってます」

「地上げで、闇勢力がかち合ったわけですね」

「ええ、同じパイの食い合いになってるんです。問題は、そこの組の立木というヤクザが、あのビルの最上階に暮らしていた勝田清治やその孫の佳那とどう絡んでたのかってことですよ。関係者に広く網を打って聞き込みをかけてみます」

城田はそう意気込みを示してから、

「おっと、いけねえ……。そうはいかないんでした。こっちはこれから、ＰＣＲ検査と自主隔離ですよ……。まったく、警察署の閉鎖だなんて、お偉方は本気でそんなことを考えてるのか……」

低くひそめた声でぼやいた。

「東新宿署はどうなるんでしょう？　まさか、ほんとに二週間も閉鎖するのですか？」

「いやあ、何ともわかりませんよ。世論次第というか、世の中がどれだけ騒ぐか、お偉方たちは様子を窺ってるんじゃないですかね。とにかく、今夜はうちの人間は全員隔離ってことで、署詰めの夜勤も近隣署から来てもらうことになりました」

7

スクーターで遠ざかるシアオチェンを見送った章助は、無線で重森の指示を仰いだ。しばらくすると折り返し連絡が来て、上層部から病院に連絡を入れてメイカに対する事情聴取の許可を得るから、しばらくそのまま待機しろとのことだった。

さて、そうなると——。

「ちょっと一服、ってとこかな……」

章助は口の中でつぶやいて、喫煙所へと向かった。救急搬送口から建物に沿って裏に回ると、そこには職員用の出入り口があり、そこからちょっとだけ敷地を出たところに吸い殻入れが置いてあることを知っていた。

本当はたばこを喫(す)ったことなどないまま生きてきて、今だって別に喫いたい気持ちもないのだが、何かと手本にしている班長の重森が一日に五本と決めて喫っていることを知ってから、自分もそれを真似したくなったのだ。

たばこのパックを出しながら建物の角を曲がると、看護師がひとり箱型の吸い殻入れの横に立ち、慣れた手つきでたばこを喫っていた。色々とストレスの多い仕事なのだから、喫いたくなる気持ちもわかる。

そう思いかけたものの、その後すぐに章助は足をとめた。そこに立つのは、ついさっき章助のことを救急治療室から追い出したあの看護師だった。

向こうでも章助に気づき、一瞬、気まずそうな顔をした。

(参ったな……)

内心でそうつぶやきつつ、章助は手元のたばこに目をやった。ここでパックをポケットに戻してUターンしたら、いかにも彼女のそばに寄りたくなくて逃げたみたいに思われる。相手にそう感じさせるのは、性分的に嫌だった。

「お疲れ様です。自分もちょっと一本、お邪魔します」

看護師は章助と目を合わせようとはせず、どこか気まずそうに頭を下げた。

「おまわりさんも、御苦労様です……」

その様子から、気がついた。そうか、あれだけのことを言って追い出したのにもかかわらず、その後、ちゃっかりとこんなところでサボっているのが見つかって、内心「しまった……」と思っているのだ。

章助は、たばこに火をつけた。しかし、勢いよく煙を肺に入れて噎せそうになった。まだたばこに慣れないし、味を美味いと思ったこともないのだ。

「さっきは、ついきつい言い方になってしまって申し訳ありませんでした」

そう声をかけられ、章助は看護師のほうに顔を向けた。噎せそうになるのを堪えていたため、涙目になってしまった。看護師は章助と目が合い、あわててそらした。

「いえ、自分が気づかなかったのが悪いんです。こういう状況になって、医療現場も大変だと思いますが、頑張ってください」

「ありがとうございます……」

「救急搬送口の外に、メイカさんのお店の御主人が来てました。心配してましたが、彼女の様子はどうです?」

だが、そう尋ねてみると、彼女はまた硬い壁に戻ってしまった。

「さっき私が言って、外に出ていただきました。看護師長としての責任ですので。それに、患者の容態については、看護師は答えられないことになっているんです。担当医に訊いていただけますか」

「――――」

確かにそうかもしれないが、どうしてこう身も蓋もない言い方しかできない人なのだろう。章助はカチンと来て、

「しかし、連絡を受けてわざわざやって来たのに、病院内にも立ち入れずに追い返されたんですよ。少しぐらい、状況を教えてくれてもいいのでは」

つい言ってしまってからまた後悔したが、覚悟した冷ややかな反応は返って来なかった。

「処置が終わり、今は安静にしています。脳波も安定しています」

低く絞り出すような声で、彼女は言った。

「できたら、おまわりさんのほうから早めにそうお伝えくださいますか……」

「ええ、私からすぐに伝えます。よかったです、それをうかがえて。ありがとうございます」

章助は礼を述べた。まあ、これぐらいで引き上げれば、相手を避けたとは思われないだろう。

「おまわりさんは、自分の仕事がお好きですか？」

たばこを吸い殻入れに捨てて立ち去ろうとすると、まるでそれを引き留めるように訊かれ、思わず相手の顔を見つめ返した。ほんの数時間前に出会っただけの人間に、どうしてこんなことを訊くのだろう。

さて、何と答えるべきか……。当たり障りのない答えをする手もあるが、相手は年上とはいってもなかなかの美人で、しかも、さっきはたぶんこっちを新米警官と見て冷ややかな応対をした女だ。何か気の利いたことを言ってやりたい。

「毎日夢中で、よくわかりません……」

とりあえずそう答えつつ、章助は必死で考えを巡らせた。

「だけど、誰かの役に立てたと思えたときには、ほっとします。困っている人をこの手で守りたいと思って、警察官になったんです」

そっと横目で様子を窺い、がっかりした。彼女は目を伏せ、聞いているのかどうかわからなかった。

なんだか馬鹿にされているような気がする。

「看護師さんは、どうして看護師になったんですか？」

「さあ、どうしてでしょうね……。たぶん、今、おまわりさんが言ったように、私も誰かの役に立ちたかったのだと思います。でも……」

「でも、何です——？」

「なんとなく、最近ではわからない気がして……。自分の仕事が、誰かの役に立っているのかどうか……」

「それは役に立ってますよ。すごいと思います。看護師さんたちがいなけりゃ、今度の新型コロナ騒動だっていったいどうなることか」

　励ますつもりで言ったのだが、彼女は暗い顔でうつむいてしまった。

「ありがとう……。そう言ってくださると、嬉しいです……」

たばこを消して薄く笑った。つまり、話を切り上げる気になったわけだ。

「いや、ほんとのことを言っただけだから……」

「それじゃあ、私はこれで」

　彼女は目を合わせようとはせずに立ち去りかけ、章助のほうへ振り返った。

「おまわりさん、名前を教えてもらってもいいですか……？」

「内藤です。内藤章助。ええと、看護師さんは？」

「私は、松崎里奈といいます。それじゃあ、内藤さん、私はこれで……」

8

　重森がインタフォンを押すとすぐに応答があった。男の声で「はい」と言うのみで、関係者以外には用がないという威圧感が込められた声だった。

「花園裏交番の者です。早乙女さんに会いたいんだがね？」

　重森が応えて言うと、インタフォンはしばらく沈黙した。

「――どういった御用件でしょうか？」

「忙しいとこ悪いんだがな、ちょっと事件があって、お宅の従業員のことで訊きたいと伝えてくれ」

ドアの斜め上の壁には防犯カメラが取りつけられ、レンズが無言でこっちを見下ろしていた。重森はそのレンズを見上げて微笑(ほほえ)みかけ、どちらかというとおっとりとした口調で告げた。浩介には、まだそういう芸当ができない。ついついレンズを睨みつけるような目になってしまった。

再び沈黙が降りたが、やがて「どうぞ、お入りになってください」という声とともに、ドアのオートロックが解除された。

浩介がドアを開け、重森を先に通し、ふたりして二階への階段を昇った。

二階の昇降口に中年男が現われ、ふたりに一度睨(ね)めつけるような視線を向けてから、頭部だけを前に垂らすような形でおじぎをした。

「こちらです」と、昇ってすぐのところにあるドアを開けた。

重森について中に入ると、そこはやや縦長の部屋だった。ガレージと同じ横幅で、奥行きのほうはその二倍ぐらいはある。部屋の左半分にスチール製の事務机が六つ、向かい合わせにふたつずつ並んでおり、それぞれの机にパソコンと電話が設置されていた。

だが、そこには今は誰もおらず、右側の応接ソファの片側にふたり、もう片側に三人が仲良く歓談中といった様子で坐っていた。

部屋の奥には、ひとつだけ洒落た机があり、背もたれも肘掛も立派な椅子に坐った男がゆったりとこちらを見ていた。

耳の周辺と後頭部に残った頭髪を短く刈り上げた小柄な男だった。胸板は厚く、腕が太いが、節制をつづけるタイプでもないようで腹部の肉が衣服を盛り上げていた。

これが組長の早乙女源蔵だったが、浩介が以前に見掛けて顔を知る男とはなんとなく印象が違った。誰か別の組長と勘違いしていたのだろうか……。新宿で警察官をやっていると、クラブ等の入ったビルの前に黒塗りの車を二、三台連ね、配下をずらっと並ばせて、お持ち帰りの女を片手に出て来る組関係者と出くわすのは馴染みの光景だ。その数があまりに多いため、誰かと思い違いをしていたのかもしれない。

「久しぶりだな、重森さん。お務め、御苦労様です」

早乙女は椅子から立ち、机の横を回って来た。懐かしそうな態度や微笑みが、本物であるわけはなかったが、かといって完全に作り物とも思えない。重森にはそういう間柄の人間がこの街に何人もおり、この組長もそのひとりだった。

捜査員の到着を待たずに重森と浩介でこうして聴取に出向いて来たのは、重森と早乙女が昔馴染みのせいなのだ。

「この辺りも、すっかり火が消えたみたいだな」

「御覧の通りですよ。新型コロナでこの国は亡びるんじゃないのかね」

早乙女は応接ソファを手で勧めた。組のいわゆる「若い衆」たちが坐るソファとは別に、この男の机の前に別の応接ソファがあった。こんなところに一般人が招かれて、このソファを勧められれば、坐っただけで恐怖の虜となるだろう。それを狙った配置なのだ。

「それじゃ、失礼するよ」

「そちらの若いおまわりさんのお名前は？」

「坂下です」

早乙女に訊かれ、浩介は自分で答えた。

向かいに坐った早乙女を正面から見て、思い出した。そうだ、この男は、前は髪がふさふさだったのだ。

浩介の視線に気づいた早乙女が、掌で頭部をぺろっと撫でた。浩介は、あわてて目をそらした。かつらをやめたのですか、とは、相手がヤクザじゃなくたって訊けない。

「で、うちの従業員のことで何か知りたいってのは、何です？」

早乙女は、重森に顔を戻して訊いた。

「お宅に立木卓ってやつがいるだろ。会いたいんだが、どこにいる？」

「立木がどうかしましたか？」

「まだはっきりとした確認は取れていないんだが、白骨死体が見つかってね。もしかしたら、それがお宅の立木かもしれないんだ」

早乙女はこくりと喉仏を動かし、部屋に居合わせた男たちの間に低いざわめきが広がった。

「しかし、白骨死体だろ。それなら、うちの立木じゃありませんよ。半月ぐらい前まで、ぴんぴんとしてたんだから」

「半月か……。だけどな、今、親分が思い浮かべたのは、土に埋められた死体のことだろ。空気中では、半月もあれば充分に白骨化するんだ」

「――――」

「ってことは、この半月は、立木をまったく見てないのかい？」

「まあな……」

「誰か、最近、立木と会った人間はいるか？」

重森が部屋の中を見渡して訊くが、誰も答える者はなかった。

「写真を見てほしいんだ」

重森は、浩介に合図をしてタブレットを操作させた。

「だが、先に断わっておくが、白骨化が進んでる上に、カラスにやられて、顔はほとんど判別できない」

「カラスかよ――」

「髪型や服装の特徴から、立木卓かどうか判断してくれ」

「ああ、わかった」

浩介がタブレットのモニターに写真を呼び出して見せると、早乙女はさすがに顔をしかめた。

「こりゃ、ひでえな……」

「で、どうだい。判断はつくか？」

「髪型は立木もこんなもんだった。服装は、どうかな……。おい、おまえらも見てみろ」

早乙女に命じられ、手下たちが寄って来てモニターを覗き込むが、似たような答えしか得られなかった。

「その見つかった死体が立木だというのは、どれぐらい確かなことなんだ？」

早乙女が訊く。

「死体が見つかってまだ数時間でね、断定的なことは何も言えない。損傷がひどくて、指紋は採取できない」

「つまり、立木じゃない可能性もあるんだな」

「まあ、そうだ。DNA鑑定をしたいんだが、何か立木の私物はないか？　やつの家（ヤサ）を教えてくれ」

早乙女は何か考え込むように顔を伏せた。重森が答えを促そうとすると、それよりも少

し早く顔を上げ、

「重森さん、ちょっと別んとこで話そう。一緒に来てくれ」

と、重森たちふたりをいざなった。いったん廊下に出て三階に昇ると、廊下を奥に向かい、いくつかドアを素通りして一番奥の部屋に入った。

さっきの大部屋よりは小さいが、それなりの広さの部屋だった。ただし今は使われていないようで、テーブルにもソファにも白い布がかけられていた。それに部屋の片隅には、大小の段ボール箱が積み重ねられ、他にも額に入った絵や高価なのか安物なのかわからない置物などが、直接床にいくつか置いてあった。

「昔は家族のリビングだったんだがな、かみさんと長男が亡くなってからは、ここにいてもロクなことは思い出さないいんで物置き代わりさ。だが、若い者に言って掃除はさせてある。さ、坐ってくれ」

早乙女は言い、ソファにかかっていた白い布を外した。

「話は聞いてるよ。お悔やみを述べさせてくれ」

「湿っぽいのはなしにしようぜ。立木の件だ。やつのヤサは、この近くさ。住所は、あとでうちのに言って教える。だけど、立木はもうそこにはいないよ」

早乙女はソファで足を組み、向かいに坐った重森たちにすらすらと言った。近くに手下たちがいたときとはどことなく様子が変わり、重しが取れたみたいな口調になっていた。

「やつは、ヤクザを辞めたんだ」

「足を洗ったってことか？」

「まあ、そう言ってもいいがな。廃業ってことさ。リストラだ」

「おいおい」

「冗談じゃねえんだ。立木ってのは俺の弟分だった男でな、気がいいやつなんだが、そういう男ってのは組織にとっちゃお荷物になる。警察だってそうだろ」

重森は苦笑した。

「十年前、やつはドラッグの売買で捕まってるだろ。それで、去年まで服役してた」

「ありゃあ、別の人間がやってたことさ。立木にゃ、そんな仕切りはできねえよ。実際にゃ使いっぱしりみたいなもんだったが、上の人間たちの罪も着て、十年近くも食らい込んだんだ。出所したら四十半ばだぜ。かといって、手足となる人間がいるわけじゃねえし、美味い儲け口を持ってるわけでもねえ。本部でも持て余して、俺んとこへ押しつけたのさ。本人はよくわかっちゃいねえみたいで、これからは兄貴のために命をかけるとか息巻いてたが、今の御時世じゃ、そんなことをされたらこっちまで共倒れだぜ。どうしようかと思ってたら、半月前だ。自分から足を洗いたいって言い出したんで、ほっとしてたのさ。下の人間にゃ何も言ってねえが、客分みたいにしてただ飯をカッ喰らってた叔父貴がひとりいなくなったんだ。連中だって、事情は察してるだろうさ」

「なぜ足を洗いたいか、理由は言ってたか？」

「いいや、特には聞かなかったよ」

「辞めたあと、どうするとかは？」

「知り合いの土建屋に頼んで使ってもらうとか言ってた」

「どこの土建屋かわかるか？」

「すまん。そういう話は聞いてない。堅気になる人間の落ち着き場所は訊かないのが、思いやりってもんだ。そうだろ」

「うむ」

「だけどな、重森さん。これはただの俺の勘だが、もしかしたら惚れた女ができたのかもしれんぜ」

「何かそれらしい素振りがあったのか？」

「そういうわけじゃねえが、何の能もねえ四十男が、自分から足を洗って堅気になるとしたら、女のためっていうぐらいしか思いつかないだろ」

早乙女は唇の片方を歪めて笑った。なんとなく皮肉な感じの笑みであり、どこまで本気で言っているのかわからない。

「なあ、親分。あんた、何か隠してないか？」

重森が訊いた。早乙女の顔から目をそらさなかった。

「おいおい、何を勘ぐってるんだ？」

「ほんとは立木に、何かシノギを任せてたんじゃないのか？」

事問いたげな顔をする早乙女の前で、重森は手帳を出して住所を読み上げた。

「そこに建ってる老朽化したビルをふたつ、お宅のフロント企業が狙ってるだろ」

「――」

「ここまで話してくれたんだ。隠し事はなしにしないか、親分。お宅の三上って男の仕切ってるフロント企業が、このビル絡みの債権の一部を買い取った。そうだな？」

「それじゃ、立木らしき死体が見つかったっていうのは？」

「ああ、そのビルのひとつのルーフバルコニーだ。勝田清治って男が、孫娘と一緒に暮らしてた部屋さ。おたくのシノギについちゃ、とやかく言うつもりはない。フロント企業とお宅とのつながりも問わない。だから、知ってることを教えてくれ」

「ちょっと待ってくれ」

早乙女は部屋の窓辺にあるアンティークな雰囲気のデスクへと歩き、そこにある電話の受話器を持ち上げた。

「おい、三上をこっちに呼べ」

内線でそう命じて少しすると、さっき大部屋にいた男のひとりがやって来た。カラーシャツに黒いスーツを着こなしたなかなかの洒落者で、引き締まった体つきの四十男だった。

「おい、例の古いビルがふたつ並んだ場所があるだろ。立木らしい死体があったのは、あのビルのルーフバルコニーらしいんだ。おまえ、何か知ってることがあるか？」

早乙女が告げると、

「え……、それじゃ、あの女が……」

三上健夫は、口の中でつぶやくように言った。

「なんだ、おまえ、俺に何か話してねえことがあるのか？」

「いえ、そういうわけじゃ……。ただ、立木の叔父貴が言うなと仰ってたし、それに、大した話じゃなかったので……」

「大した話かどうかは、俺が決める。いいから、ここで言ってみろ」

「あすこのビルの最上階には、立木さんが昔かました娘が住んでたんですよ。娘とはいっても、もうむこうだって四十過ぎのいいおばさんでしたが」

「それは、勝田佳那のことだな？」

重森が訊いた。

「そうです。確かそういう名だった。立木の叔父貴が、あのビルの下見について来たことがあるんです。昔ながらのやり方でやられちゃたまりませんから、ほんとは来てほしくなかったんだが、断るわけにもいきませんし……。そのとき、その女と出くわしたんです」

「それって、ほんとに偶然なのか？」

重森が疑問を呈し、

「実をいうと、俺もそう思いました」

三上がうなずいた。

「もしかしたら叔父貴は、あそこの住人のリストを見てたのかもしれない。そう考えると、強引について来たのが解せるんです」

「で、立木卓が勝田佳那と出くわしたとき、ふたりはどんな様子だったんだ？」

「どんなもこんなも、女は真っ青になって、ビルの中に逃げ込んじまいましたよ。叔父貴のほうは、それですっかりしょげ返って、それだけです」

しかし、ひとつ下の階に住んでいる高木文江は、ヤクザ風の男が勝田佳那につきまとうのを見ている。立木は別の日にも現われて、あのビルの前で佳那を待ち伏せていたのかもしれない。

「彼女とのいきさつを、何かもう少し詳しく聞かなかったのか？」

「いや……、それは……」

重森はしばらく粘ったが、三上もそれ以上のことまでは何も知らなかった。

9

誰とでもなんとなく打ち解けてしまうのが、内藤章助の特技である。メイカに話を聞けるまで、ただ時間を潰しているのも手持ちぶさただと思って救急搬送口を守る守衛たちに話しかけ、世間話などをしているうちに、受付の窓に両肘をついて一緒にテレビドラマを観るようになった。やがて、守衛のひとりが茶を淹れてくれた。

その茶をすすっているとテレビに緊急速報のテロップが現れ、目を見張った。

《東新宿署でクラスター発生！　総務課長、刑事課長など数人が発熱。警察署は当面、閉鎖の方針か⁉》

画面下の青白い文字に視線を吸い寄せられ、茶がおかしなところに入ってしまって噎せた。

こういう御時世、口の中のものを吐き散らすなど御法度だ。上半身を折り、あわててハンカチを口に持って行きながら、涙目をテレビに向け直した。

「これって、おまわりさんの署ですか……？」

ちょっと前に章助に茶を淹れてくれた初老の守衛が、テレビと章助の間に視線を往復させながら訊いてくる。

「いや、うちは違うけれど……、隣りの署ですよ。警官の中には、同じ寮に暮らしてるやつだっています。それにしても、警察が閉鎖って、そんなのあるのかな……」

章助は画面に視線を吸い寄せられたまま、後半はぶつぶつと口の中でつぶやくように言った。

「そうですよね、カラオケボックスや飲み屋ならばまだいざ知らず、警察が閉まっちゃうなんて……。あれ、だけれど寮が一緒ってことは、おまわりさんにも伝染ってるかもしれないんですか……？」

「いや、そんなことはないですよ……」

あわてて否定する章助のことを、初老の守衛はどこか胡散臭そうに見ていたが、

「おい、どこかでニュースをやってないか」

やがて同僚に言い、ニュース番組に替えてくれた。

「ああ、これだこれだ」

守衛たちはそれぞれが坐っていた回転イスを回してテレビに正対し、初老の守衛が足を組み直した。東新宿署の正面には、すでに大量の報道陣が押しかけ、すっかり物々しい状況になっていた。

女のレポーターがマイクを片手にニュースを伝えているが、詳しい状況についてはまだ何もわかっていないのだろう、ただ言葉数が多く、深刻げな表情でただならぬ雰囲気を煽

っているだけで、ちょっと前にテロップで流れた以上のことは何も説明されなかった。

しかし、少しして守衛がまた別の局に替えると、そこのレポーターはこんなことを言った。

「新たな情報が入りました。どうやら、感染した総務課長と刑事課長は、数日前に大人数の宴会に参加していたようです。他に署長や副署長も同席していたとの情報も入っておりまして、現在、関係者に確認中です」

（あちゃあ……）

と、章助は胸の中で声を上げた。

守衛たちが、ちらちらとこちらの様子を窺っているのに気づいたが、気づかない振りをしているしかなかった。湯呑を置き、はずしていたマスクをはめ直す。

「いやあ、この情報が本当だとすると、警察の管理体制が問われますね。民間の我々も会食を控え、大人数で集まらないように気をつけているというのに、まさか市民の安全を守る警察官が、それを破って会食していたとは――」

スタジオにいる、したり顔の親爺アナウンサーがしきりと嘆いてみせ、

「まったく呆れます」

ファンで密かに応援している美人アナウンサーからも一刀両断にされて、章助は凹んだ。真面目に勤めている現場の警察官を尻目に阿呆なことをやるのは、いつでも大体お偉

方たちなのだ……。

無線に連絡が入り、はっとした。このニュース絡みかもしれない。もしも東新宿署の業務が停止するとなれば、当然、それを近隣署でカバーすることになるはずだ。見回りの管轄区域が広がる等、制服警官にも何らかのしわ寄せが来ることは、章助にだって予測できた。

守衛たちの視線から逃れられることにはむしろほっとしつつ、お茶の御礼を言ってその場を離れた。イヤフォンを耳の穴にねじ込み、受信をオンにした。

無線の相手は、主任の山口だった。

「山さん、ニュースを観ましたか。参ったな、東新宿署は何をやってるんでしょう」

相手の声を聞くと、章助はそれに押しかぶせるようにして不満をぶっつけたが、

「ああ、観たよ。色々と大変みたいだな。周辺署で協力して、あそこの管轄エリアをフォローすることになるそうだ。まあ、それについては、シゲさんからの指示を待とう」

相手が自分ほどは感情を高ぶらせていないことに、ちょっとがっかりした。主任の山口には、なんとなくそういうところがあるのだ。淡々と任務をこなそうとするのは、中堅の警察官として当然なのかもしれないけれど、ややもすればただおざなりに型通りの仕事をしているみたいに感じられるときがある。クラスターなんていう一大事なのだから、もう少し興奮したっていいじゃないか……。

「それより、ちょっと確認したいんだが、通り魔事件の被害者はおまえに、後ろからいきなり襲われて、犯人の顔は見てないと言ったんだったな」

「はい、そうですが」

「その後、被害者に話は聞けたのか？」

「いいえ、まだ治療中です」

「おまえは病院の表にいるんだな」

「はい、救急搬送口の外にいます」

「そしたら、見せたいものがあるから、そこを動くな。すぐに着く」

その言葉の通り、山口はじきに現われた。巡回用の自転車ではなくパトカーを使っており、搬送口傍の駐車スペースに車を入れるなり、章助を助手席に招き入れた。

「防犯カメラの映像が届いたんだが、どうも被害者は嘘をついてるな。これを見ろ」

そう説明しつつ車に取りつけられた端末を操作すると、モニターに男と女が現われた。

女はメイカだとわかったが、男はカメラに背を向けていて、残念ながら顔がわからない。しかし、服装や体つきからして、若い男であることは間違いなかった。

ふたりは何か話していたが、そのうちに男のほうが激高し、メイカを強く押しやった。

メイカがよろけ、後ろに倒れ、通りの縁石にもろに後頭部をぶっつけた。痛みに起き上がれない様子で、道に横たわったまま体をくの字に折って苦しんでいる。あわてて男が駆け寄るものの、彼女はその手を振り払い、あっちへ行けというように手の先を激しく振った。

「後頭部を殴られたんじゃないし、通り魔でもない……。犯人は、彼女の知り合いなんですね……」

「今、現場を確認して来たが、縁石に血の跡があった」

山口が言った。責めるような言葉は何もなかったが、明らかに章助の落ち度だった。メイカの言うことをただ真に受け、付近の様子にきちんと目を光らせなかったのだ……。

やがて、男は驚いた様子で路地の手前側を振り向き、反対側へと逃げ出した。だが、残念ながら防犯カメラは高い位置から見下ろす形で設置されており、男は野球帽をかぶってマスクをしているために、顔の判別はできなかった。

自転車に乗った章助がカメラの視界に現われ、男を追おうとしかけるも、メイカのほうに注意を引き戻されて助けに駆け寄った。

「中華料理屋の店主にも話を聞いたんだったな」

「はい……、しかし、何の心当たりもないと……」

「残念ながら、これ以上顔がはっきりわかる画像はないんだが、店主に見せれば服装などの特徴から何かわかるかもしれない」

「お客の誰か、とか……」

「そうだな。それと、もうひとつあるんだ。これを見ろ」

山口はさらに言い、映像を少し前へと巻き戻した。

「路地の先のほうに、ちらっとだが、宅配業者っぽいふたりが映ってるだろ」

指摘されて、気がついた。おそろいの制服を着て、宅配の段ボールを抱えた男がふたり、画面の端っこをかすめたのだ。章助が現場にたどり着くよりも、少し前のことだった。

「他の防犯カメラで、このふたりを特定できたぞ」

と言いつつ操作をつづけ、ふたりが大きく映った別の映像に切り替えた。

「これは別の路地に設置された防犯カメラだ。犯人は、ふたりの傍をかすめて逃げてる。このふたりなら、何か犯人の特徴を目撃してるはずだ」

ふたりの顔が大きく映った映像を見て、章助は思い出した。

「あれ……、こいつらには見覚えがありますよ。日暮れどきに、別の場所で出会ってます。雑居ビルから出て来たこのふたりに、うっかり自転車でぶつかりそうになったんです」

「えっ、ほんとか……？　浩介も一緒だったのか？」

「はい、一緒でした」

「そのとき、そいつらに、何かおかしな点は感じなかったか？」

「なんです……？」

「だって、おまえ、よくこの映像を見てみろ。それっぽい服を着てるが、こんな制服の宅配業者などいないぞ。こいつらは、宅配便を届けてるんじゃなく、盗んでるんだ」

「あ……」

日暮れどきの記憶がよみがえり、章助は思わず小さな声を漏らした。あのときも、雑居ビルから出てきたこいつらは、ふたりそろって段ボールを両手で抱えていたのだ。届け先が不在で持って戻ってきたのだとばかり思っていたが、考えてみればひとつのビルの中で、二カ所も三カ所も留守だなんて、おかしいじゃないか……。

「おまえ、相変わらず朝礼の話を何も聞いてないだろ」

「いやあ、そんなことは……」

「嘘をつけ。新型コロナの影響で、最近は宅配業者が荷物を直接手渡さず、大きな荷物は玄関前に置くようになってる。しかし、そのために盗まれるケースが増えているので注意しろと、ついこの間、朝礼で言われたばかりじゃないか」

そういえばそんなことを言われた気もするが、定かではなかった。このところ注意事項ばかりが多くて、いちいち覚えてなどいられないのだ……。

「参ったな……。これもまたコロナの影響ですね……」

つぶやくように言う章助の前で、山口が呆れ顔をした。

「馬鹿言うな。おまえの怠慢(たいまん)の影響だよ」

10

　表に出るとすぐ、重森が無線で本署に連絡を入れた。

「この近くの二丁目交番から、応援を派遣してくれるそうだ。ここの見張りは彼らに引き継ぎ、俺とおまえは立木卓が借りていたアパートに向かうぞ」

　状況を説明して指示を得ると、無線機を革帯に収めながら言った。

　早乙女から聞いた話では、立木は半月前までは新宿一丁目のアパートに暮らしていた。今のところ引っ越し先は不明だが、管理人に訊けば何かわかるかもしれないし、部屋から立木のＤＮＡが採取できる可能性もある。

　念のため、早乙女興業への見張りも怠(おこた)らないようにするというのが本署の判断だった。死体の発見されたビルが地上げの対象になっていたことを重く見たのだ。

「了解しました」

　と応じた浩介は、早乙女興業の三階の窓に目を凝(こ)らした。三階には、表側に窓が三つ並んでいる。一番右側は廊下のもので、残りのふたつはおそらく同じ部屋のものだと、建物の造りから想像がついた。

部屋の窓はふたつとも遮光カーテンが閉まっていたが、向かって左側のカーテンが揺れたように見えた。

建物から出たときにも、ふと視線を感じたような気がしたのだ。

「どうかしたのか？」

「三階の窓から、組員の誰かがこっちを見ていたように思うんです」

浩介が声をひそめるようにして言うと、重森は微笑してうなずいた。

「ああ、それは、たぶん組員じゃあないぞ。早乙女にゃあ、引き籠もりの息子がいるんだ。おそらく、そいつだよ。前に訪ねたときにも、三階から表の様子をそっと窺ってたことがある」

「引き籠もりですか……」

「ヤクザだって普通に家族があるんだ。そういうこともあるさ。さっきちょっと話が出たが、今から四、五年前だ。やつのかみさんと長男は、センターラインを越えて来た居眠り運転のトラックに激突されて、亡くなったんだ」

「そんなことが……」

「ああ。早乙女興業ってのは、今の新宿じゃ珍しい香具師系の暴力団なんだ。この建物にゃ、若い衆の何人かが、今でも一緒に暮らしてる。今じゃああして男所帯だが、かみさんが生きてた時分は、そいつらの食事の面倒もかみさんが見てたのさ。だが、長男は父親の稼業を嫌い、家を出て普通にサラリーマンをしてた。そして、確かそのときは、転勤で諏訪だかどこかにいた。母親が遊びに来て、それを送って車で新宿に戻る途中で事故に遭ったんだ。次男は、それからしばらくして引き籠もりになったのさ」

重森はそう話していたが、すっと口を閉じ、浩介に手で合図して物陰へと身を引いた。早乙女興業の玄関口から、男がひとり出て来るところだった。三上健夫だ。三上は通りの左右に視線を巡らせると、二丁目の仲通りの方角へ向けて足早に歩き出した。右手に、真鍮の鍵がついた丈夫そうな革鞄を提げていた。

浩介は、判断を仰ぐために重森を見た。まだ勤務三年で、警察官の第六感と呼ばれるものが備わっている自信はなかったが、なんとなく気になる雰囲気だった。

重森の決断は早かった。

「こっそりと後ろを尾けてみろ。俺は応援の警官が来たら、立木卓が借りていたアパートを訪ねてみる」

「了解しました」

制服は尾行には不向きだ。相手がちょっと後ろを振り向きさえすれば存在に気づかれてしまう。浩介は、慎重に距離を置いてあとを尾け始めた。

二章　夜間勤務

1

東新宿署の正面にはテレビ中継車が何台も停まり、歩道のあちこちに脚立が立ち、その上に陣取った人間たちが動画や写真の撮影をしていた。ときおりライトが煌々と灯ると、警察署を背にした若いレポーターたちが、マイクを片手に真剣な面持ちで眉間にしわを寄せて何か中継を始める。あちこちに社ごとの数人でグループができ、それぞれにけん制し合ったり、どこか取り繕ったような笑顔を向け合ったりしていた。

警察署の建物から出て行く署員たちにカメラを向け、インタビューを試みる者もあったが、マスコミには一言も喋ってはならないと釘を刺されている。その命令を破ってテレビカメラの前に立つような馬鹿者は、警察官の中にはさすがに誰もいなかった。

どの警察署も、二十四時間眠らない。必ず遅くまで取調べや書類仕事に勤しむ警察官がいるし、いつ発生するかわからない事件に備えて、夜勤の人間が待機している。

だが、今夜のこの東新宿署だけは、日本の警察署の中で唯一事情が違っていた。署内で新型コロナのクラスターが発生し、東新宿署勤務の人間全員が「濃厚接触者」として自宅待機を命じられたのだ。取調べも延期され、書類仕事も停止、継続中の捜査も基本的にはいったん停止の上、緊急のものについては他署へと引き継ぐようにとのお達しが出されていた。

そして、西新宿署、大久保署、四谷中央署の近隣三署から急遽、人員が回され、夜勤を務めることになった。東新宿署管内で事件が発生した場合には、この三署から捜査員が出動するし、警視庁通信指令センター、いわゆる一一〇番通報への対応も、東新宿署の分までこの三署で行なう。

なにしろ、官公庁に於けるクラスターが、全国で初めて、都庁でも区役所でもなく、警察署で起こってしまったのだ。対応を間違えれば、マスコミがどう騒ぎ立てるかわからない。お偉方が、その一点を気にしているのは間違いなかった。

現在、静まり返った警察署の建物内には、留置場の見張り役二名、証拠保管庫の見張り役二名、そして、警察署全体の見廻りと玄関口の立番を交代で担当する四名の合計六名が、近隣署から助っ人として配備されていた。

丸山はそんな中のひとりとして、証拠保管庫の管理室のデスクに坐っていた。西新宿署でやはり証拠保管庫を担当する男だった。あと二年で定年を迎えるベテランであり、普段は昼の勤務が専らだったが、今夜は急な出来事への対応でやって来たのだ。

証拠保管庫は、東新宿署の地下の突き当たりにあった。表のマスコミの喧騒もここまでは届かない。廊下との間を鉄格子が隔て、デジタルロックになっている。担当者が管理室にいる間は扉が開いていて出入り自由だが、不在のときにはロックされる。保管庫と管理室との間にも同じデジタルロックの扉が設置されていて、こちらは出入りのとき以外はずっとロックがされていた。

かつてこの東新宿署にいたことがある丸山にとって、この証拠保管庫も馴染みの場所だった。ただし、当時は捜査官だったので、見えていた景色は今とは一八〇度違う。そのことを、内勤に配置転換されてからの三年間で嫌というほどに感じていた。

少し前にここの事務デスクに坐った丸山は、念のために引き継ぎのリストに目を通しているところだった。明日の早朝に、容疑者をひとり検察庁に送致するのに合わせ、保管庫の証拠品も送付される。そのリストが、かなりの量だった。

鉄格子の向こうの廊下に人の気配がして顔を上げると、知った顔が現われた。

「ああ、びっくりした……。どうも、お久しぶりです。どうしたんですか……、なぜ丸さんがここに？」

「わかるだろ。応援要員だよ。朝まで、俺がここに詰める」

丸山は、口の中でもごもごと言った。

三年前、丸山がこの東新宿署の捜査員だった頃に、同じ捜査一係にいた金木という男だった。つまり、丸山が上層部との間でトラブルを起こしたとき、それを間近で見ていたひとりなのだ。

それ以来、顔を合わせるのも初めてだった。

金木は丸山と出くわして驚いたらしく、一呼吸置いてから愛想笑いを浮かべた。

「いやあ、それはお疲れさんです」

「まあな」

それ以上、何と言ったらいいのかわからず、結局いつものようにそう応じるだけで黙り込むことになった。それでいつでも相手からは、不愛想な人間だと思われるらしい。実際、愛想よく振る舞うことなどできやしないが、丸山からすれば自分以外の人間がみな愛想がよすぎるのだ。

「どうですか、最近は?」

金木のほうでは、いわゆる潤滑油的な会話をやめるつもりはないらしく、そんなふうに訊いて来た。

「どうもこうもないさ。淡々と職務をこなしてるよ」

言葉を選んで言ったつもりだが、相手にどう取られたかはわからない。

「どうだい、そっちは？」

「相変わらずですよ」

そういえば、この男は自宅待機をしなくてもいいのだろうか。しかし、上層部が保身のために出したようなあんなお達しに従わないデカのほうがむしろ頼もしい。丸山は、その点には触れないことにした。

「で、今日はどうしたんだ？」

しかし、そう言って要件を促すと、気のせいか金木は少し気まずそうにした。

「ええ、なに、先日のヤマで、ちょっと気になることがありましてね……。現在、勾留中である被疑者の自宅から押収した証拠品を再点検したいんです」

口調は普通に保たれていた。

「被疑者の名は？」

「伊那基一。これが証拠リストの番号です」

金木は言い、番号が書かれた手書きのメモを差し出した。

「わかった」

丸山は保管庫の端末を操作した。伊那の個人データによると、窃盗ばかりで今度が五度目の逮捕になるプロの「うかんむり」、つまり空き巣狙いだった。また、証拠リストの番号から、金木が出そうとしているのはパソコンだと知れた。

「じゃ、申請書」

キーボードに指先を置いたままで言ったが答えがなかったので、丸山は顔を上げて金木を見た。

金木は、困惑顔でこっちを見ていた。その目に、一瞬、反抗的な光が見えたが、すぐにそれを覆い隠して哀願(あいがん)する顔つきになった。

「急いでるんですよ、丸さん」

「だから、申請書」

「上司は出払ってます」

金木はそう言いかけ、みずからすぐに訂正した。

「というか、コロナによる自宅待機で、もう署にはいませんよ。急いでるんだ。なんとかしてくれませんか」

「しかし、規則は規則だ。上司の判こつきの申請書がなければ、証拠品は出せない。新米デカでも知ってること(そこ)だろ」

金木が気分を損ねたのがわかった。昔からプライドが高い男だったし、自分は優秀な捜査官だとの自負も人一倍強い。

(新米デカうんぬんは、言わないほうがよかったな……)

丸山はそう反省したが、あとの祭りだ。

「ええと、上司は誰なんだ？」

「班長は長尾さんですよ。係長は山本さん。ふたりとも、今夜はもう署にはいませんって」

ふたりとも、面識のない相手だった。

「わかった。それじゃ、班長に、ここに電話を入れるように言ってくれ」

少し譲歩するつもりで言うと、なぜだか金木はますます不快そうに顔をゆがめた。

「俺を信用していないってことですか？」

「そうじゃないさ。譲歩して言ってるんだ。コロナでこの状況だ。長尾という上司から電話を貰えれば、それでいい」

「相変わらずだな、あんたは――」

金木は恨みと怒りを込めた低い声になった。

「なんだと……？」

「四角四面で、融通が利かないと言ってるんだ」

丸山は、言葉を失って金木を見つめた。正直なところ、相手がここまで感情を露わにするとは思っていなかった。

「おまえ、金木……」

「すみません、ついカッとしてしまって……。だけど、丸さん、ほんとに急いでるんですよ。わかってもらえませんか」

「だから、電話を貰えればいいと言ってるだろ」

「いったいどうしちまったんですか。あんただって捜査課にいた頃には、規則のひとつやふたつ、破ったことはあるはずだ」

「まあ、それはそうだが……」

「でしょ。事務手続きぐらい、あとでいいじゃないですか」

その言い方が気に入らなかった。それに、丸山には、自分が軽くあしらわれたように感じられた。

本当はそんなことではないのだろう。いや、本当に軽く扱っているのかもしれないが、そんなことにいちいち目くじらを立てる必要もないはずだ。

結局のところ、規則を曲げないことが、今の自分の拠り所なのだ。自分を保っている唯一の方法というべきか。

「そうはいかない。上司が判こを押した申請書と引き換えに、保管庫から証拠品を出す。それが規則だ。証拠品の扱いは、常に厳密でなけりゃならない。それを電話で済ませるだけでも、最大限の譲歩なんだぞ」

金木の目の奥で、何かが爆ぜた。怒りと蔑みまでは見定められた。それ以上は、見たくもない。

「もういい。頼みませんよ。それを返してください」

金木は証拠リストの番号を書いたメモを、丸山の手から奪うように取った。背を向け、足音も荒く行きかける姿を、丸山は黙って見ていた。その背中が、じきにこちらを振り向くような気がしていた。たぶん、これでは気持ちが収まらないだろう。似たようなことが様々な連中との間で何度もあったので、わかるのだ……。

予感が当たった。

「丸さん、だからあんたは頭が硬いと言われるんだ。それで今の部署に飛ばされたんでしょ。いつになったら懲りるんです」

「――――」

相手に何か言い返す隙を与えまいとするかのように、金木はそんな言葉を吐き捨てるように言うとすぐ足早に遠ざかった。

その姿が見えなくなるとすぐに、入れ替わるようにして若い男が姿を現した。廊下の死角になった場所で、話を聞いていたにちがいない。この管理室は廊下突き当たりの側面にあるため、管理室の中からはここの前方しか見えない。

男はTシャツにデニムのジャケットとズボンといった格好で、頭をくりくりに刈り上げていた。だらしなく伸ばしているよりは好感が持てるが、それでもどこかのパンクバンドを連想させる。実際にはしていないものの、耳とか鼻にピアスをして、それらしいファッションをしているほうが似合いそうな男だった。

「何だ、きみは？　そこで話を聞いていたのか？」

丸山が詰問口調になると、若造は恐縮した様子で肩をすくめた。

「すみません……。中に入りにくかったもんすから……」

「で、何の用なんだ？」

「大久保署の夏井といいます。自分も、ここで朝まで勤務いたします」

「ああ、そうだったか」

丸山は語調をいくらか和らげたが、

「大久保署のどこの所属だ？」

その雰囲気は表情には至らなかった。

「大久保駅前交番勤務です」

「交番勤務なのか……」

「はい。人手が足りないから、おまえが行けと言われて……。自分は今日は、朝からずっと勤務だったのに、まったく人使いが荒いっすよね、警察ってところは……」

「ええと……、なんでそんな恰好をしているんだ？」

「それは……もう交番での勤務は終わりましたから……」

「ネクタイで通勤しないのか？」

「はあ……、自分は寮住まいなものですから……」

寮住まいであることが、なぜネクタイにワイシャツで通勤しないことの理由になるのか、と問い返したかったが、やめにした。

若い人間に何かを尋ねても、いたずらに疲れが増すだけだ。

それよりも、定年まであと二年。最後まで自分のやり方で勤め上げることが大事なのだ。

そうだ、それこそが大事なのだと、丸山は胸の中で自分に言い聞かせた。

2

ガタン、と大きな音を立てて缶コーヒーを吐き出した自動販売機は、その後すぐに身を震わせ、ブーンと低い振動音を立てた。街が静まり返っているために、そうした音までがやたらに大きく聞こえる。自販機の前には、顔にどことなくまだ幼さの残る若者がふたり、落ち着かなげに立っていた。

取り出し口から缶コーヒーを取り出した和也が、「ほら」とそれを相棒に差し出した。

隆司は礼を言って受け取り、タブを開けて口に傾けた。喉が渇いていたために、あっという間に缶が軽くなるぐらいまで飲んでしまったが、じきに砂糖の甘味で口の中がねとつき出した。

それを追い払いたくてたばこを出し、火をつけた。和也の視線を感じ、

「喫うか？」

よれたパックに残り少なくなったたばこを勧めると、

「いや、持ってるさ」

和也は高い外国たばこをポケットから出して唇に運んだ。

たばこの辛みでいくらか口の中のねとつきが中和されるのを感じつつ、隆司は肺の奥深くまで煙を吸い込んでは吐いた。

そうしていると、現場で一工程終えたあとの一服を思い出した。皆が、親方と呼ぶ舞台監督がたばこ好きだったため、小休止の時間には喫煙者のスタッフがステージの端っこに雁首をそろえ、それぞれにすぱすぱとやり出したものだった。

元々、隆司はたばこを喫ったことなどなかった。もう少し上の世代ならば、学校の校舎の裏やトイレに隠れてたばこを喫った思い出があるようだが、今年二十五になる隆司が高校の頃には、そんなことはダサいとする風潮のほうが強かった。

だから、たばこを喫うようになったのは、ステージ脇で親方を囲んで美味そうに煙を吐き上げるグループに加わりたかったために他ならない。自分たちが手がけたステージが、少しずつ出来上がっていくのを眺めながら味わう一服は、何物にも代えがたいものなの

だ。

隆司たちステージ設営のスタッフは、歌手たちのリハーサルから立ち会っていられるし、コンサート本番中も、ステージの成功に向けて、音響やライティングのスタッフとともに忙しなく駆けずり回る。働き出して半年もするうちには、隆司にも設営作業の段階から、コンサート本番の様子がなんとなく頭に思い浮かべられるようになった。そして、こうした裏方の仕事こそが、ライブの成功にとっていかに大切かを実感した。

もう一度、みんなで汗を流して舞台を組み立て、一緒に美味いたばこを喫いたかった。

だが、いったいいつになれば、そんな生活が戻るのだろう……。

本当に戻る日が来るのだろうか……。

「参ったな、新宿なら、もうちょっとたくさんあると思ったのに——」

空になった缶コーヒーの飲み口に、とんとんとたばこの先端を打ちつけながら和也がぼやいたが、

「中野とか、高円寺とか、もっと人がたくさん暮らしてるところを回ったほうがよかったんじゃないのか?」

隆司が思いつきを口にすると首を振った。

「ああいうところはダメさ。学生とか、独り暮らしの会社員とかが多いだろ。だから、宅配で高いものを買ったりしないんだ」

なるほど、と思う反面、本当にそうなのか、という疑いもすぐに芽生えた。和也という男は、なんでも知ったかぶりをするところがあるのだ。そうすることで、常に他人よりも自分を上に見せたがるところが……。行きつけの店で出会って親しく飲むようになってからいつも、そのお喋りをほどよく賑やかで心地よく思ったものだが、今は少し鼻についた。

いや、本当は和也に嫌悪感を覚えているのではなく、和也に引きずられてこんなことを始めてしまった自分をこそ嫌悪しているのかもしれない。

きっかけは、ちょうど一週間前のことだった——。

自粛自粛で遊びに行ける店も減ったし、そもそも仕事がなくなってしまった身ではそうする金もない。まだ明るいうちから部屋で安物の焼酎をウーロン茶で割って飲んでいた隆司を、不景気なツラをした和也が訪ねて来た。

早いペースで飲んだために、それほど時間が経たないうちにふたりとも顔が真っ赤になった。小腹が減り、何か食べられるものを買って来ようと言ってアパートを出ると足元がふらふらした。スーパーや百均に足を延ばしてみたが、「人流」をとめる感染対策とかの影響で、早い時間から店を閉めてしまっていた。

仕方なく、スーパーよりも値の高いカップ麺をコンビニで買った帰り道、ある家の門の中に、宅配の平たい箱が立てかけてあるのを見つけたのだ。

門の高さは隆司たちの胸ぐらいまでしかなくて、上から腕を伸ばせばひょいと箱を掴むことができた。

しかし、それができることと、実際にするかどうかは別問題だ。なぜ盗って来てしまったのだろう。もしもあの家に電気がついていたならば……、もしもスーパーか百均のどちらかが、店をまだ開けていたならば……、もしもあんなに酔ってさえいなかったならば……。あとになってから、そんなふうにあれこれと思いを巡らせた。

いや、もっと前まで遡って数え上げたのだ。もしも舞台の仕事がなくなったりさえしなかったならば……、もしも和也の働くホストクラブが、自粛で店を閉めたりさえしなかったならば……、と。

ああいうのを、魔が差したというのだろう。

暗い家の前から箱を取り上げ、速足でそこからアパートへと逃げ帰る途中、やけにふわふわした感じがした。隆司も和也も陽気に軽口を叩き合い、よく笑った。

部屋に帰ると、和也がジャンパーのジッパーを開け、その中に隠していた箱を引っ張り出して畳に置いた。

そして、向かいに坐った隆司に訊いて来た。

「どうするよ……」

隆司は一瞬、答えに詰まった。門の向こう側に手を突っ込んでこの箱を盗んだのは和也だったし、それを道すがらずっとこうして隠し持っていたのだって和也だった。それなのに、こう尋ねることで、最後の責任を押しつけられたような気がした。

「そりゃあ、開けてみるしかないだろ」

「そうだな。そのために持って来たんだもんな――。じゃ、開けるぞ。いいな、開けるぞ」

和也は急に隠し事をするみたいに声をひそめ、段ボールの箱を破って開けた。

中には、綺麗な白人女性の顔が印刷された箱が入っていた。箱の表面には、「超音波美顔器」と書かれていて、超音波の振動によって顔の皮膚に張りを与えるといった説明があった。ネットで調べてみると、十万円以上もする品だった。

しかし、質屋に持って行けば、必ず身分証明書を要求される。メルカリやヤフーオークションに出品しても、やっぱり足がつきそうで怖かった。

「返しに行くか……」

隆司はそうつぶやいてみたが、宅配の箱をいい加減に壊して開けてしまっていたので、ガムテープで塞いで取り繕おうにも無理だった。

戻そうにも戻せないと思いながら二、三日が過ぎた頃、再び部屋を訪ねて来た和也が一万円札を一枚、隆司の目の前に差し出した。

「あれが売れたぜ。足元を見られて、到底、元の値段にはならなかったけどな」

「売れたって……、いったい誰に売れたんだよ？」

仏頂面で言い、と訊いても答えようとはせず、

「万札が二枚だから、おまえが一枚に、俺が一枚。それが今回の取り分だ」

一万円札を隆司に押しつけて来た。

「なあ、多摩川の上流のほうで、梨園をやってるダチがいてよ。夜の間なら使ってもいいってことで、ミニバンを借りられそうなんだ。ちょっと無理をいえば、日暮れ前ぐらいから使わせてもらえるかもしれない」

いつの間にか、この前の晩みたいにまた飲み出すことになって、大分酔いが回った頃、和也からそう切り出されても、隆司には何のことだかわからなかった。

「それにな、実はあの美顔器を買った中国人が、これからも色々買ってくれそうなのさ」

そう言われるに及び、何を持ちかけられているのか察しがついたが、気がつかない振りをした。中国人に売るなんて、質屋へ持って行くのとは別の意味で、しかもずっと危ない気がした。

「ああして簡単に持って来られる宅配便の荷物が、あっちこっちにあるはずさ。しかも、自粛自粛で、ほとんど誰も表を歩いてないだろ。簡単なことなんだよ。なあ、ちょっとやってみないか」

力を込めて話していた和也は、そう持ちかける段になると急に怯えた目になった。隆司に断わられることを恐れているようにも、いよいよ違法なことへと深く踏み出すのを恐れているようにも見えた。たぶん、その両方だったのだろう。

「いや、俺はいいよ……」

だが、隆司が尻込みすると、今度は急に不機嫌になった。

「なあ、悪い仕事じゃないのに、どうしてそんなことを言うんだよ。見つかりっこないって。ほんのちょっと、急場しのぎでやるだけさ。コロナ騒ぎさえ落ち着けば、何もかもすぐに元通りになる。それまで、ちょっとアルバイト程度に稼ぐだけだと言ってるじゃねえか」

——据わった目で隆司を睨みつけ、口調を荒らげ、そんな言い分を一方的に並べ立てた。

隆司には、昔からそんなふうに強く出られると、嫌とは言えないところがあった。

そして、今、こうして後悔に苛まれている。

今ならばわかるが、最初、この話を持ちかけられて一緒にやる気になったのは、何も和也に引きずられたからではなかった。心の奥底で煮えたぎっていた怒りのせいなのだ。

(俺たちがいったい、何をしたっていうんだ……)

テレビやネットで流れるニュースは、腹の立つことばかりだ。それならば観なければいいと思うのだが、つい朝になると決まったニュースやワイドショーを順番に観てしまう。「自粛要請」をしたのだから、それに対する補償を出すのは当然のはずなのに、政治家たちがずっと出し渋っているのはなぜなのだ。

しかし、ミニバンを調達してきた和也の隣に初めて坐ったときにはもう、何かこれは違う気がしていた。こんなことをしたって、決して気が晴れたりはしないだろうと……。

「さて、どうする？」

空き缶をゴミ箱に捨て、ミニバンのほうへと引き返した和也が、スマホで時間を確かめながら訊いて来た。中国人から指定された午後十時までには、まだ二時間以上あった。しかし、活動できるのは、せいぜいあと一時間ぐらいだろう。たとえ玄関前に置かれた荷物があっても大概はもう室内に入れられているはずだし、多くの家が帰宅しているので見咎められる危険も高まる。

隆司は吸い口付近まで喫ったたばこをスニーカーの底で消した。吸い殻を手にしたままで、飲み残しの缶コーヒーを揺らしながら、

「とにかく新宿の近辺はまずいよ。もう少し遠くに離れようぜ」

和也のほうを見ずにそう提案した。夕暮れどきに会った制服警官のことが気になっていた。顔をばっちり見られてしまっている。あのときは全然こっちを怪しんでいなかったようだが、被害届が出たりしたら、すぐに真相に気づくだろう。

「遠くって、どこに行くよ？」

「わからないけれど、例えば上野とか、池袋とか……」

「う～ん、そうだな……」

和也はちょっと下顎を引いて、人差し指の先でその顎の辺りを二、三度掻いた。少し先のアスファルトに、じっと視線を落としている。

そんなふうにして、いかにもじっと何かプランを練っている様子の和也は、どことなく楽しそうだった。その横顔を見ているうちに、また不安が大きくなり、やっぱり言うべきだという考えが隆司の背中を押した。

「なあ、俺、やっぱりやめるよ」

和也は眉間にしわを寄せて、隆司のことを見つめて来た。

「何を言ってるんだ……？」

「こんなことをして捕まるのは、馬鹿みたいさ」

「そうとは限らないだろ。捕まりっこないさ」

「なんでそんなふうに言いきれるんだ？」

「あの警官たちのことを気にしてるのか。そうだろ。だけど、大丈夫さ。全然疑ってなかったじゃないか」

「それだけじゃないだろ。あの襲われた女性のことはどうなる。俺たちは、あれをすぐ傍で目撃したんだぞ。犯人の顔だって見てる」

それに、隆司は、あの女をどこかで見たことがあるような気がした。

「おいおい、何を考えてるんだ？　まさか、目撃者ですと名乗り出るつもりじゃないだろうな」

「そうじゃないけど……。警察は、あの辺りの防犯カメラを、きっと虱潰しにするぞ。そしたら、俺たちが映ってるかもしれない」

「考え過ぎさ……」

「おまえと言い争うつもりはないんだ。とにかく、俺はやめたいのさ」

思ったよりも大きな声が出てしまい、隆司はあわてて周囲を見回した。

通りの先に人影が見えて、「とにかく、車に入ろうぜ――」と和也が促した。

空き缶と吸い殻を捨てた隆司が戻ったときには、和也はもう運転席に納まっていて、

「なあ、それならそれでもいいけどよ、おまえ、この先、どうするんだ？　このコロナ騒動を甘く見てるのかもしれないが、一カ月やそこらじゃあ到底収まらないぜ」

隆司が隣に乗り込むのを待ちかねたように言った。

「わかってるさ、そんなことは……」

「わかってない。きっとライブや舞台が復活するのなんか、一番あとだぜ。国の偉いやつらが、そうした娯楽を優先して考えてくれるはずはないからな」

その点については、隆司もまったく同意見だった。

「それに、このままバイトだって見つからないぜ。あっちもこっちも自粛で仕事がなくなっちまってるんだ」

それもまったく同意見。実際にアルバイトを探してみても、雇ってくれるところなど見つからなかったのだ。

「だけど、こんなことをするのはやっぱり間違ってるよ。コロナが終わったら真面目に金を稼いで、そして、あの美顔器も弁償しようぜ」

強く言い張る隆司を、和也は黙って見つめて来た。そして、小さく微笑んだ。

「そうだな……。おまえは抜けたほうがいい。悪かったな。俺が引き込んじまったみたいなもんさ……」

「そんなことは……」

「いいから、黙って聞いてくれ。たとえ俺が捕まっても、決しておまえのことは言わないよ」

「――おまえはやめないのか？」

隆司は少し狼狽えた。和也の性格からして、決してひとりでつづけることなどできないはずなのに……。

和也は、気弱そうに微笑んだ。

「俺はやめられないよ……。わかるだろ……。俺は、まずい筋から借金があるんだ……」

3

ライトスタンドの明かりが、パソコンモニターを照らしていた。天井灯は消えているために、部屋の四隅には薄闇が濁り水みたいにたまり、壁を埋め尽くした雑誌やコミックス、それらと同じぐらいの量はあるラノベの数々、CD、DVD、BDなどのソフトもみな、ぼんやりと闇に沈んでいる。

そして、ここに、もうひとり、年齢の割には幼い顔をした若者がいた。

部屋の主である健斗は、今年、二十四歳になる。彼は今、下顎の下に余ってたるんだ顔の肉をしきりと指でつまんで引っ張りながら、ちょっと前にモニターに浮かんだ文字を見つめていた。

そこにはこんなメッセージが表示されている。

——このままでいくと、あと2週間もしないうちに、全世界の人間の半分が感染することになるわ。

——YouTubeを観てみて。「地球博士の未来チャンネル」よ。そこに、感染率と感染拡大をグラフにして、統計学的に割り出した未来予測のデータが載ってるから。

――そのデータによると、じきに人類の大半が感染するそうなのよ。感染者は指数関数的に増えて、3週間後には全世界の人間が感染してるんですって。そして、計算上でいくと、一カ月ちょっとのうちには、感染者はもう世界人口の2倍とかになるの。びっくりでしょ。

ほんとをいえば、健斗も同じグラフはもう見たことがあって、それに反論するサイトの存在も知っていた。確かにある時期までは感染者が「指数関数的」に増える可能性があるが、感染者が増えれば増えるほど免疫を獲得した人の数だって増えるわけで、そうなると徐々に感染率は下がっていく。それを、「閾値（しきいち）原理」というそうだ。

だから、単純に「指数関数」で感染者の数を予測するのは無意味であり、そういった動画を作成しているのは、ただの無知な馬鹿者か、もしくは世間の不安を煽（あお）ることによって動画の再生回数を増やそうとしているユーチューバーだ。――健斗が観た動画では、そう指摘されていた。

だいたい、「感染者は世界人口の2倍になる」って、いったい何だ……。アメリカとロシアの持っている原爆だけで、世界を何百回か破壊できるという話を子供時分に聞いてびっくりしたことがあるが、そのあとで、でも、一回壊せばそれで終わりだろと思ったときと似た気分だった。

しかし、それを今ここで指摘して返信するのはためらわれた。上手（うま）く伝える自信がないし、下手に反論すれば、せっかくマキちゃんとの間で芽生えた連帯感が失われてしまうかもしれない。

だから、健斗はしばらく考えてから、こう打ち始めた。

——怖いね。「地球博士の未来チャンネル」はもちろん、僕だって観たよ。感染者が指数関数的に増加する意味を、世界の政治家はみんなちゃんとわかってないんじゃないのかな。もしもわかってるとしても、それに対して有効な対抗策を立ててるとは思えないよ。

健斗の下顎の肉は、よく伸びる。他でもなくそれは、一六〇センチちょっとの身長に対して、体重が一三〇キロ近くある肥満体のためだが、特に顔の肉は柔らかい。部屋に閉じ籠もり、ほとんど誰とも会わないために、表情を作る筋肉が弱ってしまっているのかもしれない。

この肉をなんとか引き締めなければと思って、毎朝洗顔のあとで必ず顔の筋肉を動かす運動をしたり、役者の誰それはタワシで叩いて顔のたるみを取っていると知って同じことを試したりもしたが、あまり効果があるようには思えなかった。

結局、カロリー制限をするか、運動をして痩せるしかないのだろう。しかし、そのどちらも健斗には不可能に思えた。とりあえずは鏡を見るときにちょっと顎を引き気味にして顔が尖って見えるようにしたり、大便をするのにトイレでしゃがみ込むときには、お腹の肉が気にならないように力を込めてへこましたりしている。

健斗はまた下顎の肉をいじってしばらく考えてから、さらにもう一行つけ加えた。

——やっぱり、自分たちの身は自分たちで守るようにしなくちゃね。

Enterキーを押して送信すると、キーボードとモニターの間に置いた皿から焼きそばパンを手に取ってもう一口かじった。

これはカップ焼きそばの麵を、マーガリンをたっぷり塗った食パンに挟んだものだった。焼きそばにはマヨネーズが合うと主張する人間がいて、カップ焼きそばの中にはマヨネーズをつけて販売しているのもあるぐらいだが、マーガリンをたっぷりと塗った食パンとカップ焼きそばの相性は抜群だ。

焼きそばパンを皿に戻し、足元へと手を伸ばした。そこからダイエットコークの一・五リットルボトルを取り上げてキャップを開け、ソースとマーガリンの味がまだ口の中に残っているうちにラッパ飲みした。ああ、美味(うま)い。

そうする間に返信が来た。

——そうよね。特に日本の政府は、何をするのにも時間がかかるから、自分たちで生き延びる工夫をちゃんとしなければだめよ。

健斗はペットボトルのキャップを閉め直して、足元に戻した。

——ほんとにそうだよ。

と同意を示しつつ、大きな音を立ててげっぷをした。

——きっとすぐに東京も、ニューヨークやロンドンみたいになるわ。ねえ、ニューヨークの現状を伝える動画を観たかしら？　みんな、自衛のために銃を買ってるって。ホームレスとか、頭のおかしい人たちが街を歩き回ってて、危なくて外に出られないって。それに、スーパーもコンビニもがらんとしてて無人なのよ。

——これって、ほんと、東京の二週間後の姿よ。なんでもアメリカが日本の先を行ってるのだから、すぐに日本だってこうなるはずよ。観てないなら、動画のＵＲＬを教えるから、すぐに観てほしいわ。向こうに暮らしてる日本人が、日本語で報告してくれてるから。

——ありがとう。それじゃ早速、送ってくれるかな。お願い。

健斗の頼みを受けて、マキちゃんはすぐにＵＲＬを送って来てくれた。

——これよ。ほんとにすぐに観てね。びっくりするから。

そう言って来たので、いったんこれでチャットをやめなけりゃならないのかと思ったのだが、そのあとですぐにこう質問が来た。

——ところで、新宿はどう？　街の様子を教えて。

健斗は、ほっとした。コロナウイルスは最悪だけれど、唯一良かったのは、こうしてマキちゃんに出会えたことなのだ。最近では、彼女と情報を共有し、一緒になって自分たちの健康や日本の将来について語り合っている時間が、何よりも貴重に感じられる。新型コロナさまさまだ。

――新宿の何を知りたいの？

――例えば、人出はどう？

――人が減っていて、夜になるとゴーストタウンみたいだよ。

――そしたら、お父さんの仕事も大変でしょうね？

そう訊かれて、ドキッとした。マキちゃんには、健斗の父親は、新宿で警備会社を経営していると話してあった。まあ、縄張りを見回って、意に沿わないやつがいたら排除して回ったりするのだから、そう呼べなくもないだろう。

――そうだね。人通りが少ないと、何かとバカなことをやり出す人もいたりして、そういった点では大変みたいさ。群馬のほうはどう？

――こっちは元々人が少ないから。だから、感染者だってほとんど出てないわ。でも、そのせいで逆に、みんなの意識が低いのが問題。マスクをしている人も少ないし、ソーシャルディスタンスだって、全然気にしてない人ばかりよ。

――それはそれで大変だね。

――僕は、マキちゃんが感染しないかが心配だよ。

――ありがとう。でも、私は気をつけてるから大丈夫。

――いつか、コロナが落ち着いたら、ケンくんに会いたいわ。

モニターにそんな文字が現われて、健斗はぽっと顔が火照るのを感じた。プリントアウトしてパソコンの横に貼ったマキちゃんの写真を見つめ、唇の両端をきゅっと持ち上げて微笑みかけてみる。そんなふうにすると、たとえ顔の肉が厚くなってしまった今でも、健斗の両頰には小さな笑窪が浮かぶのだ。

――僕も早く会いたいよ。

すぐにそう打ち込んでしまうのがもったいなくて、健斗は指先に力と思いを込めて一語一語丁寧にキーを打った。

そして、Enterキーを押そうとした正にそのとき、背後にノックの音を聞いた。

小さく舌打ちしながら椅子を回し、健斗は部屋のドアを睨みつけた。

「誰？　今、忙しいんだけれど」

不愛想に応えつつ、パソコンに表示された時計を見た。四六時中遮光カーテンを閉め切っているため、今が昼なのか夜なのかすら忘れてしまうことも多いのだが、夜の八時になろうとしていた。

「食事なら、今夜は要らないよ。もう、自分で作って食べたから」

返事がないのに苛立って、健斗は冷たく言い放った。どうせ相手は、父親に命じられてやって来た若い衆の誰かに決まっている。

「健斗、俺だ……」

だが、ドア越しに父親本人の声が聞こえ、健斗はちょっと驚いた。こんなことは滅多になかった。いったい、何の用なのだ。

「聞いてるか、健斗――？　これから、大事な話をする……」

なんだか勿体ぶった調子で父がそうつづけ、健斗は鼻白んでため息をついた。

「驚かずに聞け。俺たちは、ちょっとダメみたいだ……。コロナにやられちまった……」

健斗はまだ無言のまま、少しよそ行きの顔つきになった。

今にも父がドアを開け、にやにやしながら飛び込んで来るような気がしたからだ。「水曜日のダウンタウン」や「モニタリング」のスタッフが、騙した芸人に対してタネ明かしをするときみたいに……。驚いた顔など見せてなるものか……。

しかし、ドアノブが回る気配はなかった。考えてみれば、ドアには内側から鍵がかかっている。

「聞いてるか、健斗……」

「いったい何を言ってるのさ、父さんは――」

健斗は、わざと冷たく問いかけた。

「俺は冗談を言ってるんじゃない。前におまえが言ってた、クラスターってやつだ……。俺だけじゃない……。他の連中もみんな、今、のたうち回っている……」

「――」

耳を澄ますと、父の苦しげな息遣いがドア越しに聞こえる気がした。だけど、そんなバカなことがあるもんか……。このドアの外に、コロナが蔓延しているなんて……。

椅子から立つと、四六時中一三〇キロの重みを支えているスプリングがきしみを上げた。床に積み重なったＤＶＤや雑誌の山を避けながら部屋を横切り、ドアのほうへと近づいた。

「まだ開けるな！」

だが、ドアノブに手を伸ばしてロックを解除しようとした途端、父の怒鳴り声がした。

ドアに鈍い音がして、健斗は父がドアに背中を押しつけたらしいと知った。

「いいか、おまえの部屋以外は全部だめだ。どこにウイルスがついているかわからん」

「父さん、冗談はやめてくれよ……」

「冗談なもんか。よく聞け。ここにはじきに救急車がやって来る。だが、それだけじゃ済まないはずだ。言ってる意味がわかるな。クラスターにかこつけて、警察があちこち調べ回るだろ。こっちは脛に傷がある身だ。その先どうなるかは、俺にもわからん。おまえは、連中が来る前にここから逃げるんだ」

「待ってよ……。逃げるって、どこに……？」

「そんなことは自分で考えろ」

「――」

ドアの向こうで、体を引きずる音がした。

「さあ、ドアを開けろ。だが、俺には近づくなよ。他の連中にもだ」

どうして急にこんな話になるのだ。この自分ひとりだけの部屋の中で、いつまでもSNSでマキちゃんとコロナについて語り合っていたいのに……。

「何をしてる、健斗⁉　早く開けて出て来い！」

父の声は、昔、まだ健斗が年端もいかない幼子で、兄も母も一緒に暮らしていた頃のような威厳に満ちていた。

健斗は、命じられた通りにドアを開けた。

4

《自粛要請を受けて、緊急事態宣言終了まではテイクアウトと配達のみ営業いたします》
本来は黒板にメニューとか今日のお薦めとかが書かれていたにちがいない立て看板に、そんな貼り紙がしてあった。
ここは新宿の他にも渋谷、池袋、六本木等の繁華街に何店舗かを構えるチェーンのピザ専門店で、最後にはその運営グループの名が記されていた。
新宿三丁目にあるその店の前に自転車を停めた坂下浩介は、看板の貼り紙に記された文字を読んでから、改めて店舗を見渡した。通りに面した側には色つきガラスの窓が連なり、その窓の奥に暗い店内が見えた。組の事務所を出た早乙女興業の三上は、速足で二丁目から三丁目へと移動し、ほんのちょっと前にこの店の裏口から中に入ったところだった。

自転車を目立たないところに駐(と)めて戻り、色つきガラスに顔を近づけて中を覗くと、暗い店内の向こうに厨房(ちゅうぼう)の明かりがあった。

厨房と店を仕切る壁には、ピザを出すためのカウンターと人の出入りする戸口があり、そのカウンターの向こうに人がいた。

見えるのは胴体部分だけだったが、服装からしてその片方が三上だと見当がついた。もうひとりは、キッチンウエアを着ていた。

(ピザ屋などに、いったい何の用があるのだろう……)

三上という男は、組の幹部のひとりなのだ。それがわざわざひとりでピザ屋に出向き、注文しに来たとは到底思えない。

浩介が様子を窺っていると、キッチンウエアを着た男のほうが店舗へと出て来た。ピザの配達用の袋を両手で抱(かか)え持っていた。

それで初めて気づいたが、店の隅っこのテーブルに、制服を着た別の店員が坐ってスマホをいじっていた。腰を上げ、キッチンウエアの店員からその配達袋を受け取り、小走りで表の出入り口にやって来る。浩介は、あわてて身を隠した。

　表に出て来た店員は、学生のアルバイトっぽいまだ二十歳そこそこの若者だった。店舗の端っこに駐めてあるスクーターに歩き、その荷台のボックスに配達袋を入れた。マスクをつけ、ヘルメットをかぶり、スクーターのエンジンをかけて遠ざかった。

　三上は、その後からすぐに表に出て来た。右手にはやはり、あの頑丈そうな鞄を提げていた。歩き出そうとして、行く手を遮るように立ち塞がる浩介に出くわした。

　一瞬、動揺を示したことが、マスクをした顔からでも見て取れた。

「ああ、おまわりさん、御苦労さんです。どうしたんですか、こんなところで」

「職務質問だ。この店で何をしていた？」

「ここはピザ屋だよ、ピザを注文しに来たに決まってるだろ」

「幹部のあんたが、か？」

「そうだよ。悪いか？」

「店の人間に確かめるぞ」

「どうぞ、そうしたらいい。じゃ、俺は行っても構わないな」

「職務質問だと言ったろ。その鞄には何が入ってる？　開けて見せてくれ」

「なんでそんな必要があるんだよ……」

「拒むのならば、公務執行妨害で逮捕することになるぞ」

そう言って脅すと渋々従い、鞄を地面に置く仕草をしたが、その途中で鞄を振り回して逃げようとした。だが、街で大勢の人間を相手にしている制服警官は、これぐらいの動きには慣れている。浩介は三上の腕を取って捻り、鞄を取り上げた。

「公務執行妨害で逮捕だ」

きちんと宣言して背中に捻り上げた右手の手首にまず手錠をかけ、鞄を足元に置くとつづけて左手首にもはめた。

鞴みたいに鼻息を荒くし、「権力の横暴だぞ」と暴れ始める三上の体を引きずり、通りに面して建つビルの外壁に押しつけた。じっとしてろと命じつつ、上着の内ポケットに手を差し入れ、そこに鞄の鍵を見つけた。

鞄に屈み込み、鍵を使って開けると、中には弁当箱が収まりそうな大きさの保冷バッグが入っていた。

保冷バッグのジッパーを開けた浩介は、氷点下用の保冷材に挟まれている透明なプラスティックケースを見つけた。

プラスティックケースには、空の試験管が三本並んでいた。きっと、新手のドラッグにちがいない。

「これは何だ……？　答えろ。どんなドラッグが入っていたんだ？」

ケースを突きつけられ、三上は伸び上がるようにして顔をそむけた。

「知らねえよ……。交番へでも警察へでも連れて行きゃあいいだろ」

浩介は三上を睨みつけてから、視線をピザ専門店の明かりが消えた店舗へと移した。

「店の人間を脅して、さっきのピザに何か入れたのか？」

三上の顎の付け根が動くのが見えた。奥歯を嚙み締めたのだ。

浩介は革帯から無線を取り出し、重森に連絡を取った。

「緊急です。公務執行妨害で三上を逮捕しました。怪しい試験管を持っていて、その中身を配達のピザに入れたようです。これから店の人間を問い詰め、配達先を聞き出します。応援をお願いします」

手早く報告し、現在地を告げた。

「中身はわからないのか？」

「何らかのドラッグだと思われますが、はっきりはわかりません。配達に出てしまったので、一刻を争います」

「わかった。そこなら、三丁目交番の傍だな。協力を要請し、俺もすぐそっちに駆けつける」

浩介は無線を終え、「来い」と三上を引きずってピザ屋に入った。

暗い店舗の向こうの調理場にいるキッチンウエアの男が、カウンター越しに身を屈めてぎょっと目を剝いた。

「花園裏交番の者だ。その場を動かないで。早乙女興業の三上に頼まれて、さっきのピザに何を入れたんだ？」

調理場に入り、男の顔を真っ直ぐに見据えて訊いた。キッチンウエアの胸の名札には、「斉藤」という苗字と「チーフ」の肩書があった。

「いえ……、僕は、何も……」

「わかってる。きみは、三上からちょっと頼まれただけなんだろ。しかし、配達先の人間があのピザを食べて健康に何か被害があったら、罪が重くなるぞ」

浩介がさらにそう突きつけると、媚びるような笑顔と泣き顔がないまぜの表情になった。

「僕は……、ただお金を貰っただけで、中に何が入っていたかは知らないんです……。ただ、相手が死ぬようなことはないと言われて……。だから、僕は……。仕方なかったんですよ、おまわりさん……。自粛要請自粛要請でシフトが減って、働きたくたって働けなくて……」

「話はあとで改めて聞く。だから、配達先を教えてくれ」

「《津川エステート》という不動産会社です」

日暮れの事件現場で聞いた名だった。

「おまえらが地上げで対立している郷党会のフロント企業だな」

三上は、そっぽを向いた。

「場所は？」

「同じこの三丁目です——。ここに住所と電話番号が……」

浩介は店の電話機を素早く引き寄せ、斉藤が震える手で差し出すメモの番号に電話した。

それは携帯電話の番号だったが、すぐに留守電に切り替わってしまった。身分を名乗り、自分がピザ店からかけていることを告げ、配達されるピザには不審物が混入しているので決して口にしないようにと吹き込んだ。

配達先は同じ三丁目界隈なのだ。配達人はスクーターで出たが、自転車でだってすぐに着けるはずだ。

「すぐにここに別の警官が来る。逃げようなんて気を起こすなよ」

浩介は斉藤に言い聞かせ、三上の手錠をキッチン台のパイプにつないで店を飛び出した。改めて無線連絡を入れ、ピザの配達先を告げ、そこに急行する旨と応援の要請をして自転車に飛び乗った。

明治通りを渡り、甲州街道に近い路地の入り口に差しかかったときだった。

路地を少し入ったところのペンシルビルの正面に、店の名前入りのボックスを荷台につけたスクーターが停まっており、その傍らに、配達を終えて戻って来たらしいあの配達員がいた。あのビルがそうだ。

浩介は洒落たペンシルビルに飛び込み、それほど広さのないロビーのエレヴェーターに駆け寄った。だが、一基しかないエレヴェーターは、上階に昇ってしまっていた。

その横に階段を見つけ、一段抜かしで三階へと駆け上がる。

昇降口のすぐ右が共用の水回りで、正面及び左右に合計三つのドアがあった。左右のドアの社名は違うのを見て取り、正面の何も書かれていないドアを開けて飛び込んだ。

物が少ない殺風景な部屋に、三人の男たちがいた。ふたりが応接ソファに坐り、もうひとりは窓辺の執務デスクの椅子に、居眠りでもしていたみたいな恰好でだらっと深く坐っている。いきなり現われた制服警官に驚き、射るような目を向けて来た。

浩介は、応接テーブルに置かれたピザを見た。ソファに坐った男はふたりとも、切り分けられたピザの一切れを手に持ち、それぞれ既にいくらかかじってしまっていた。

「そのピザを食べるな！　すぐにテーブルに戻すんだ！」

浩介が大声で命じると、ふたりともドキッとして固まり、要領を得ない様子で互いの顔を見合わせた。まだピザを手にしたままで、窓辺の執務デスクにいる男のほうに顔を向けた。その男だけは五十前後で、あとのふたりは三十代だろう。

「警察が何の用ですかね？」

執務デスクの男が立ち上がり、そう尋ねながら近づいて来た。レンズが横に長い眼鏡をかけ、白いスーツにハデな柄のネクタイをしていた。だが、服装の印象よりも、本人の冷たい印象のほうが強かった。

「このピザには、不審物が混入している疑いがあります。あなたも食べましたか？」

浩介が答えて言うのを聞き、男は眼鏡の奥で僅かに目を開いた。

「いや、俺は食べてないが……。不審物って、何のことだ……？　何かの毒ってことですか……？」

「まだ特定はされていませんが、試験管に入った不審物が、このピザに振りかけられたと思われます」

浩介の説明を聞き、ソファの男たちがあわててピザを紙皿に戻し、

「試験管……」

細長い眼鏡の男が口の中でつぶやくように言った。顎を引き、しきりと何か考えている。

「あなたが津川さんですか？」

年齢からしても、態度からしても、この男がここのまとめ役にちがいない。

「ああ、私が津川だが。いったい、誰がそんなことを――？　誰の仕業か、はっきりしてるのか？」

「容疑者は一応わかっていますが、まだ申し上げることはできません。とにかく、すぐに

救急車を手配します。そちらのふたりだけではなく、念のためにあなたも一緒に来てください」

「俺は食べてないと言っただろ」

「念のためです。社員は、これで全部ですか？」

「いや、そうじゃないが。他は外に出てる」

「そうしたら、その社員の方に連絡を取って、あとを託してください。とにかく、あなたがたの健康状態を確認することが優先です。御理解いただけますね」

浩介が断固とした調子で告げたとき、携帯無線機がぴいぴいと鳴り出した。

緊急呼集だ。

「警視庁より周辺の交番各署およびパトロール中の警官に緊急出動要請――。保健所からの連絡により、新型コロナの集団感染を疑われる患者が発生しました。場所は新宿二丁目×の×、指定暴力団早乙女興業の事務所です。繰り返します、警視庁より緊急出動要請――」

耳にねじ込んだイヤフォンから、そんな声が聞こえて来た。

5

ドアを開けた瞬間、周囲からサイレンの音が聞こえ、健斗は反射的にきょろきょろした。音は複数で、しかも段々と交じり合いながら近づいて来る。救急車のサイレンだけじゃなく、パトカーのものも交じっていた。

「じきに警察と救急が来る」

廊下の壁に背中を持たせかけてしゃがんだ父がぼそっと言い、健斗は呆れて見つめ返した。

早乙女源蔵――すなわち健斗の父親は眉が太くて、ほとんど一本につながって見える。眉間にしわを寄せると、長い眉がきゅっと真ん中に寄ってもつれているみたいだ。

カツラをやめてからは額から後頭部にかけてのてかりを帯びた皮膚が剥き出しで、いっそう眉毛が目立つようになった。

その顔に、たっぷりと脂汗が浮いていた。

「大丈夫なのか、父さん……？」

「ああ、俺のことは心配はいらねえ……。さあ、早く行け」

「俺も父さんと一緒にいるよ……。警察が来たって、必ずしも捕まるとは限らないだろ」

「おまえは行けと言ってるんだ」

「だって……」

「捕まるんだよ、警察が来たらな。話せば長いことになるが、対抗する組の連中を新型コロナに感染させた」

ぜいぜいと苦しげに息を吐きつつ、父は答えて言った。

「言ってる意味がわからないよ……。わざと新型コロナに感染させたっていうの？」

「そういうことだ、ある筋から、試験管に入ったコロナウイルスを手に入れたんだ」

「なんでそんなことができたのさ……」

「今はゆっくり話してる余裕はねえんだ」

「待ってよ。そもそも、それでなんで父さんが感染してるのさ？」

「色々あったんだよ。話せば長いことになると言ってるだろ」

「どんな理由があるにしたって、新型コロナのウイルスをばら撒くなんて、正気の沙汰じゃないよ」

「ばら撒いたわけじゃねえよ。相手を狙って感染させただけだ」

「その人たちから、誰に伝染るかわからないだろ」

「大丈夫だよ。その辺りは、ちゃんと考えてある」

「どう考えてあるの？」

「弱毒化してあって、コロナの症状は大したことがないんだ。死ぬようなことにはならねえよ」

「だけど、こうして苦しんでるじゃないか」

「これはまた別なんだよ」

「別って、何だよ……？」

健斗がそう言い返すと、ついには父は脂汗を浮かべた顔をゆがめて怒り出した。

「ああ、もう、面倒臭（くせ）えな。いいから、黙って話を聞け。おまえはここにいて、俺たちと一緒に捕まる必要はない。裏口から抜け出せば、まだ間に合う。ここを出て、ひとりでしばらくどこかで暮らせ」

「どこかって、どこさ……？」

「どこだっていい。少しすりゃ、このコロナの騒動も収まるだろ」

「収まるもんか。父さんは考えが甘いよ。もう、世界は前のようには戻らないんだぜ」

「世界が変わろうとどうなろうと、おまえはおまえだろ」

「――――」

「それに、俺が言ったのは、今から警察と救急が来て俺たちは連行されるが、その騒動は少しすりゃ収まるだろってことだ。それまでの間は、しばらくひとりでやってみろ」

「どうしろって言うのさ……」

父は、にんまりとした。

「俺が知るか。自分で考えろ」

「父さん……」と健斗は呼びかけた。

その言葉にどこか懐かしい響きを感じるとともに、もう長いことこの人にそう呼びかけたことがなかったのだと気がついた。

それに父の顔をこんなにまじまじと見たことなど、もう何年もなかったのだ。いつの間にか白髪が増え、目の下のたるみが大きくなっていた。

父が体を折って呻き声を出した。苦痛に体を硬くしたのだ。

「父さん、何か言ってくれよ」

何か言ったが、聞き取れなかった。

「何……？　何と言ったのさ？」

耳を近づけてよく聞きたいが、感染する危険を考えると父の体に触れることはためらわれた。前屈みになり、へっぴり腰の姿勢でお尻を後ろに突き出すようにして一三〇キロの体のバランスを取りながら、健斗は父の口元に耳を寄せた。

ふくろ……。

かさかさの声が、父の唇から押し出されたような気がした。

「え……、ふくろ？　そう言ったのかい？」

「そうだ、何か袋をくれ……」

父が両手で口を押さえるのを見て、その意味を悟った健斗は、あわてて自分の部屋へ駆け込んだ。深夜に行くコンビニのレジ袋を探し出し、中に入れっぱなしだったコミック雑誌を放り出した。

袋を持って戻るときに、膝がＤＶＤの山にぶつかって蹴倒(けたお)してしまった。盛大に倒れたＤＶＤが、隣の山まで巻き添えにして床に散らばるのを横目に見つつ、父の元へと取って返した。

「ほら」と言って差し出すと、父はあわててそれを口に当てた。

胃の中のものを吐き戻す音とともに、消化しきれない食べ物と胃液の混じった嫌な臭いが広がった。

「大丈夫なのかよ……」

背中をさすろうとする健斗を、父は身をよじって避(よ)けた。

「よせ。危ねえ。俺に触るな」

（それにしても、これって本当にコロナの症状なのか……）

（なんだかネットやテレビで観てるのと、ずいぶん違う気がするが……）

そんな疑問がチラッと胸をよぎったが、父の真剣な様子を見ると訊けなかった。

「父さん……」

「そんな不安そうな顔をするな。もう、中坊じゃねえんだぞ」

父の目に優しさが垣間見え、健斗は逆に不安が増した。

「さあ、行け、健斗、裏口から出ろ。いい機会だ。ひとりでしばらくやってみろ」

父は重たそうに体を持ち上げた。猫でも追い払うように手の先を振り、健斗に背中を向ける。階段へと歩き、壁を伝うようにして降りて行った。

健斗は声もなく父を見送ってから、あわてて自室へと取って返し、クロゼットにかけてあるお気に入りのスタジアムジャンパーを着た。いつもコンビニに行くときに使っているデイパックに、札入れが入れっぱなしになっていた。ここには万札が二、三枚と、銀行やクレジット会社のカードが入っている。机の充電器にセットしてあるスマホを、充電器ごと取ってそれもデイパックに入れ、あと何を入れようかと部屋を見回したが何も思いつかなかった。

サイレンの音が、今やすぐ間近に迫っている。

健斗はデイパックを片方の肩にだけかけて部屋を出た。

この建物には、玄関近くの階段とは別に、建物の一番後ろ側にもうひとつ狭い階段がある。万が一の事態が発生したときのために、父が作らせたものだった。

健斗は階段へと向かう途中で、一番奥の部屋のドアを開けた。そこは元々は家族用のリビングだった部屋だが、母と兄が亡くなってからは使われることがなく、今ではテーブルやソファには白い布がかけられて半ば物置代わりになっていた。

しかし、健斗は父がひとりでときどき夜遅くにこの部屋に籠もり、段ボール箱に納めた家族のアルバムや家族旅行のお土産品などを取り出しては、声を抑えて泣いているのを知っていた。父自身は声を抑えているつもりなのだろうが、カバの鼻息のような音が廊下を通して聞こえたのだ。

健斗は部屋を横切り、奥の壁際へと向かった。その壁の真ん中は作りつけの棚になっていて、かつてここがリビングだったときにはテレビセットにオーディオセット、父のお気に入りの洋酒のボトル、それにスポーツ万能だった健斗の兄が各種のスポーツ大会で取ったメダルやトロフィーなどが並んでいたものだった。

そういった品々はすべてなくなっていたが、健斗が小学校のときにソロバン教室で貰った免状だけが、額に納められて今なおそこに立っていた。

健斗はがらんとした棚の隅へと歩き、目立たないように設置されているストッパーを解除して棚を押した。

棚の半分がレールに乗って横にずれ、その後ろに隠されていた金庫が現われた。さらには、いつの間にかその横に、小型冷蔵庫が並んでいた。金庫と同じぐらいの大きさだった。

（なんでこんなものがここに……）

冷凍庫に切り替えられるタイプらしく、中はかなり冷えていて、ドアを開けると同時に白い冷気が流れ出て来た。そして、その中には、保冷バッグがひとつ入っていた。

健斗はきんきんに冷えた保冷バッグを取り出して開け、息を呑んだ。中には保冷材に挟まれて透明なプラスティックケースが収められていて、そのケースの中には試験管が二本並んでいた。

父が言っていたのは、きっとこれのことだ。

(きっと、これに、コロナウイルスが入っているのだ……)

そう思うとぞくぞくした。

ケースを保冷バッグに戻し、バッグの蓋をきちんと閉じると、床に置いてある自分のデイパックに入れた。

さて、次は金庫だ。金庫は無論、施錠されているが、健斗は父がテンキーの番号を兄の誕生日から頑(かたく)なに変えずにいることを知っていた。さらには、そこにはいつでも札束がたんまりと納められていることも。

だが、運悪く金庫は空だった。

ため息をつきかけた健斗は、金庫の奥にそっと身を隠すように横たわる拳銃を見つけ、喉仏(のどぼとけ)をころりと動かした。自動拳銃だった。

そっと手を伸ばして摑むと、それは冷たくて重かった。

6

新宿中央病院に隣接して、都民の杜公園がある。今世紀の初めごろ、老朽化した新宿中央病院を建て直したとき、この公園も大きくリニューアルされた。敷地の半分がイヴェント広場として造り替えられ、残りの半分が緑地公園となった。

コロナの影響によって、今はイヴェント広場は閉鎖されていた。主任の山口に命じられて新宿中央病院をいったん離れた章助は、シアオチェンに会うため、中華料理屋を目指してその広場の外周を走っていた。

ここは花園裏交番のパトロールエリアとは違う。普段と違う場所を自転車で走るのは、勤務中とはいえ新味があって楽しいものだ。パトロールを兼ねて公園の中を突っ切ることにして、章助は緑地広場へと自転車を乗り入れた。コロナ禍でここも閑散としているが、逆にそういった場所を好むカップルが必ずいるものだし、それを狙ってのデバ亀が出没する可能性もある。

案の定、日が暮れたあとはまだ肌寒い季節であるにもかかわらず、それを厭わないカップルが何組かベンチに陣取っていた。コロナ対策で、ベンチはひとつ置きにしか使えないように紐で坐る場所が塞がれていて、「使用禁止」の貼り紙がしてあった。

外出する市民を警官が取り締まっている国もあるが、日本は「緊急事態宣言」中ではあってもロックダウンが行なわれているわけではないので、帰ってくださいと言うわけにはいかない。カップルを横目に見ながらその前を通り過ぎたとき、章助はその先から聞こえる笑い声に気がついた。

遊歩道のカーブの先から笑い声がし、男たちの話し声が聞こえた。たぶんふたりだが、主に話しているのはその片方だった。かなりの饒舌で、声音からしていくらか酔っているようだが、かといって大声を張り上げるわけではなく、むしろ知的な感じがする喋り方だった。

章助は、その声と喋り方に聞き覚えがあった。

もう少し近づくと、思った通り、ふたりの男が地面に敷いたブルーシートの上に胡坐をかいて坐り、一升瓶やつまみを傍らに置いて酒盛りをしていた。その片方が、「教授」だった。

新宿で有名なホームレスだ。ただ「教授」と呼ばれるだけで、本名は誰も知らなかった。年齢はおそらく六十過ぎぐらいだが、これも正確なところはわからない。

ホームレスの身元を確認するのも警察官の務めなので、何度か職務質問をかけたことがあるのだが、免許証や保険証等、身元がわかるものはいっさい携帯していなかった。

「ああ、御苦労さまです、おまわりさん」

教授は章助に気づき、手にしたカップを軽く掲(かか)げた。一緒にいるのは教授より一回りぐらい年下の男で、取り合わせ的には助手とか准教授といった感じだ。

ふたりとも服装はごく普通だし、これが桜のシーズンならばただの夜桜見物の酒席に見えなくもない。

そもそもこの教授というのはホームレスをしていても、お金に困っている雰囲気のない男で、いつもこざっぱりとした身なりをしていた。ゴールデン街の近くにあるテルマー湯がお気に入りらしく、風呂上がりのすっきりとした顔でそこから出て来るところを何度か見かけたこともある。

章助が声をかけようとすると、教授はそれを手で制して、カップを持っていないほうの手を額(ひたい)に当てた。

「ええと、おまわりさんの名前は何だったかな……。ちょっと待ってくださいよ、今、自分で思い出すから……」

掌(てのひら)で額をぐいぐいと押し、いかにもそこから記憶を絞り出すみたいに顔をしかめた。

「ええと確か、坂下さん……、いや、違う。内藤さんのほうだ。花園裏交番の内藤さんでしたね。あれ……、しかし、ここは巡回地域じゃなかったはずだが……。ああ、そうか、東新宿署のクラスターの関係で、助(すけ)っ人(と)ですか――」

勝手にあれこれまくし立てられ、どうもやりにくい。

何カ月か前、教授がいわゆるホームレス狩りに遭っているところを、重森が駆けつけて救ったことがある。そのため、教授のほうでは重森に恩義を感じていて、特に重森の部下である花園裏交番の警察官については顔と名前を覚えているのだ。

「旦那もどうです、一緒に一杯ぐらい？」

と一升瓶を持ち上げるのを、章助は両手で押しとどめた。

「やりたいのはやまやまだが、勤務中なんでね。ま、体を壊さない程度にやってくれよ。それに、あまり大声を出さないようにな」

重森を真似、威厳を示してみたつもりだが、どうも自分でも様にならないと思う。

「ええ、わかってますよ。気をつけます」

にこにことうなずく教授に、なんとなく上手くあしらわれたような気がしつつ早々に退散した。

都民の杜公園の西の端まで抜けた章助は、そこから公園沿いに北に向かった。

さらにもう少し西には西武新宿線とＪＲの線路が並行して走っており、その向こうは西新宿署の管轄になる。また、四、五〇〇メートル北進した先は大久保署の管轄エリアだ。

シアオチェンの店は、ここを真っ直ぐ行った先にあるはずだった。

公園の北西の端には、立ち退きの終わった公団住宅が建っていた。新宿中央病院や都民の杜公園から見て東のエリアは、このふたつがリニューアルされたタイミングに合わせて再開発が行なわれたが、この西側は取り残された形だった。およそ二十年遅れで、このエリアにも手がつけられることになったのだ。

公団住宅は四、五階建てで、二棟が公園沿いの道に側面を見せて建っていた。どちらの棟も入り口が塞がれ、カーテンの取り外された窓が寒々しく並んでいる。

二棟の間の道へと差しかかった章助は、その道の先に身をひそめるようにして駐まる白いミニバンを見つけて自転車を停めた。防犯カメラに映っていたものと同じ型だ。

目を凝らすと、運転席と助手席に人影があった。街灯の明かりが充分ではないのに加え、フロントガラスにまで遮光フィルムを貼っているらしくて顔の確認はできないが、ふたりとも男だ。防犯カメラにはナンバーが映っていなかったので、一致するかどうかはわからない。

章助は無線を操作し、手配車両と疑わしき車を発見した旨を報告し、自転車をそのミニバンへと向けた。

ミニバンは、こちらを向いて駐まっている。車内の男たちも、こうして近づく警官に当然、気づいているはずだ。

そう思うと嫌な予感がしたが、章助は勇気を奮い起こしてそんな予感を追いやった。夕暮れに出くわしたふたりは、ふたりとも章助と同じぐらいの年格好だった。もしかしたらコロナで仕事がなくて、仕方なくあんなことをしでかしたのかもしれない。パトロール中に出くわす人間について、とりあえずは善意で考えていたかった。

ミニバンが、ぶるっと体を震わせた。エンジンをかけたのだ。

「おい、そこのふたり。車を降りなさい。すぐに車を降りて出て来るんだ」

章助は大声で命じたが、それを掻き消すようにエンジンをふかし、急発進でこっちに向かって来た。

あっという間にその鼻先が迫り、章助は間一髪でハンドルを切った。バランスを保てずに、自転車ともつれるようにして倒れたすぐ脇を、ミニバンがすごい勢いで走り抜けた。

（くそ！　無茶なことをしやがる！）

章助は跳ね起き、速度を上げて遠ざかるミニバンを睨みつけた。転倒した拍子にぶつけた肘がじんじんしており、擦り剝いた膝も熱かった。

自転車を起こして跨った。あいつら、絶対に逃がすものか！

だが、ミニバンはもう公団団地の敷地を抜け、公園沿いの道へと飛び出そうとしていた。

まさにそのとき――。

トラックが進路を塞ぐようにして現われ、ミニバンはそのトラックの荷台に突っ込んで停まった。甲高いブレーキ音と巨大な衝突音がつづけ様に耳を襲ったが、眼前の動きはやけにゆっくりと見えた。二トントラックの銀色の荷台に白いミニバンが突っ込んだというより、まるでそこに吸い込まれたみたいに見えた。

そのあとに起こったことを、章助はおそらく一生忘れないだろう。

「衝突事故が起こりました。逃走しようとしたミニバンが、たまたま通行中のトラックと衝突しました。至急、応援と、救急車の手配をお願いします」

無線で報告を行ない、自転車にスタンドをかけて駐め、救助のために事故車両へと近づこうとしたときだった。

ものすごい音がして、目の前が一瞬、真っ白になった。轟音に鼓膜が圧迫され、それと同時に章助は風の塊を受けた。

（いったい、何が起こったんだ……）

体が背後へと持っていかれ、気がつくと背後の地面に後頭部を打ちつけていた。

仰向けに倒れた章助の眼前に、暗い夜空が広がっていた。視界の端っこに、やけに暗い街灯があるが、その明かりさえ消えてふっと真っ暗になった。

7

車の通行が途絶えた新宿通りを、ブーメラン型の警光灯をつけてサイレンを鳴らしたパトカーが二台、先を争うようにして通過した。遠くに別のサイレンの音が聞こえているが、新宿通りにはすぐに静寂が戻った。車道のみならず、歩道の通行も途絶えていて、LEDの街灯がよそよそしい明かりを振り撒(ま)くばかりだ。

パトカーの姿が見えなくなると、それを待っていたかのように、ビルの間の細い路地から男がひとり駆け出て来た。溶けかけたソフトクリームのように太って肉をたるませた男は、重たそうに体を揺すりながら新宿通りを横断したが、横断歩道の途中で息が切れ、走るのをやめて急ぎ歩きになった。

ちょっと前にパトカーが走り去ったほうを何度か気にしつつ新宿通りを渡りきり、対面の歩道をしばらく歩くうちに、自分が非常に目立つことに気づいてうろたえた。排気ガスが減ったために、いつもよりも遠くまで鮮明に見える歩道にいるのは、この男ひとりだけだった。

新宿通りと靖国通りは、新宿駅周辺のこの界隈では、ほぼ並行して延びている。その間を、複数のストリートがつないでいる。男が体を揺すって入ったのは、五番街の通りだった。途中で横に移動し、三番街に移った。どのストリートも店舗が閉まり、歩行者はほとんどいなかった。

コンビニの明かりが見えて、男は足を速めた。しかし、近づくと、今度はためらうように歩調を緩(ゆる)めた。

普段、深夜などにときおり繰り出していたのは、家の近所のコンビニで、それ以外の店にはもう何年も入ったことがなかった。しかし、ここはそのコンビニと同じ系列店だった。

家からこれぐらい離れれば、とりあえずは大丈夫だろう。

口元に手をやり、マスクをきちんとつけ直した早乙女健斗は、コンビニの入り口に立った。自動ドアをすり抜ける太った体に反応して、センサーが鳴った。マスクをつけてレジに立つ店員が、いらっしゃいませと声をかけてくる。そこまで含めて、自動的に行なわれているようなこの感覚が、健斗は案外嫌いじゃなかった。

ああ、コンビニは落ち着く。自分の部屋以外で唯一和（なご）めるのが、客が少ない深夜のコンビニだ。今はまだ夜が始まったばかりだが、客は深夜みたいに誰もいなかった。

健斗は籠を手に持ち、いつものように店員を横目にしながら、入り口のすぐ右にあるマガジンラックのほうへと曲がった。だが、これもいつものことだが、そこで立ちどまりはせずに雑誌の表紙を眺めつつさらに奥まで歩き、冷蔵ケースに沿って曲がった。店の動線を歩くようにして惣菜（そうざい）が並ぶ棚の前まで行くと、そこで好きな惣菜を選び始めた。

自分は決して立ち読み目当ての客ではないと示すため、必ずそうやって惣菜やスナック類などを最低でも一、二品は籠に入れ、その後おもむろに雑誌のコーナーへ行って立ち読みを始めるのが、いつもの健斗のやり方だった。

8

……はっとし、ガソリン臭い空気を肺に吸い込んで章助は盛大に噎せた。一瞬、気を失っていたのだ。反射的に体を起こそうとして、背筋に引き攣るような痛みが走った。それに、頭ががんがんしている。

背中の痛みを庇いつつ、ゆっくりと立ち上がった章助は、信じられない光景を目の当たりにした。

ミニバンが、オレンジ色の炎に包まれて燃え上がっていた。炎の中心は濃い青紫で、それが赤くなったり青くなったりしながら躍っていた。

ガソリン漏れかという常識的な判断が起こりかけたが、いや、それでこんな爆発が、しかも衝突のすぐ直後に起こるわけがないと否定した。

（何かとんでもないことが起こったのだ……。今まで出くわしたことがないような何かが……）

トラックの運転席から、男が手を振っていた。

「助けてくれ、おまわりさん――」

大声で呼びながら、転がり落ちるようにトラックから降り立った。その瞬間、ミニバンに二次爆発が起こり、男は横に撥ね飛ばされた。

炎の熱に煽られつつ、章助は男に走り寄って助け起こした。

「おまわりさん、俺のせいじゃねえ……。向こうがいきなり突っ込んで来たんだ……」

首を小刻みに振りながら、かすれ声で訴えかける運転手を、章助は制した。深い水の底にいるみたいに耳がぼわーんとして、相手の声がよく聞き取れなかった。周囲の音が何もかも遠く感じられる一方、自分の呼吸する音だけが、頭蓋骨の中にまで響いて聞こえる。

「わかってる。だから、今は何も話すな。ここは危ない。後ろへ下がるぞ」

運転手は顔から首筋にかけて皮膚が赤くなっており、髪の毛も焼け焦げていた。章助は彼を炎から離し、

「すぐに救急車が来るから、ここでじっとしていてください」

そう言い置いて、そっと体を横たえた。

燃え上がるミニバンに向き直り、心臓を小槌で叩かれたような気がした。

なんてことだ……。あの炎の中に人がいる。あのふたり組は、あの炎の中で燃えているのだ……。

炎の勢いが凄まじくて、中にいる人間の様子すら確かめられない。助けようにも、どうにもならない。

今や炎はさらに大きさを増し、立ち退きで無人となった公営住宅の壁が明るく浮かび上

がっていた。反対側は公園で、道の傍の公園樹が、炎に明々と照らし出されている。

　章助は、追加の無線連絡を入れる必要に気がついた。

「ミニバンが爆発しました。消防車の手配をお願いします。周辺に延焼する恐れがありますので、至急、消防車を」

　相手の声がよく聞こえない。とにかく大声で一度告げてから、

「すみません、自分も爆風にやられ、耳がよく聞こえないんです。繰り返します。ミニバンが爆発しました。周辺への延焼の恐れあり。消防車の手配を至急お願いします」

　さらにそうまくしたてた。

「おい――」

　誰かが背後から肩に手を置き、章助は驚いて振り向いた。

　中年の男が、顔の前に警察のＩＤを掲げつつ、真剣な顔で章助を見ていた。

「大丈夫か。俺は東新宿署の金木だ。いったい何があったんだ？」

「爆発です。ミニバンがトラックに突っ込み、爆発しました。どうしましょう、中にまだ人が乗ってるんです。俺にはどうにもできない……。消防車を手配しましたが、まだ来ません」

　相手の言っていることに見当をつけてそう報告する途中で、胸が締めつけられた。

ああ、俺がもう少し早くなんとかしていたら……。俺があいつらのミニバンをちゃんと

停止させてさえいたら……。

　いろんな後悔が、それこそさっきの爆風みたいな凄い勢いで押し寄せてきて、章助は段々と自分をとめられなくなり、

「爆発が普通じゃありませんでした。衝突のショックでガソリンに引火したのじゃありません。たぶん、ミニバンに爆発物があったんです。運転手と助手席に人がいます。助けなけりゃ……。なんとかしなければ……」

　頭に浮かんだことがそのまま口から垂れ流しになった。

　無意識にミニバンのほうに近づこうとしていた章助は、金木に強く押し戻された。

「よせ、無理だ！　落ち着け。落ち着くんだ！」

　相変わらず、相手の声がよく聞こえない。章助は、人差し指で自分の耳を指して見せた。鼓膜の上に一枚厚い膜が張ってしまったみたいだ。

「すみません、よく聞こえないんです。救急車も消防車も自分が手配しました。しかし、いったいどうなってるんだ……。なんで来ないんでしょう……」

「大丈夫だ。サイレンが聞こえてる。それより、おまえも病院に行かなくては」

「何と仰（おつしや）ったんですか？　とにかく、ミニバンのふたりを……」

　めまいを覚えた。ふと顔を巡らせた章助は、公園の暗がりを動く人影に気がついた。人影がふたつ、みっつ、よっつ……。

彼らが何をしているのかを知り、頭に血が上った。誰もがスマホを顔の前に構え、炎上するミニバンを撮影していた。

なんてやつらだ……。人が丸焦げになっているというのに……。

「危ないから、近づかないで！　下がってください！」

大声を出すと、左の肋骨に痛みが広がった。知らない間にどこかに打ちつけたらしい。サンドペーパーで擦ったみたいに喉もひりひりする。

その人間たちの前へと横から飛び出し、手振りで後ろへ下がらせる警官が現れた。主任の山口だった。

山口は野次馬たちを遠ざけ、章助のほうへ走って来た。

「章助、大丈夫か――。いったい、何があったんだ――？」

「山さん……」

いつもはなんとなく頼りなく思える主任の山口が頼もしく、それに愛おしく感じられた。

消防のサイレンがすぐ間近まで迫っていることに、章助は初めて気がついた。

「山さん……、どうしましょう……。車にまだ人が……」

そんなふうに言いかける途中で、道のアスファルトが変な具合にぐにゃりと歪み、章助の膝から力が抜けた。

9

さて、どうしよう……。これで少しは落ち着いて考えられる。健斗は適当に棚から抜き出したゲーム雑誌を読む振りをしながら考え始めた。

自宅兼組の事務所として使われている建物を出る前に垣間見た光景は、父の言葉を裏づけるものだった。事務所は、腹を押さえてのたうち回る父や組員で溢れ返っていた。何人かは父と同じように腹の中のものを戻したらしく、反吐の臭いが充満し、それになんだか糞臭くもあった。誰かが漏らしたのかもしれない……。

（それにしても、これって本当にコロナの症状なのか……）

またもや頭の片隅をそんな疑問がよぎったが、その苦しみようはそれを吹き飛ばすほどにショッキングで、健斗は到底留まっていることができずに逃げ出した。

裏口から外に出て、そっと表の通りの様子を見回し、またもや言葉を失った。四メートル幅の生活道路が、かなりの距離にわたって救急車と警察車両でびっしりと埋まり、その隙間を警官と救急隊員たちが忙しなく駆けずりまわっていた。

しかも、その中の何人かは、映画で観るような白っぽい防護服を着ていた。胴体も手足も服自体の厚みで膨らみ、頭部もその服とひとつづきになっているために顔も見えない。

そんな人間が繰り出してきたことが、まるでこの世の終わりみたいに感じられた。

(さて、俺はこれからどうすればいいのだろう……)

センサーが鳴り、健斗は雑誌から目を上げた。ふたり連れの男の客が入って来たところだった。ふたりともシャレたマスクをしていて、健斗と同じぐらいの年齢だった。

ふたりは雑誌コーナーにやって来て、健斗のすぐ隣に並んで立った。ソーシャルディスタンスと言われる距離よりもずっと近くで、互いに肩の位置を気にしなければならないぐらいしか離れていない。

健斗の近くに立ったほうが、横目でチラッと健斗を見た。健斗は少し横にずれたほうがいいように思ったが、ずれるといわゆるアダルト関係の雑誌に近づきすぎる。意地を張るような気分もあって、そのまま動かなかった。

「それにしてもバカバカしいな、クラスターだなんて、マヌケにもほどがあるよ」

ふたり連れはそれぞれ思い思いの雑誌を手に取って開いたが、間もなく向こう側に立つほうが、手前の男にそう話しかけた。

「いったい、どれだけ不注意にしてりゃ、全員そろって感染なんていうマヌケなことが起こるんだ」

男がそうつづけるに至って、健斗は身が細るような気がした。

(こいつら、早乙女興業の組事務所のことを言っているのだ……)

（もしかして、俺がどこの誰だか知っていて、それでわざわざ聞こえよがしにこんな話を始めたんじゃないか……）

そんな被害妄想的な想像さえ浮かんで来る。

健斗はジャンパーのポケットに手を差し込み、そこにある拳銃の冷たい感触を確かめることでなんとなく安心した。

「いや、全員が感染したわけではないみたいだぜ。感染の危険性があるので、署全体を閉鎖したってことらしい」

手前の男のほうがそんなことを言うのを聞いて、混乱が生じた。「署全体」って、いったい何だ？

「各部署の課長クラスが、集まって宴会をしてたんだろ。馬鹿馬鹿しいったらないな」

（なんだそりゃ……）

話の詳しい内容が知りたくて顔を向けた健斗は、そう言ったばかりの男と目が合ってしまってあわててそらした。

レジに行き、ゲーム雑誌と惣菜の代金を払って表に出た。

買った品を背中のデイパックに入れ、代わりにスマホを取り出して、ちょっと考えてから「新宿」「署」「クラスター」と打ち込んでみたらすぐに判明した。東新宿署で、新型コロナのクラスターが発生したのだ。なるほど、そういうことなのか。

試しに「早乙女興業」「クラスター」と入力してみたら、ヒットするコンテンツはまだひとつもないことを知り、ほっとしたような、それでいてどこか物足りないような感じがした。

きっともう少ししたら出回るだろう。いったん出回り始めたら、東新宿署の騒ぎにも負けない騒ぎになるだろう。警察になんか負けてたまるか。

(で、俺はいったいどうしたらいいんだろう……)

とりあえずマキちゃんに、この状況を伝えなければ。——そう思いつき、健斗は路肩に坐ると改めてスマホを操作した。

——大ニュースなんだ。うちの父親も、社員たちも、そろってコロナに感染してしまったよ。クラスターだ。大量の救急車と警察車両が来て、大騒ぎだった。

手をとめ、文章を読み直し、「警察車両」はまずいと気づいて消去した。それを書いて送れば、どうして警察が来たのかと訊かれるにちがいない。

しかし、クラスターが発生したと知れば、マキちゃんは自分で検索して調べ始めるかもしれない。

今はまだ何もコンテンツがヒットしないだけで、少しすれば写真やコメントを上げる人間が必ず現われるはずだ。ヤクザの住居兼事務所でクラスターが起こったのだから、マスコミだってすぐに何か書き立てるだろう。

そうなったら、マキちゃんについていた嘘が全部ばれ、自分が暴力団組長の息子だと知られてしまう。

（危ない、危ない……）

健斗は送信する直前で思いとどまり、改めてメッセージを読み直してから消去した。

そして、ふらふらと歩き出した。

新宿の駅前に出て大ガードをくぐり、西新宿を目指した。高層ビル群を抜け、公園通りを渡り、新宿中央公園の外周を回って十二社通りを横切ると、その裏手にある住宅街の中へと入って行った。

この辺りはかつて角筈と呼ばれていたエリアで、今でも昔ながらの一戸建てや共同アパートなどがちらほらと生き残っている。健斗の少年時代には、十二社温泉があった。刺青お断わりと謳う銭湯が増える中でもここは例外だったので、父や若い衆に連れられてときどき行ったことがある。他の大人たちがモンモンをしょった父たちに表情を硬くするのを見て、あの頃は誇らしい気持ちになったものだった。

古い賃貸風のマンションの入り口が見渡せる場所で足をとめ、健斗は物陰にすっと身を隠した。

三階建てで、ひとつの階に五つ部屋が並んでいた。エレヴェーターはなく、建物の片側に階段のみがある。角部屋だけはいくらか広そうだが、それもワンルームに毛が生えた程度で、他の部屋はみな小さな部屋であることが、外から見ただけで明らかだった。

実をいえば、このマンションの部屋の家賃までも、健斗はネットで調べて知っていた。賃貸の検索サイトで空きがあることを見つけ、子供の頃から使っている自分の部屋を出てここで暮らすことを夢想したが、迷っている間に誰かが借りてしまった。

マンションのエントランスを見つめていた健斗は、十二社通りの明るいほうから近づいて来る人影に気がついた。

若い女性で、コンビニの白いビニール袋を片手に提げていた。

(まさか……)

段々近づいて来るその女性に目を凝らし、健斗の胸が高鳴った。

(マキちゃんだ!)

間違いない。近づいて来る女性は、間違いなくマキちゃんだった。

マキちゃんはネットのやりとりでは、群馬県のある町で暮らしていると言っていたが、それは真っ赤な嘘で、本当はこの賃貸マンションの一室に住んでいるのだ。

それぐらいの嘘を怒るつもりはなかった。健斗のほうだってヤクザの息子であることを隠しているし、マキちゃんに送った顔写真は、高校時代にイケメンのモテ男として有名だった同級生のものだ。大して親しくもない——というより、口も利いたことがないような仲の男だったが、やつのインスタをたまたま見つけたので、そこから画像を複写し、これが自分だと偽って（いつわ）マキちゃんに送ったのだ。

マキちゃんは物陰に隠れた健斗に気づかずに通り過ぎ、ワンルームマンションの入り口へと差しかかった。

こうしてこんな間近で彼女を見られるなんて、ラッキーだと思いかけたときのことだった……。

「おい、おまえ、ここで何をしてるんだ」

剣呑（けんのん）な声がして振り向くと、怖い顔をした若造が健斗を睨んでいた。

「おまえ、この間も姉さんのことを盗み見してただろ」

健斗は、あわてた。

「いや、俺は……、何も……」

何か言い訳をしたいが、言葉が上手く出て来ない。健斗のそんな様子を見て、相手はますます勢いづいたらしく、マキちゃんに向かって呼びかけた。

「姉ちゃん、こいつだよ。話したろ。姉ちゃんの様子をこっそり覗いていたデブがいるって。こいつなんだ。今も、物陰から物欲（ほ）しそうな顔で姉ちゃんを見てた。きっと変質者だぜ」

マキちゃんが険（けわ）しい顔でこちらに向き直り、健斗はいよいよ何も言えなくなった。

三章　深夜勤務

1

深い水の底から浮き上がるような感覚があって、遥か彼方の水面に微かな明かりが見えた。飴が溶けたような外光が水面で少しずつ固まってひとつの像を結び、母親の顔になっていく。

「母さん……」

内藤章助はかすれ声で母を呼んだが、それとともに母に見えていた女性の顔の輪郭や目鼻立ちが変わり、マスクをした別の女性になってしまった。

彼女は章助からそう呼ばれて驚いたらしく、クスッと小さく微笑んだ。しかし、すぐにその微笑みを引っ込め、職業的な鹿爪顔になった。看護師の松崎里奈だった。

章助はきまりが悪くて目をそらし、何が起こったのかを必死で思い出そうとした。警察官になって以来、二年間にわたってつづけてきたパトロール時の様々な出来事が、次から次に浮かんで来た。しかし、爆発に巻き込まれた光景がよみがえるとともに、その他ののすべてを押しのけた。

そうだ、あのミニバンが爆発したのだ……。

「まだ起きないでください」

里奈にとめられ、章助は自分が無意識に体を動かしていたことに気がついた。背骨が痛み、思わず顔をしかめた。

今まで気がつかなかったが、医者がどこか近くにおり、彼女に呼ばれてすぐに飛んで来た。医者もやはりマスクをしていた。

「動かないで。いいですか、私の指を目で追ってください」

若い医者は、人差し指を章助の目の前に立て、それを左右にゆっくりと動かした。

「眩暈（めまい）はしないですか?」

「はい、大丈夫です」

章助が答えると、ペンライトを目に近づけた。

「眩（まぶ）しいですが、我慢してください」と言い、しばらく章助の目を照らしていた。

やけに上半身がすうすうして、章助は自分がいつの間にか制服を脱がされて病衣を着せられていることに気がついた。処置室に寝かされているらしい。ベッド脇に何やら医療器具を載せたカートがあった。

「背中に打撲の痕がありますが、骨に異常はありません」

若い医者が、ペンライトをポケットに戻しながら言った。

「脳波も正常でした。何か、御自分で気になる症状はありますか？」

現場にいたときと同様、鼓膜に薄い膜が張ってしまったかのように周囲の物音が遠く感じられたが、さっきよりは大分マシだった。医者の話だって聞き取れる。わざわざ自分から告げて、改めて何か検査をされたりしたらたまらないので、何も言わずにおくことにした。

「あの……、訊いてもいいですか？」

「何でしょう？」

「車に乗っていたふたりは、どうなりましたか？」

自分の症状を告げる代わりに尋ねると、医者は答えをためらい、口を開く前に看護師と目を見交わした。それがすでに答えだった。

「駄目でした。火傷がひどくて、搬送されて来たときには亡くなっていました」

「なんてことだ……」

章助は、今日の日暮れどきに出くわしたふたりを思い出した。ふたりとも、自分と同じぐらいの年齢だった。それが、黒焦げになって死んでしまうなんて……。

「なぜ車が爆発したかは……？」

かさつく声で尋ねると、医師はむず痒そうな顔になった。

「いやぁ、それは私に訊かれても……」

「そうか……。そうですよね。失礼しました――」

「そしたら、何かあったらすぐに看護師を呼んでください」

そう言い置いて部屋を出て行く医者に改めて礼を述べた章助は、その直後にはっと思い至った。

「あ……、俺の拳銃は……。警察の備品はどこです？　犯人はどうなりましたか？　あれはただの車の事故じゃない……。何かが爆発したんです」

「大丈夫だ、備品はちゃんと預かってる」

馴染みの声が聞こえて顔を向けると、マスクをした山口が処置室の入り口に立ってこっちを見ていた。

「すみません、入ってもいいですか？」

山口は、看護師の里奈にわざわざそう了承を取りつけてからベッドに近づいて来た。

「ああ、山さん……。俺、気を失ってしまって、すみませんでした……」

「何を言ってるんだ。おまえはよくやったよ。トラックのドライバーも無事だ。別のところで治療を受けてる」

山口は首を振って言い、丸椅子を章助の顔の近くへと動かして坐った。

「どうだ、痛むか？」と、顔を覗き込んできた。

「ええ、やっぱり少しは……。でも、ただの打撲で、脳波にも異常がないそうですから、すぐに勤務に戻れます」

つい勢い込んでそう言ったものの、こんな目に遭ったのだから、今夜はもうこのままこで休んでいたい気もする。

「ところで、爆発物は何だったんです？　なぜミニバンが爆発したんですか？」

章助は訊いた。記憶がはっきりとよみがえるにつれて、あの場では感じなかった恐怖と、さらにはどこに向けたらいいのかわからない憤りが大きくなりつつあった。

「詳しいことは、まだ何もわかっていないんだ。だが、荷台のほうが焦げ方が強いので、おそらくそこに載っていた荷物のどれかが爆発したのだろうというのが一課の見立てだ」

「本庁が出て来たんですか……」

「そりゃ出て来るさ。爆弾事件だぜ。爆発物に詳しい専門家が現場検証に立ち会ってるし、捜査員が現在、宅配便の各社に出向いている。なにしろ、どの荷物が爆発したのかわからないので、今夜、新宿近辺に配達された中で、まだ宛先に届いていないものを隈なく探しているところだ」

「それにしても、爆発物を宅配便で送るなど、可能なんでしょうか？」

「俺にもその辺りはわからん。危険物等が入っていないか、集荷時や配送前にある程度の確認はするのだろうが、利用者のプライバシーとの関係もあるだろうから、はたしてどこまでやっているのか。——とにかく、今夜はパトロールを強化せよとの命令だが、何しろ東新宿署のコロナ騒動で、夜勤の制服警官の人数も足りてない。医者のＯＫが出たら、御苦労だがおまえにも戻ってもらうことになりそうだぞ」

「了解しました」

（やっぱり、警察は甘くないや……）

内心ではそう思いつつ、章助は元気よく返事をした。

「ところで、あのふたり組だがな、あのあと、盗んだ荷物を返して回っていたみたいだぞ」

「え……、どういうことですか？　なぜそれがわかったんです？」

「置き配の荷物が盗難に遭ったと言って、早い時間に一一〇番通報をしてきた老婦人がいるんだ。なんでも足がだいぶ不自由らしくて、食料品の買い出しは一応ヘルパーさんに頼んでいるが、かなりの品目をネットで注文してもいるらしい。業者から配送済みの通知が来たのに気づいて玄関に出てみたが見当たらないので、問い合わせた末、盗まれたと判断して通報したんだ。ところが、遅い時間になってから玄関先に置いてあるのを見つけ、自分の勘違いで悪かったとまた通報して来た」

「でも、勘違いではなかったんですね？」

「ああ。窃盗事件として捜査している捜査員が付近の防犯カメラをチェックしてみたところ、品物を返しに来た男たちが映っていて、それがどうやらあのふたり組らしい」

「そうなんですか……」

根っから悪い連中ではなかったのだ。

だが、爆弾事件に巻き込まれて死んでしまった……。そう思うと、なんだか気持ちが収まらずもやもやした。

「――ま、この件についちゃ、俺たち下っ端にはもう出る幕はないよ」

「そうですね……」

本庁の一課が出張って来たのだ。山口の言う通り、あとは専門家の捜査を待つしかないだろう。

「ところで、メイカさんの聴取ができるようになったぞ。病院の許しが出た。シゲさんに言われて、俺がこれから聴取して来る。おまえも加わりたいだろうが、今は我慢しとけ。聴取が終わったらまた寄ってやるから、しばらく休んでろ」

「はい、お願いします」

章助は山口を見送ってから、枕の上で頭の位置を直して天井を眺めた。

小さな丸い吸音穴の並んだ天井をぼんやり眺めているうちに、なんとなく眠たくなってきた。薬が効いているためなのか、頭痛はほとんど感じなくなっていた。正確な時間はわからないが、深夜〇時を回っているのは確かで、元々夜勤のときには疲労が色濃く滲み出る時刻だった。呼吸を何度か繰り返すうちに、生ぬるい湯に体をひたすみたいに眠気が押し寄せて来た。

……どれだけ時間が経ったのか、部屋の外が騒がしくなって、章助は現実に引き戻された。部屋の入り口側は、腰から上ぐらいの高さがガラス壁になっていて、そのガラス壁の向こうの広いフロアを医者と看護師があわただしく駆け回るのが見えた。

（何があったのだろう……）

様子がわからず、顔を傾けて注意を払いつづけた。章助がいるのと同じ処置室が壁際に多数並んだ真ん中がナースステーションになっていて、ここからはナースステーション及び対面の処置室が見える。しかし、見える範囲では騒ぎの原因はわからなかった。

いきなり怒気を含んだ男の喚き声が聞こえて、どきっとした。

強いアクセントがある日本語と、それを喚き立てる男の声になんとなく聞き覚えがあった。日暮れどきにメイカをここに搬送したとき、搬送口の表で出会ったシアオチェンという店主ではないか……。

章助は、そっと上半身を起こした。心配というより、持ち前の好奇心が頭をもたげてベッドから降り立った。靴を探したが見当たらず、裸足のままで処置室の出入り口まで行って覗くと、それ以上移動するまでもなく状況がはっきりした。

喚き立てていたのはやはりシアオチェンだった。処置室の奥に手術室のエリアがある。そこでシアオチェンが、看護師や医師たちを相手に怒りを爆発させていた。

その中でも特に、ひとりの看護師に指を突きつけて怒っていた。他の者は、シアオチェンから彼女を守ろうとしているらしい。

だが、怒り狂った男の前に真っ向から立ち塞がれる者は病院関係者の中にはおらず、ひとり山口が間に入って押しとどめていた。

「おまえのせいだぞ。おまえのせいで、俺はメイカと何も話せなかった。あの子の最期に立ち会えなかった。何がコロナだ！　あのとき、なんで俺を追い返したんだ⁉　おまえが俺を追い返したから、メイカはひとりで死ぬことになったんだ。こんなところで……、誰も傍につき添っていないで死ぬなんて……。そんなひどいことがあるもんか！」

シアオチェンの言うのが聞こえて、章助は驚いた。

（今、死ぬことになったと言わなかったか……）

（そんな馬鹿な……。回復していたんじゃなかったのか……）

シアオチェンが怒りの矛先を向けているのは、看護師長の松崎里奈だった。

彼女は今も棒を呑んだように背筋をぴんと伸ばして立っていたが、なんだか竹ひごで作った体にちょこんと頭部が載った人形みたいで、いかにも不安定で脆そうに見えた。

（ちょっと押せば、壊れてしまいそうだ……）

自然に足が前に出て、章助は早足で治療エリアを横切った。

「おい、なんとか言え！　おまえにゃ血も涙もないのか！」

彼女に指を突きつけて迫ろうとするシアオチェンのことを、山口が正面から抱きつくようにして制する。章助はそこに走り寄り、山口に協力してシアオチェンを押しとどめた。

「シアオチェンさん、気持ちはわかるが落ち着いてくれ。ここは病院なんだぞ」

「メイカさんが亡くなったのは残念だが、それは何も彼女のせいではないだろ」

章助と山口は、口々にそんなことを言ってなだめたが、興奮する男の耳に届いているとは思えなかった。小柄だが筋肉質な男で、力も強く、ふたりがかりで踏ん張っていても振り回されそうになる。章助の背中が激しく痛んだ。

たまりかねた男の看護師たちが、両側からシアオチェンを押さえにかかり、さらにはガードマンも駆けつけて来て加わった。

「気持ちはわかるが、ここは病院なんだ。これ以上騒ぐようならば、逮捕しますよ。日本語がわかるね、逮捕ですよ。逮捕」

ついには山口が強い口調で告げ、顔を相手の真正面に寄せて「逮捕」という言葉を繰り返した。それでやっと静かになったが、沸いた鍋に差し水をしたぐらいの気配しかなく、すぐにもまた怒りがぶり返しそうに見える。

やっと他の警官たちも駆けつけ、数人がかりでシアオチェンを引きずって行った。

「大丈夫ですか、山口さん？」

「ああ、俺は大丈夫だ。おまえこそ、背中は大丈夫か？」

山口とそんな言葉を交わしつつ里奈の様子を窺い、章助ははっとした。真っ青な顔をした彼女は、唇を硬く引き結んでいた。ありったけの力を込めて感情を押し込めているのがわかる。

「ここは我々がやるから、松崎さんは他を頼む」

年配の医師が、里奈に耳打ちして言うのが聞こえた。

「でも、私は……」と、彼女が何か主張しかけるが、

「いいから、ここは大丈夫だから」

医者はそれに押しかぶせるようにして言った。善意からの言葉だろうが、彼女にはそうは受け取れなかったらしく、顔を強張らせて逃げるような足取りで姿を消した。

「外傷を受けたときに生じた血栓が、心臓に回ってしまったらしい。緊急オペを行なったが、間に合わなかったそうだ」

山口が、小声で章助にそう説明して聞かせた。

「そうでしたか……」

章助たちは、人だかりが散り始めた中で、ひとりその場を動こうとしない女性に気がつ

いた。

Tシャツにジーンズ姿の小柄な女性だった。ボーイッシュなショートヘアで、しかもよく日に焼けているために、なんとなく少年のような雰囲気があった。十七、八か、せいぜい二十歳(はたち)ぐらいだろう。周囲をきょろきょろしながら、茫然(ぼうぜん)と立ち尽くしている感じがする。

そういえば、シアオチェンが騒ぎ立てているときにも、彼女は壁際に立っていたのだ。年齢からして、あの男の娘かもしれない。

(そうすると、保育園に預けられた幼子の姉ということか――)

章助と山口は目配(めくば)せし合い、その小柄な女性に近づいた。

「メイカさんのお知り合いですか?」

山口が声をかけると、彼女ははっとして見つめ返したが、すぐに視線をそらしてうなずいた。警戒している様子だった。

「ええ、そう……。メイカは従姉……」

「名前を聞いてもいいですか?」

「フォアリン」

「そしたら、フォアリンさんは、シアオチェンさんと一緒に彼女をお見舞いに来たんですね?」

「そうです。お店が暇な時間になった。あとは常連さんだけ。だから、ふたりでメイカの具合を見に来ました」

発音はたどたどしいが、こちらの言うことはきちんと聞き取れるらしい。この時間まで店を手伝っているということは、さすがに未成年ではないのだろうか……。

「メイカさんは、こんなことになってしまって残念でした。姪っ子さんが突然亡くなったシアオチェンさんの気持ちもわかります。でも、きっと少ししたら落ち着きますよ」

「――――」

山口が話す途中で、彼女は一瞬チラッと目を上げた。その目の中に、いわく言い難い感情が覗いたように見えた。

「違うんです。あの男は、違う」

「何が違うんですか?」

「メイカ、あの人の姪っ子じゃない」

「今夜は、お母さんは?」

「なんで? 私のお母さんは中国にいるよ。日本じゃない」

「それじゃあ、あなたとまだ幼い妹さんだけが、お父さんと一緒に日本に来たのですか?」

「――?」

フォアリンが黙り込む。意味がわからないという顔で微かに首をひねる彼女を見るうちに、炙り出しの絵みたいに答えが浮かんで来た。

「シアオチェンは、あなたの父親じゃないんですか？」

フォアリンは、呆れたという顔をした。

「違うよ。あの人、私の亭主。私、店の仕込みで夕方は忙しい。だからだいたい従姉のメイカが、私の娘を保育園に連れて行っていた」

「――――」

章助は、改めて彼女のことを見つめた。そういえば、メイカは保育園の前で、従妹の子供を連れて来たと言っていた。その従妹とは、このフォアリンのことだったのだ。それにしても、いったい彼女は何歳なのだろう。

「シアオチェンさんとは、何歳違うんですか？」

思わず訊いてしまってから、相手を不快にさせる質問だったかと後悔したが、

「二十二歳」

フォアリンは、別段咎める様子もなくあっさりと答えた。だが、むしろ何か汚らしいものを吐き出すような感じがした。

「おまわりさん、メイカには会えますか？」

「いえ、今すぐは無理でしょう」山口が首を振った。「会えるようになったら、改めて連

絡が行くと思います」

「そうしたら、私、もう帰らなくちゃ」

フォアリンは、シアオチェンが連れ出されたほうにちらちらと目をやっていた。その横顔から、章助は気になっていたことをいよいよ強く感じた。

（もしかして、この人は亭主を怖がっているのではないのか……）

「ちょっと待って。メイカさんを襲った犯人について、何か心当たりはないですか？」

「いいえ、そんなものはないわ……」

「防犯カメラには、若い男が映ってたんです」

山口が言いながら、タブレットを出して操作した。

「ほら、この映像です。残念ながら、顔ははっきり映っていないのだが、服装や動きなどに見覚えがありませんか？」

フォアリンは映像を見たが、どこかおざなりな感じだった。

「いいえ、ありません」

「そうしたら、誰かメイカさんを恨んでいたような若い男に心当たりは？」

「恨んでた人なんかないよ。メイカはよく働くし、明るくて、みんなに好かれてた。私、ほんとにそろそろ行かなくちゃ。叱られる」

「そうしたら、何か思い出したり、相談したいことができたら、交番に連絡をください。

私は山口で、こっちは内藤です」

　山口が自分の名刺を差し出しながら言う。

「内藤です」

　章助はみずからも名乗り、「何かあったら、遠慮なく連絡をください。いいですね」と強調した。

「ああ、よかった。ここにいたな」

　フォアリンと入れ違うようにして、四谷中央署の捜査員が飛んで来て章助たちに声をかけた。

「おお、今回は大変だったな。体は大丈夫なのか」

　と章助に同情を寄せてから、

「ミニバンの燃え残った部分から残留指紋が出たぞ。焼死体の指にも火傷を免(まぬが)れた部分があったので、指紋照合ができた。ふたりとも前科(マエ)があった。焼け死んだのは、ほぼ間違いなくこのふたりだ。どうだ、おまえが日暮れどきに出くわしたというふたり組か？」

　捜査員に提示されたタブレットを見て、章助は驚いた。そこには、中国人の名前と浅黒い顔がふたつ並んでいた。

「いいえ、違います。あのときのふたりは、間違いなく日本人でしたよ。顔も全然違います」

「そしたら、こっちの映像も見ろ」

別の映像を見せられて、章助は今度はすぐにうなずいた。

「そうです。こいつらですよ」

日暮れどきに出くわしたふたり組が、宅配の荷物を抱えて建物に入ろうとしているところだった。

（そうか、あいつら、生きていたのか……）

「やはりな。これは、盗まれた品が戻って来たと通報した老婦人の自宅付近で捉えた映像だ。その件は？」

捜査員が確認するのに対して、山口がうなずいた。

「はい、さっき話して聞かせました」

「珍しい連中さ。出来心で盗んだが、そのうちに気が咎めたのかもしれん」

「そうすると、別の窃盗グループだったわけですね」

「そういうことになる。まあ、これだけ人通りが少なくて、昼間でも無人のビルや留守にしてる家が多いんだ。玄関先に無造作に荷物が置いてあれば、盗む気になる人間は湧いて出るさ」

2

「黄色ブドウ球菌なんですか……」

四谷中央署の捜査員が、どこか素っ頓狂な声で医者に問い返した。刑事課のデカ長である原田という男だった。かつて重森の部下だった男で、休日に子供連れで交番に遊びに来たことなどもあり、浩介もよく知っていた。

「そうしたら、食中毒ってことですか……」

重森が、さらにそう確認する。

「ええ、そうです。下痢と嘔吐、それに発熱。典型的な食中毒の症状です。検査で黄色ブドウ球菌やセレウス菌など、複数の細菌が見つかりました」

「しかし、そうすると新型コロナに感染したわけではないのですか？」

原田のつづいての問いかけに、医者は首を振った。

「いえ、ＰＣＲ検査も陽性でした」

「えっ、陽性ですか……。ってことは、つまり、食中毒でもあり、新型コロナにも感染していると？」

「全部ではありませんが、患者の数人が新型コロナ陽性者です」

「というと?」

「早乙女興業から収容された十人のうち、ちょうど半分の五人に陽性反応が出ました。残りの五人は陰性です。ただし、この先陽性に転じることもあるので、何度か検査をする必要があるでしょうね」

「早乙女自身は?」

「陰性でした。早乙女さんは、下痢や嘔吐等、食中毒の症状だけです」

「津川エステートのほうはどうです? 向こうの連中も、やはり感染していたのですか?」

上司や捜査官がいるところでは、平巡査がしゃしゃり出ないのが原則だが、浩介はやりとりを聞いているうちに我慢ができなくなって訊いた。津川の事務所に駆けつけたものの、間一髪で間に合わず、津川の部下に当たる男ふたりはピザに口をつけてしまっていた。

「配達のピザを食べたとされるふたりからは、やはり黄色ブドウ球菌等が検出され、PCR検査も陽性でした。ただ、このふたりには、何の症状も出ていませんが」

「まったく同じ菌なんですか……」

原田が訊いた。

「ええ。遺伝子配列から、同じものであることが確認されました。鑑定を依頼されたピザと、培養液が入っていたとされる試験管も同様です。同じ菌が確認され、ＰＣＲ検査も陽性でした」

「つまり、食中毒を起こした菌とコロナウイルスとは、ともにあの試験管に入っていたものだと断定していいんですね？　試験管の中にあった培養液が、早乙女興業と津川エステートの両方の感染源だと」

勢い込んで尋ねる原田を、医者がそっと片手を突き出してとめた。

「その質問には、半分だけイエスです」

「どういう意味でしょう？」

「ちょっといいでしょうか、刑事さん。一点、指摘しておきたいのですが、刑事さんはさっきから『感染』という言葉を使っていますが、『感染者』と『陽性者』は違うんです。それは御存じでしたか？」

「えっ、違うんですか？　どんなふうに？」

「違います。一般にもあまり理解されていないようですが、ウイルスが体内に侵入し、増殖して発症して初めて『感染』といえます。しかし、ＰＣＲ検査というのは、ウイルスが存在するか否(いな)かを確かめるためのものです。検査によってウイルスの遺伝子が検出されても、それはあくまで陽性者であって、すべて感染者とはいえません」

医者は四十前後ぐらいの痩せた男だった。刈り上げの髪型や縁なし眼鏡などからも、秀オタイプに見える。その眼鏡を人差し指で押し上げ、学生に語って聞かせるような口調で告げた。

「つまり、ウイルスが存在しても発症しなければ感染ではないと」

「そういうことです」

「実際に、そんなことがあるのですか？」

「ありますよ。おまわりさんたちだって、子供の頃、風邪を引かないようにちゃんと栄養のあるものを食べなさいと、お母さんから言われたでしょ。栄養があるものを食べれば、免疫力が上がります。免疫力によって、病気の発症を防げます」

「なるほど、そういうことですか」

原田はうなずいて理解したことを示し、チラッと重森に目をやった。理解はしたものの、質問をどうつづけるかはわからないらしい。

「コロナウイルスが検出されてから実際に発症するまで、どれぐらい時間がかかるんでしょう？」

重森が訊いた。

「潜伏期間は最大で二週間と言われていますが、まだこのウイルスの特性はそれほど正確にはわかっておりません。それに、もちろん、発症しない場合もあります。まあ、こうして既に入院しているのですから、たとえ発症したとしても、すぐに適切な治療を行なうので安心してください」

「ありがとうございます。黄色ブドウ球菌のほうの潜伏期間は？」

「そうですね、こちらは早いです。一、二時間か、長くても三時間といったところでしょう。黄色ブドウ球菌やセレウス菌は、サルモネラ菌や腸炎ビブリオなどとは異なり、潜伏期間が短いのが特徴なんです」

「セレウス菌も検出されたと、先程そう仰いましたね？」

「ええ、そうです」

「潜伏期間が短い細菌を選んで、狙った相手に食中毒を起こさせた。そういうことのようですね」

原田がそう意見を述べ、話を自分に引き戻した。

「了解しました。ありがとうございます。組長の早乙女から話を聞きたいのですが、大丈夫でしょうか？」

「ええ、あの人は陰性でしたので、とりあえず大丈夫です。症状はいわゆる食中毒のものですし、治療の効果があり、発熱も現在は微熱程度です。しかし、聴取をなさるのでしたら、必ずマスクをしてください。直接的な接触は避け、一定距離を置くようにお願いします」

「了解です」

「それと、我々からもお願いがあるのですが、保健所の担当者をひとり、聴取に立ち会わせていただけませんか？」

医者がそう申し出ると、それに合わせて、ちょっと離れたところに控えていた男が近づいて来た。医者とは違い、背広にネクタイ姿で、その上から白衣を羽織っていた。

身分を名乗り、頭を下げ、こう説明を始めた。

「政府からの要請によって、こうしたクラスターが発生した場合、罹患した患者全員の過去二週間にわたる行動を詳しく調べる必要があるんです。しかし、何と申しますか、特に今回のようなケースの場合、なかなか保健所の職員だけでは対応しきれないところがありまして……。一緒に立ち会わせていただけるとありがたいのですが」

「なるほど。そうしたら、これから聴取を行ないますので同行ください」

原田は快諾した。

早乙女源蔵はわずかな間に頰がげっそりとこけ、落ちくぼんだ両眼の下に濃い隈ができていた。病室に入って来た重森、原田、浩介に保健所の職員を加えた四人を見て、力なく目をそらした。実際にどうかはわからないが、表面的には消耗された体力と一緒に、いくらか毒気も抜けたように見えた。

「医者から許しを貰ったので、これから聴取を開始する。聞いてるだろうが、ほとんどの組員がおまえさんと同じ食中毒の症状を起こした上に、そのうちの五人がＰＣＲ検査も陽性だった。集団クラスターだ。この場合、政府の方針で、感染者全員の過去二週間にわたる行動履歴を調べる必要がある。そのために、保健所の職員もひとり立ち会うぞ。いいな？」

原田がまずそう宣言すると、早乙女は面倒臭そうにうなずいた。

「ああ、なんでも好きにしてくれ」

「体がきつくなったときには、いつでも遠慮なくそう申し出ていいぞ」

原田はそう述べてベッドサイドに近づきかけたが、途中で足をとめ、逆に少しだけ後ろへ下がった。医者の言葉を思い出したのだ。

浩介と重森、それに保健所の職員も、同様にそれ以上は近づかないよう、一定の距離を保ってベッドを囲んだ。

早乙女は、そんな浩介たちを面白そうに見回してから、いくらか芝居がかった調子でため息をついた。

「参ったよ、ミイラ取りがミイラになったとはこのことだ。まさか、自分たちが感染するとはな……」

「なあ、早乙女。それにしても、あんた、やばいぜ。早乙女組の組長ともあろうものが、対抗する組織にこんなつまらない嫌がらせをして、しかも、自分たちまで感染するとは……。これじゃ、仲間内の笑い者だろ」

原田が挑発する意図でからかうと、早乙女は一瞬ものすごい目つきをした。浩介たち警官は慣れていたが、保健所の職員が体を硬くしたのが気配でわかる。

だが、早乙女は、すぐに唇に笑みを漂わせた。

「津川んとこの連中も感染したんだろ。そしたら、連中だってクラスターだ。そうなると、あんたが今、言ったじゃないか。過去二週間、どこで誰と会ったのか、詳しく報告する義務が生じる。そうだろ？」

「おい、まさか……、それが狙いか――？」

驚いて問い返す原田を、早乙女は黙って見つめ返した。唇の笑みにふてぶてしさが増した。

「さあて、どうだかね」

原田が、早乙女の顔に目を据えた。ふざけた態度は許さない、デカ長の顔になっていた。

「あの試験管の中には、黄色ブドウ球菌などの食中毒菌とコロナウイルスが入っていた。どこから入手したんだ？」

「男が売りに来たのさ」

あっさりと答えた。

「どんな男だ？」

「田中と名乗ったが、もちろん偽名だろ。小柄で、役所の人間みたいにきっちりしたやつだった。偉く几帳面な喋り方をするんだ。そのくせ、相手を乗せるのが上手いというか……。話していると、催眠術にでもかかったみたいにいい気分になっちまった。そいつは俺をさんざん持ち上げた挙句、うちが抱えてる問題を解決する方法があると言って、今度のことを持ちかけたんだ」

「そうすると、アイデアもその男のものってことか……？」

「そうさ。妙な男だったぜ」

「あんたと津川のところは、地上げで対立してる。抱えてる問題とは、そのことだな？」

「ああ、そうだよ。資金源は俺も津川も同じようなもんだが、向こうのバックにゃ、面倒臭い筋がついてる。それで、いくつかのエリアで煮え湯を飲まされてきたんだ」

「面倒臭い筋って、何だ？」

「考えりゃわかるだろ。俺たちにとっても、あんたらにとっても、面倒な筋さ」

「政治家か」

「誰とは言えねえぜ。知りたければ、自分で調べな」

「わかった。それはそうしよう。さっきの男の話を、もう少し詳しく聞かせろよ。男の身元は？　結局、わからないままなのか？」

「ああ、わからねえ」

「身元のわからない男の提案によく乗ったな？」

「前金は三割、あとは成功したときの報酬で構わないって話だった。こっちとしちゃ、試して損はないだろ」

「おいおい、ほんとにそれだけなのか。効き目がなけりゃ、たとえ三割だって前金は無駄になる。逆に猛毒だった場合は、大量殺人犯になりかねないんだぞ。もっと何か隠してるだろ。ほんとのことを言え！」

早乙女は原田の視線を撥ねつけるように睨み返したが、やがて、ふっと唇を歪めた。

「俺じゃないぜ。田中と名乗った野郎のアイデアだ。俺が、今のあんたと同じようなことを言って信じられるかと突き離したら、そうしたら証明して見せると言いやがった。翌日、やつは金で雇ったホームレスを連れて来て、実験してみせたのさ。試験管の培養液を飲ませて、しばらく様子を見ていたら、熱を出し、腹が痛えと喚き始めた。ちょうど、今夜の俺たちみてえにな。だから、この症状が出て、すぐに気づいたんだよ。あ、俺たちがあの培養液で感染しちまったんだって」

「そのホームレスはどうなった？」

「無事だったさ。田中が引っ張って来た医者に治療させて、一緒に連れて帰ったよ。食中毒の診断だったが、ＰＣＲも陽性が出たんだ。わかったか？」

「医者の名前は？」

「知らねえよ。いずれにしろ、田中ってのは、よく考えてる野郎だった。コロナウイルスだけだと、ＰＣＲ検査で陽性が出ても、症状が出ないケースがある。無症状感染者ってやつさ。そうなると、自分からは届け出ないかもしれない。しかし、食中毒が発生すれば、否（いや）が応（おう）でも騒ぎになって病院に行く。病院じゃ、発熱した人間に対して必ずＰＣＲ検査を行なう。そう説明されたんだ。潜伏期間が短い食中毒菌を混ぜてあるから、すぐに騒ぎになるってな。それに、この培養液のコロナウイルスは弱毒化してあるから、ＰＣＲ検査で陽性は出ても、発病して重症になるようなことはないんだ」

「待て待て。弱毒化、だと……。そんなことも言われたのか？」

「ああ、そうだよ」

　原田は思案顔をし、浩介のほうへと顔を転じた。

「おい、坂下。さっきの医者を見つけて、すぐにここに呼んでくれ」

「了解しました」

　浩介が命令に応じて飛び出したところ、運よくあの医者が通りかかるのと鉢（はち）合わせをした。

　早乙女の主張を簡単に説明して捜査協力を乞（こ）い、一緒に病室へ戻ると、医者は眼鏡を人差し指で押し上げつつ、その眼鏡越しにいくらか冷ややかな視線を早乙女に向けた。

「弱毒化というのは、信じられませんね。あなたはそれを売りつけた男から、もっと詳しい説明を聞いたのですか？」

「ええと、ワクチンと同じ論理だと言われたぜ。インフルエンザだってBCGだって、弱毒化したワクチンを打つだろ。PCR検査の場合は、鼻の粘膜や唾液を検査するので、食ったものに弱毒化されたコロナウイルスが入っていればわかるのさ。特殊な方法で二倍、四倍、八倍と、何と言ったかな……、そうだ、指数関数的にウイルスを増幅させるから、ほんのわずかでもそのDNAが存在すれば検出できる。ええと、それに、ウイルスはえらく不安定な状態なので、低温で保存する必要があるとも言われた。だから、冷凍庫で保存し、持ち運びも保冷剤を欠かさなかったんだ」

「なるほど、そうですか。しかし、それらしい説明はしていても、どうも全体的には眉唾ものですね」

この医者は、ヤクザの組長相手にも容赦がなかった。

「どう眉唾だと言うんだよ？」

「そもそも、コロナワクチンは、インフルやBCGのワクチンとは違います。それを一緒くたに説明し、同じ論理で弱毒化させたというのは変です。それと、確かにウイルスの状態を保つのには低温保存が必要ですが、長時間安定させるためには、マイナス八〇度以下で凍結保存しなければなりません。一般家庭で、そうした保存が可能だとは思えませんし、保冷材を入れて運搬したというのも、ちょっと」

「しかし、現にPCR検査をして陽性が出たんだろ……」

「ええ、まあ、それはそうですが――」

「じゃ、目的は果たしたんだ。難しい説明は結構だよ。そうやって話されたって、わからねえや」

早乙女は、面白くなさそうにそっぽを向いた。

「しかしですね……」

「もういいと言ってるだろ！」

原田がまだ何か言いたげな医者に礼を述べて引き取ってもらい、話を自分のほうへと引き取った。

「まあ、そう、膨れるな。おまえに話を持ちかけた男について、もう少し教えてくれよ。その男の顔がわかる写真はないか？」

「ないよ」

「お宅の事務所の入り口にゃ、防犯カメラがあるだろ。協力しろよ」

「事務所で会ったんじゃないよ。食事を終えて、車で帰ろうとしたら、ひょいと隣に乗って来たんだ」

「あんたの自家用車の隣にか……。随分、大胆な男だな」

「若いもんが色めき立ってすぐに摘み出そうとしたが、やけに落ち着き払った野郎で、話を聞いたほうが得だと切り出したのさ。そして、さっき言ったようなことになった。こっちとしちゃ、何の損もない。ものは試しでやってみたわけだ。後金は、すべての騒動が落ち着いたら、自分のほうからまた取りに来ると言っていた」

「どんな男だったか、詳しく聞かせてくれ。小柄と言ったが、具体的にはどんな男だ?」

「そうだな、一六〇センチなかったんじゃないかな。ええと、歳はたぶん還暦前後。髪は刈り上げで、黒縁の眼鏡をかけて、口髭を生やしてたが、まあ、付け髭だったのかもしれん」

早乙女は、禿げ上がった自分の頭をぺろっと掌で撫でてから、いくらか芝居がかった感じで高笑いを上げた。

「とにかく、そういうわけだから、これで津川の背後にいる面々はみんなあぶり出されるってわけさ。そうだろ。あいつのところにも、保健所の担当職員がこうして押しかけて、過去二週間にわたる行動履歴を詳しく当たる。どこで誰と会ったのかを、逐一報告させられるわけさ。出て来ちゃまずい筋が、ぼろぼろ出るはずだぜ」

原田が不快そうに顔をしかめる横で、保健所の担当者が遠慮がちに口を開いた。

「それなんですが……、津川エステートのみなさんについては、クラスターの調査対象とはならないと思われます——」

「なんでだよ?」

早乙女が驚いて訊き返す。

「クラスターで感染した人間の行動を調べるのが、おまえらの仕事だろうが」

「確かにそうですが、それは感染経路や日時がはっきりしない場合でして……、今度の場合は、あなた方が使用した培養液が原因だとはっきりしたわけですので……」

「そうか……、そうだな、確かに感染経路は明らかだ――」

原田が言い、苦笑を堪(こら)えるような顔でうなずいた。

「そんな馬鹿な……!」

早乙女が喚(わめ)き出した。「クラスターはクラスターだし、もしかしたら、どこか別のところから感染したのかもしれないだろ。そんな差別をしていいのかよ⁉　過去二週間にわたって行動を調べ、濃厚接触者を割り出すのが道理だろうが……」

「いいえ、試験管の検査が済んでいますし、今、あなた御自身が告白されたので……、ですから、私の仕事としては、これ以上の調査は、ちょっと……。それに、あちらの事務所は陽性者が二名ですから、そもそもクラスターと呼ぶ状況ではないのではないかと……」

「シバくぞ、おまえ――」

早乙女が声を荒らげ、保健所の職員は「ひゃっ」とでも声を上げそうな顔で原田の背中に隠れた。

「そうすると、過去二週間にわたって行動をすべて報告しなけりゃならないのは、おまえさんのところだけで、津川たちは無傷ってことになるわけか……。おいおい、早乙女、こりゃあ、さんざんだな」

原田に茶化され、早乙女はいよいよ頭に湯気を立て始めた。

「冗談じゃねえや。俺は、ひとっ言も喋らねえぞ！　俺が喋るとしたら、それは津川が喋るのと引き換えだ」

「しかし、規則は規則ですので――」

保健所の職員が原田の背中から言い、早乙女は目を剝いた。

「おまえ、ほんとにシバかれたいのか⁉」

「おいおい、それ以上言うと、脅迫罪でパクるぞ」

今や原田は、ニヤニヤ笑いを抑えるのに苦労していた。

「とにかく、俺は津川が喋るのと引き換えじゃなけりゃ、ただの一言も喋らねえ」

早乙女がぷいと横を向く。

それまで黙って話を聞いていた重森が、心持ち早乙女のほうに顔を寄せた。

「ところで、早乙女。ひとつ訊こうと思ってたんだが、一緒に暮らしてる次男の姿が見えないな。この病院には収容されてないが、あいつはどうなったんだ？」

いくらか落とした声で訊かれ、早乙女が表情を変えた。顎を引き、手元に目を落とし、何かが頭の中を忙しなく飛び回っているのがわかる。

　やがて顔を上げ、

「重森さん、ちょっとあんたとサシで話したいことがあるんだ」

　押し殺した声で言った。

　重森が原田に目配せし、原田はいくらか不満そうではあったものの、かつての上司の意に従うことにした。

「それじゃ、我々は外に出てるぞ」

　厳かに宣言するように言って、浩介と保健所の男を促した。

「次男が一緒に暮らしてるとは、知らなかったぜ」

　廊下に出ると、原田は小声で浩介に告げた。

「どうも引き籠もりらしいです。さっき、重森さんと一緒に訪ねたとき、窓からこっそり様子を窺っていたようでした」

「そしたら、あそこにいたんだな……。そいつは感染してないのか。していてどこかへ逃げてるのだとしたら、至急、居場所を突きとめる必要があるぞ」

　原田が言い、保健所の職員も同意を示すように無言でうなずく。

　少しして、重森が出て来た。

「濃厚接触者の調査に協力してもいいそうだ。ただし、俺たちがやつの息子を探し出すのと引き換えにな」

声をひそめ、主に原田を見ながら説明を始めた。

「やつの息子は健斗というんだが、救急と警察が到着する前に、早乙女がひとりで逃がしたそうだ。息子は引き籠もりで、夕食もずっと自室で別のものを食べていたし、組員たちとの接触もなかったので、感染しているとは考えられないと早乙女は言ってる」

「それなら、健斗ってガキから新型コロナが広がる危険は、とりあえず低いと考えていいですね」

「ああ、そう思う。ただし、問題がひとつあるんだ。早乙女健斗は、早乙女が秘密の冷凍庫に保管しておいた培養液を持ち出した可能性がある。二階の奥に、俺たちが通された部屋があったろ」

と、重森は浩介を向いた。

「あの部屋に隠し棚があって、その棚の中にあった冷凍庫と金庫から、それぞれ培養液と拳銃がなくなっていたそうだ」

「拳銃もあったんですか……」

原田が唸(うな)るような声で言い、「培養液の残りは、どれぐらいの量が?」と訊く。

「全部で五本の試験管を購入して三本使ったので、あと二本。氷点下用の保冷剤を入れた保冷バッグにしまってあるとのことだ」

「至急、早乙女健斗を探し出さなければ……。早乙女興業の周辺の防犯カメラをチェックしましょう。これだけ街が閑散としているのだから、すぐに姿が捉えられるはずですよ。くそ、それにしても、何の目的でそんなものを持ち出したんだ……。早乙女は、その点については何か？」

「いや、どこへ行ったのかも含めて、何の見当もつかないそうだ。なにしろ、四、五年にわたって引き籠もっていた息子で、ときたま深夜に近くのコンビニへ出かける以外には、ずっと部屋に籠もりっぱなしで遊ぶ友達もいないらしい」

「ひとりで出歩くのが恐ろしくて、つい拳銃も一緒に持ち出してしまったのかもしれませんね」

浩介が言った。

「それにしろ、引き金を引きゃあ人が死ぬ凶器だぞ。危ねえな。引き籠もりのガキがそんなものを持ち出して、まかり間違って誰かに銃口を向けたりしたら……。私は早速、その若者の足取りを追います」

「俺たちも一緒にやらせてくれ。早乙女に、この手で息子を探し出すと約束したんだ」

「もちろんですよ。協力をお願いします。一刻も早く、早乙女健斗を探しましょう。そうしたら、早乙女だって約束通り協力するでしょ」

保健所の職員には、そのときにまた声をかける約束をして、原田、重森、浩介の三人は足早にその場を離れた。

浩介の中で、少し前からもやもやしていたものがひとつの形を取ったのは、夜間出入口を目指して進む途中のことだった。

「あ……」

口の中で小さく声を漏らした浩介は、横を歩く重森をとめた。

「ちょっと待ってください、重森さん。早乙女興業の人間たちが感染したのは、本当に自分たちの保管していた培養液からなんでしょうか？」

「どういうことだ……？　何が言いたい……？」

重森が訊いた。浩介は、意を決して考えを述べることにした。

「実は、ピザを食べるなと叫びながら津川エステートに飛び込んだときのことを思い出したんです。あのとき、自分が『試験管』と口にするのを聞いて、津川は、一瞬ですが、何か考え込むような顔をしました。もしかしたら、何か心当たりがあったのではないかと思いまして」

少し前を足早に進んでいた原田のほうも、歩みをとめて浩介を振り向いた。

「津川エステートのほうからも、早乙女興業に対して同じことをしていた。いや、むしろ状況からすると、津川エステートのほうが先にしていた。――その可能性があると言うのか？」

「はい、思い過ごしかもしれませんが……。でも、早乙女興業が冷凍庫に保管していた培養液から、本当にあんなに大勢に感染するものでしょうか」

「なるほど、確かにそうだな」

原田が言い、考え込むように下顎を撫でる。

「早乙女たちが、今夜何を食べたのか確かめよう」

重森が言い、

「拳銃を持って街をうろちょろしている早乙女健斗の身柄は、一刻も早く押さえる必要がある。おまえはそっちへ飛んでくれ」

かつての部下だった原田に告げた。

「わかりました。じゃ、この件はお願いしますよ」

原田がひとり、先を急ぐ。

「津川の身柄を押さえておく必要があるな。おまえは治療を受けている津川エステートの連中のところへ、先に行っていてくれ。俺は、早乙女に会って質問をぶつけてから、すぐあとを追う」

浩介はそう命じられ、重森と別れて処置室へと急いだ。万が一のトラブルを恐れて、早乙女興業と津川エステートの人間たちとは、別のエリアに分けて収容されていた。

ところが、エリアに着き、そこを監視する制服警官に確かめると、思いもかけない言葉が戻って来た。

「津川ならばもう帰ったぞ。ＰＣＲ陽性だった社員ふたりはとどめてあるが、やつは食中毒の症状も出ていないし、ＰＣＲも陰性だったので、ほんの今しがた退院したところだ」

「え……、そんな馬鹿な……」

相手は先輩警官だったので、思わずそう口走る浩介に不快そうな顔をした。

「おい、何が馬鹿なんだ？」

「いえ……、失礼しました。ほんの今しがたというのは、どれぐらい前でしょうか？」

「ほんとにおまえと入れ違いぐらいさ。まだ、院内のどこかにいるかもしれないぞ」

答えを聞いた浩介が走り出したとき、ちょうどそこに重森が追い着いて来た。

「早乙女から話を聞いた。今夜は、全員で店屋物を食ったが、特に馴染みの店でもなく、届けに来たのも知らない顔の人間だったそうだ。津川はどうした？」

「感染の症状がないので、ほんの少し前に退院してしまったそうです。まだ、院内にいるかもしれません」

浩介と重森のふたりは、夜間用の出入り口を目指して走り出した。

3

「ここで何をしてるんですか？　うちに、何か用ですか？」

マキちゃんは、怒っていても可愛かった。

「マキちゃん……」

口の中でつぶやいたのが聞かれてしまい、彼女の警戒心が強まった。

「あなた、いったい誰なんです……？　どうして私の名前を知ってるの？　うちの前で何をやってたんですか？　まさか、私を待ち伏せしてたの？」

弾け始めたポップコーンみたいに、口数がどんどん増えてくる。それをとめたくて言葉を探すが、何と言ったらいいかわからない。

「いや、俺は、別に……」

健斗には、口の中でしどもどと言葉を転がすしかできなかった。手が届かないはずの人が、今、こうして目の前にいる。テレビドラマの中のヒロインが、テレビの中から急にこちらを向いて何か話しかけてきたみたいな感じだった。そんなことが起こったら、誰だって戸惑い、言葉を返したりなどできないはずだ。それに、向こうは健斗の顔を知らないのだ。マキちゃんから請われて送った顔写真は、ネットで見つけたイケメン同級生のものだった。

だが、健斗は思い直した。マキちゃんは、実際には存在しないテレビドラマのヒロインとは違う。自分とマキちゃんが直接話すのは初めてだが、ふたりはもう何カ月もの間ずっとネットを通じて語り合ってきた仲じゃないか。このコロナ騒動が起こってからじきに知り合い、コロナの恐怖を一緒に分かち合ってきた者同士だ。

「僕だよ、マキちゃん。驚かしてしまって悪かったけれど、ケンと名乗ってるのは僕なんだ」

健斗は勇気を奮い起こして言い、自分の言葉が相手に変化を及ぼすのを待った。なにしろいきなりのことで、マキちゃんはちょっと混乱しているだけなのだ。

しかし、なかなか期待した変化は現われず、気味悪そうに健斗を見つめるだけだった。

「何の話をしてるの……？　ケンって、誰？　私、そんな人知らないけれど……」

「ネットだよ、ネットの話さ。僕がケンなんだ。驚かせてごめん――。写真は、嘘なんだよ……」

そう言いかけた健斗は背中に激しい衝撃を受け、よろけて前につんのめった。片方の脚に一三〇キロの体重がかかり、膝ががくっとなる。

痛みに顔をしかめる健斗に、マキちゃんの弟が指を突きつけて来た。

「おい、デブ。姉ちゃんに馴れ馴れしく話しかけるなよな」

こういう男のことは、健斗はそれなりによく知っていた。短絡的で、自己中心的で、すぐに怒り出して暴力に走る。組の若い者はみんな、最初はこんなふうなのだ。

だが、健斗の父親はこういう若造には容赦(ようしゃ)せず、殴りつけて言うことを聞かせたものだった。最初こそ相手はそれを不服そうに反抗するが、じきに素直に言うことを聞くようになる。見放されたら、どこにも行き場がないとわかっているからだ。

父には本当は息子である自分に対しても、腫物(はれもの)に触(さわ)るように接するのではなくて、あんなふうにしてほしかった。

「やめなさい、澄夫(すみお)。いきなり人に暴力を振るったりして、どういうつもり」

マキちゃんが、怒りを含んだ声を出した。庇(かば)ってくれたわけだが、健斗の気持ちは晴れなかった。ちょっと前にこいつから押されて前にのめったとき、健斗の太った体から逃れて飛び退(の)いた彼女の顔つきがショックだったのだ。マキちゃんは、汚いものからあわてて身をかわす人間の顔をしていた。

「だってよ、姉ちゃん。前に姉ちゃんをこっそりつけ回していたのは、この野郎だぜ」

澄夫に指摘されて、健斗はあたふたした。「マキ」の正体を割り出し、しかも新宿に住んでいると知って、ついつい何度か様子を見に来たことがあったのだ。まさか、それを見咎められていたとは……。

「嘘だ。僕は彼女をつけ回したりなんかしていない」

「おまえこそ嘘をつけ。俺は見てんだぞ。おまえみたいなデブが、他にいるかい。おまえはストーカーだ、そうだろ。警察に通報してやる」

澄夫は健斗を脅（おど）すように肩を怒らせ、スマホを取り出した。

「バカなことはやめなさい。あわててそんなことをして、間違いだったらどうするの⁉」

「間違いなんかじゃねえよ。見間違いのわけがない。俺は何度かこのデブを見かけてるんだ」

マキちゃんの前で、何度もデブ、デブと言ってほしくはなかった。

「それで、何か用なんですか？」

彼女は弟から健斗のほうへと顔を戻し、そう詰問（きつもん）してきた。

「いや、俺は……」

「そしたら、このマンションの前で何をしてたんですか？」

「だから……」

「私、あなたとネットでやりとりをした覚えなどありません……。どうしてそんなことを言うんです？」

「いや、だって……」

「いったい、どうやって私のうちを突きとめたの？」

この質問には、一番答えられなかった。組絡みでつきあいのあるハッカーに、お年玉などを貯めた金を渡して探ってもらったなんて……。

答えに詰まる健斗のことを、マキちゃんは黙って見つめてきた。その目には、微かに相手を蔑(さげす)む色が混じっていた。マキちゃんはちゃんとしたいい子なので、そんな目つきが決して目立つことはなかったが、健斗にはたとえわずかであっても感じ取れるのだ。こういう目を向けて来た教師や名ばかりの友人たちの顔がよみがえり、どす黒い怒りが頭をもたげた。

しかし、健斗がジャンパーのポケットに手を入れたのは、決してその怒りを爆発させるためではなかった。ポケットの拳銃を確かめることで、怒りを冷静に抑えられる。

それにしても、いったいなぜなのだろう……。ハッカーにとっては、ＳＮＳで普通にやりとりをしている相手のＩＰアドレスを割り出すなど、朝飯前のことなのだ。間違えるわけがない。それに、写真のこともある。「マキちゃん」は、間違いなくこの目の前の子の写真を送ってきた。そうか、僕が写真とは違うこんなデブだと知って、がっかりしているのだ。だから、やりとりをしていたと認めるのをやめにしたのだ。そうに決まっている。

「とにかく、もうここには来ないでください」

「おい、わかったな。二度と姉ちゃんに近づくんじゃねえぞ。今日は姉貴が言うから見逃すだけで、次に見かけたら、おまえなんかぼこぼこにしてやるからな」

健斗は怒りを抑えるため、ポケットの中の手に力を込めた。拳銃の硬い感触が勇気をくれた。大丈夫だ。ただ黙ってここから立ち去ればいいだけだ。

「なあ、マキちゃん、どうして嘘をつくんだ？　俺が嘘の写真を送ったことは謝るよ。俺は、あんないい男じゃないいんだ……。だけれど、何も嘘をつかなくたっていいだろ……」

勇気を奮い起こし、健斗がいつになく積極的な態度に出ると、

「まだそんなことを言ってやがるのか――」

と食ってかかる弟を手でとめて、マキちゃんがわざわざ健斗の真正面に回って睨みつけて来た。

「私、嘘なんかついてないわ。これ以上、変な言いがかりをつけるようならば、ほんとに警察を呼びますよ」

「だって……」

「おまえ、いったい何なんだよ……。気持ちワリいな……。俺の姉貴が、おまえなんか相手にするわけねえだろ」

健斗はマキちゃんの顔を正視することができず、力なく背中を向けた。

しかし、足が前に出る直前に、心の底で声がした。

(ここから立ち去れば、そうしたらもう二度とマキちゃんに会えなくなってしまう……)

パソコンの前でのあの濃密な時間も、もう二度と持てなくなってしまうのだ……。

拳銃をポケットから引っ張り出して胸の前で構えると、その重さが頼もしく感じられ

た。

澄夫が薄ら笑いを浮かべた。

「おい、そんなオモチャを出して、何のつもりだよ」

「オモチャじゃない。疑うのなら、おまえに一発ぶち込んでやろうか」

健斗は、澄夫の顔に狙いを定めた。自分の声がやけに冷ややかなことに気がつき、そうするとますます自信がわいてきた。大丈夫だ。親父を見習って、男らしく振る舞っていればそれでいい。

澄夫は薄ら笑いを浮かべたまま、唇の端をわずかにひくつかせた。答えを求めて両目を忙しなく動かすが、そうして動かせば動かすだけ怯え(おび)が大きくなるのが見て取れた。

「おい、よせよ、バカな真似はやめろ……。警察にゃ何も言わないから、だからもうこのまま引き上げてくれ」

ついには懇願(こんがん)する口調になった。誰が帰ってなどやるものか。健斗はマキちゃんの腕をつかみ、その脇腹に銃口を押し当てた。

「そうはいくか。おまえらの嘘を確かめるんだ。部屋に入ってパソコンを見せろ」

た。

4

あわてるあまり、足がもつれた。階段を踏み外しかけた隆司は、壁に手をついて体を支えた。ひとつ息をつき、自分を落ち着かせ、足の運びに注意しつつ改めて階段を下り直した。

年代物の雑居ビルの狭いエントランスロビーを抜けて表に出ると、一足先にそこで待っていた和也に笑いかけた。

「いやあ、ひやっとしたぜ。箱を置いたらすぐにドアが開いたんだ。もしかしたらあれは、玄関の傍でじっと外の様子を窺ってたのかもしれない」

「えっ……、それじゃあ、顔を見られたのかよ……?」

「まあな……。苦情を言われたんだ。なんで配達がこんな時間になったんだって。だから、コロナで買い物に出られない家庭がみんな宅配を利用するので、猛烈に混んでるんだと答えておいたよ」

隆司はそう答えつつ、和也を促して歩き出した。

昨日の日暮れどきに、この雑居ビルの前で、自転車に乗ったふたりの制服警官と出くわしたのだ。まさかとは思うが、あの警官たちがまたこの辺りをパトロールしていないとも限らない。ミニバンをビルの前に駐めておくのは不安だったので、少し離れたところの目立たない路地に駐めていた。

「それで納得したのか……?」

「ああ、もちろん。遅くまで御苦労さまと言われたよ」

本当は、いくらか疑われているようにも感じたが、それは言わないことにした。何か言って、和也の気が変わるのを恐れたのだ。

ミニバンの荷台に残った荷物が、およそあと半分。それぞれの箱には配達先の住所が書かれてあるので、返す場所を間違う心配はなかった。

夜明けまでには、すべて元通りの場所に返し終わるはずだ。そうしたらアパートに戻り、ぐっすり眠ろう。その先、どうすればいいかはまだわからないが、ぐっすり眠って疲れが取れたら、それからまた考えればいい。

舞台の仕事にメドなど立ちようもないし、たぶんもう親方から連絡が来ることはないだろう。再婚をしてから、新しい亭主と子供たちのことしか考えなくなった母親を頼るのも論外だ。だが、アルバイトの口さえ見つかればなんとか暮らしていける。

結局、答えなどまだわからなかったが、とにかく人の物を盗むのなどやめようとふたりで決め、こうして順番に返して回ることにしたのである。

「喉が渇いたな。今度は俺が奢るから、缶ジュースを頼む。炭酸入りなら、何でもいいや」

ミニバンを駐めた場所まで引き返すと、和也がそう言って差し出した五百円硬貨を受け取り、隆司は道の端の自動販売機へと向かった。

だが、そうする途中で、耳の後ろ側の毛がぴりぴりとするような感覚が走り、和也のほうを振り向いた。

和也はいつの間にかミニバンの運転席に乗っていて、悲しそうにこっちを見ていた。目が合い、隆司は自然に答えを悟った。もしかしたら、心のどこか奥底では、とっくの昔に悟っていたのかもしれなかった。

「おい、待てよ和也。どういうつもりだよ……」

声が辺りに響かないように、低く抑えるぐらいの自制心は持ち合わせていた。しかし、心臓は自分でも驚くぐらいにバクバク脈打っている。

「おい、待てって、和也。どういうことだよ――」

車にたどり着いた隆司は、運転席の窓を叩いた。ドアを開けようとしたが、ロックされていて開かなかった。

「そろそろ約束の時間なんだ。俺はこれから、中国人のところへ行くよ」

和也は頑なに顔をそむけ、隆司にではなくフロントガラスの先に立つ誰かに話すみたいにした。

「なんでだよ……、和也……」

「決まってるだろ。俺には借金があるからだ」

「だから、それは……、逃げちまえばいいじゃないか。そうしようって、ふたりで決めたじゃないか」

「そんな簡単な話じゃねえんだよ。ほんとは、おまえだってそうわかってるんだろ。隆司、巻き込んじまって悪かった。連中におまえの話はしないし、もしも警察に捕まったときも、おまえのことは言わないよ。だから、これ以上、俺とはもう関わるな」

「………」

「ごめんな……、俺はさ、おまえを引っ張り込んだんだよ。おまえとふたりのほうが、安心な気がしたんだ……。だけど、おまえは俺みたいには落ちちゃいねえ。こっから先、もう俺とおまえは無関係だ」

「おい、こっちを見ろって、和也」

　隆司は車の窓を平手で激しく叩き、ドアのハンドルノブを力任せに引いた。だが、ビクともしない。

　車が動き出し、隆司は引きずられそうになった。フロントガラスの端っこに手を置いて押しとどめようと力を込めるが、お構いなしに車は加速した。

　大声で呼んだが、和也は頑なにこちらを見ようとはせず、車はあっという間に見えなくなってしまった。

独りになると、深夜の人けのない新宿の街が、いっそう静かで寒々しく感じられた。

(こんなところに、俺をひとりで置き去りにしやがって……)

隆司は胸の中で和也を罵倒した。あの馬鹿野郎め……。

いつしかポケットに押し込んでいた五百円硬貨を取り出して眺めたが、しばらくして戻し、隆司は重たい足を引きずるようにして歩き出した。もう、とっくに電車はなくなっていた。新宿から阿佐ヶ谷のアパートまで歩いて帰ったことも何度かあるが、今夜はとてもそんな気分にはなれなかった。独りになってしまったのだ……。

ちきしょう。あんなやつのことなど、もう知ったことか。どこかのネットカフェに潜り込んで眠ってしまおう。テレビやネットでは、コロナ騒動で閉めてしまっていると言っていたが、歩いてみればどこかは開いているだろう。

(そうだ、その前に、腹ごしらえでもするか)

行きつけでどこか遅くまでやっている店を思い浮かべたとき——。

「あ、あの女……」

記憶がよみがえり、隆司は口の中でつぶやいた。

日暮れどきに殴られていた女とどこで会ったのかを思い出していた。

一年ほど前、この新宿の劇場で仕事があり、一週間ほど毎日通ったことがあった。そのとき、その劇場傍の小さな中華料理店が気に入り、何人かで通いつづけたのだ。夜遅くまでやっていることがわかって、その後も新宿で飲んだときに何度か寄ったことがある。小柄だがごつい不愛想な男が店主だった。小さな厨房で、いつでも不機嫌そうにしていたが、料理は美味(うま)かった。あの娘は、あそこで料理を運んでいたのだ。

彼女は今夜、若い男に殴られて倒れ、思いきり頭をぶつけたように見えた……。痛みで起き上がれない様子の彼女が気になったが、駆けつけて来る警官の姿が見えたのであわてて逃げてしまったのだ。あの子は、どうなったのだろう。

そう思いかける気持ちを、隆司はすぐに打ち消した。自分には何の関係もないことだ……。

5

健斗は部屋を見渡した。キッチンが部屋の片隅についた1Kってやつで、建物を外から見たときに予想した通りの小さな部屋だった。綺麗(きれい)に片付いた流しの足元に、レトルトや缶詰など手間をかけずに食べられる食料品を入れた段ボール箱が置いてあった。小さな冷蔵庫の隣にカラーボックスがあって、その一番上にはコーヒーメーカーとジューサーが並び、次の段には電子レンジが入っていた。

部屋の角に作りつけのクロゼットがあった。床との間に九〇センチぐらいの隙間があいていて、そこに折りたたんだ布団が押し込んである。薄型テレビを載せた台にはCDやDVDとともに、コミックを含む本が何冊か並んでいた。テレビを置いて余ったスペースに、手帳ぐらいの大きさの鏡が立ち、その周りには化粧品やスキンケア用品が並んでいた。

健斗は咄嗟に若い男の写真を探したが、男がひとりで写ったものもマキちゃんと並んで写ったものもないのを知って少しほっとした。

いい匂いがする。これが女の子の部屋というやつか……。

「きょうだいでここに住んでるのか?」

「俺は俺で一部屋あるんだよ。そんなこと、どうでもいいだろ。あんた、異常だぞ。姉ちゃんは、あんたとネットでやりとりをしたことなどないと言ってるだろ」

「そんなわけはない。俺が通信していた相手のIPアドレスは、確かにこのマンションなんだ」

「なんでそんなことがわかるのよ」

マキちゃんにそう突きつけられ、健斗はうっかり話してしまったことを後悔した。

「俺は本当のことを知りたいだけなんだ。マキちゃん、とぼけるのはやめてくれ」

「私、とぼけてなんかないわ。ほんとにあなたのことは知らないのよ。きっと誰かが、私の名前を騙ったんだわ。ねえ、ちゃんと答えてちょうだいよ。どうやってあなたは、相手のＩＰアドレスの接続地を知ったのよ？」

　話題をそらそうとしたのに、マキちゃんはあとに引かなかった。

「調べさせたのさ……」

「何？　どういうこと……？　誰に調べさせたの？」

「知り合いに、そういうことができる男がいるんだよ」

「それって、警察関係者ってこと？」

「どうでもいいだろ……」

「よくはないわ。警察官でもない人が、あなたとネットで通信している相手を特定するなんて、それって違法でしょ」

　健斗は大事にしていた写真からは感じ取ることができなかった事実に気がついて、愕然とした。写真のマキちゃんは、いつでもチャーミングに、優しげに微笑んでいるだけなのに、実際の彼女は、かなり気が強いらしかった。いい加減な答えでは許さないぞ、という決意をみなぎらせ、すごい顔で健斗を睨みつけている。

「何にでも抜け道はあるんだよ……」

　こんなとき、父ならどう答えるだろうと考え、それらしいセリフを口にしてみたが、マキちゃんは少しも引く構えを見せなかった。

「とにかくだ。嘘をつくのはよせ。あんた、SNSとかやってるんだろ?」

「そりゃあやってるわよ。だけど、あなたなんか知らないって言ってるじゃないの。ねえ、警察には何も言わないから。だから、お願いだからもう出て行ってくれないかしら」

言葉遣いこそ懇願しているようだが、実際にはきつい目で迫ってくるマキちゃんを見て、健斗の心は萎えはじめた。SNSで同じ危機感を共有し、励まし合い、心が通じ合っているとばかり思っていた彼女は幻だったのか……。

言い返す言葉を探す健斗の前で、マキちゃんははっと何か思いついたらしかった。

「謎が解けたわ。ここって、ワイファイは共有なのよ。そして、全部で十二世帯かそこらが入ってる。大概はみんな若いサラリーマンやOLよ。あなたとネットで色々やりとりしてたのは、きっとその中の誰かよ」

「――――」

「なんだよ。それじゃ、ここの誰かが姉ちゃんの写真を使い、姉ちゃんに成りすましてるってわけか」

澄夫が腹立たしげに言う。

「そういうことになるわよね」

マキちゃんは弟にうなずいてみせてから、

「さあ、もうこれでいいでしょ。わかったら、出て行ってちょうだい」

「そんなわけにいくか……」

「いったい、どうしたいんだよ？　もう、姉貴があんたとネットでやりとりしていた相手じゃないとわかったんだから、それでいいだろ」

「そうはいくか。そしたら、おい、おまえが誰が姉貴の名前を騙ったのか探し出して来い」

「何言ってるんだ、あんた……」

「このアパートの誰かなら、簡単だろ。おまえが探し出して来るまで、俺はここでこの人と待ってる」

「馬鹿言うな」

「嘘だと思うなよ。この人を殺して、俺も死ぬからな」

　口から出任せを言っただけだったが、それなりの効果があったらしく、澄夫があわてて手を合わせた。

「なあ、頼むからもう帰ってくれよ。さっき、あんたを馬鹿にしたことは、これこの通り謝るよ。あんたのことは誰にも言わねえ。あんただって、騙されてカッとなってるだけなんだろ。な、だから、このまま帰ってくれ。そしたら、何もかも終わりじゃないか」

　今、ここから引き上げれば、すぐに警察に通報される。そして、逮捕される。そんなことは、さすがに健斗でもすぐに想像がついた。しかし、それならばマキちゃんの名前を騙ったやつをこいつに探させたところで、それで何になるというのだろう……。

いや、そもそもこいつを部屋から出せば、すぐに警察に連絡するに決まっている。そうしたらすぐに警察がやって来て、それこそアリの這い出る隙間もないぐらいにこのアパートを包囲してしまうだろう。

健斗は、眩暈に襲われた。

（ああ、どうしてこんなことになってしまったのだろう……）

こんなとき、ＳＮＳのマキちゃんならば、何かいいアドバイスをくれるはずなのに……。ふとそう思いかけて、ますます眩暈が大きくなった。

（ああ、俺ってやつは……）

健斗の動揺を見透かすようにして、姉と弟がそっと目を見交わした。健斗はそういう目の動きには敏感だった。

「おまえら、今、目で合図したろ」

ふたりの鼻先に拳銃を突きつけ、声を荒らげた。

「してねえよ……」

「してません」

と、口をそろえて嘘をつくので、段々腹が立ってきた。

「嘘をつくな。そうやって、人を馬鹿扱いするんじゃねえよ」

「なあ、あんたの気持ちはわかったよ。自分が騙されたことが悔しいんだよな。わかるよ、その気持ち。そしたら、あんたが言った通り、俺が姉貴の名前を騙った人間を探して来てやるよ」

澄夫が言っていきなり立ち上がったので、健斗はすっかりあわててしまった。

「勝手に動くな。坐れ」

「おいおい、冷静になれよ。あんた、姉貴の振りをしてやりとりをしてたのが誰だか、知りたいんだろ」

澄夫は健斗をなだめるように手を前に突き出しつつ、背後に下がって壁際に寄った。

「動くなと言ってるんだ」

その鼻先へと拳銃を突きつけるべく前に踏み出した健斗は、背後でマキちゃんが動くのを感じた。あわてて顔を向けると、何かを握った右腕を、健斗の首筋のほうへと突き出してくるところだった。

拳銃を持っていないほうの左手で振り払おうとしたが叶(かな)わず、何かが首筋に押しつけられた瞬間、健斗の体を衝撃が貫いた。目の奥に、青白い光が飛んでいた。

体の力が抜け、膝が折れ、健斗は床に頽(くずお)れた。体を支えようとした腕にもなぜだか力が入らず、一三〇キロの体重をもろに受けて下敷きになった。

健斗は右肩を下にして横向きに倒れ、身動きができずにそのまま横たわっているしかなかった。ちきしょう、俺の体は、どうなっちまったんだ……。

マキちゃんがへなへなと尻餅をついた。

「ああ、怖かった……。怖かったわ、澄夫……」

震える声で訴える姉の肩を、弟が抱いた。

「大丈夫だよ、姉さん。このアホは当分、動けやしない。姉さんが勇気を出したおかげさ」

「いいえ、あなたがこの男の注意を引きつけてくれたからよ」

お互いをたたえ合う姉弟の足元に横たわった健斗は、しきりとまばたきを繰り返していた。無理に首をひねってふたりの顔を見ようとするが、一定以上は動かせなかった。もう一度思う。ちきしょう、俺の体はどうなっちまったんだ……。

澄夫が屈み込み、すぐ間近から健斗の顔を覗き込んで来た。

「おい、スタンガンを当てられた気分はどうだ？」

「――――」

ニヤニヤする顔が憎たらしい。そんな武器を使いやがって。卑怯なやつらだ。

睨み返したのが相手の気に障ったのか、澄夫の爪先が飛んで来て、健斗は呻き声を漏らしながら仰向けに転がった。天井の蛍光灯が眩しくて顔をしかめたが、自分の意思では頭をちょっとずらすことすらできなかった。

今度はマキちゃんが顔を覗き込んで来た。

「ねえ、あなた、誰なんですか？　なんでこんなことをしたの――？」

健斗は相手を罵倒しようとしたが言葉にならず、口の端っこからよだれが流れた。

「わっ、きったねえなあ……。大丈夫か、こいつ。スタンガンの目盛りをいくつにしてたんだ？」

「大丈夫よ、死ぬはずはないもの……」

「ほんとかい」

「ほんとよ。説明書にそうあったし……」

「こいつが死んだら、姉貴は殺人犯だぜ」

澄夫が意地悪くからかい、

「嫌なこと言わないでよ……。この男は強盗なのよ。拳銃を突きつけて、部屋に入って来たんだもの。何があったって、正当防衛よ。そうでしょ――」

（俺は強盗なんかじゃないぞ……）

健斗はそう抗弁（こうべん）したが、実際に出て来たのはまた「う～う～」という呻き声とよだれだけだった。

「この拳銃、ほんとに本物なのかな？」

澄夫が言った。健斗が落とした拳銃を拾ったらしい。

「本物でしょ……。違うの……？」

「わからねえよ、俺にそんなこと。おい、本物なのか？」

澄夫がまた顔を覗き込んで来る。健斗は必死で口を動かすが、舌がしびれてしまっていて、相変わらず何も言えなかった。

「きったねえな。よだれを流すなよ。口を閉じてろ！」

澄夫が言い、脇腹をまた蹴りつけて来る。

「警察に連絡しましょう」

マキちゃんが言い、スマホを出した。

（やめてくれ、話せばわかる）

健斗は願いを込めてそう言おうとしたが、相変わらず舌が動かなかった。そもそも、いったい何を話せばわかってもらえるのか、自分でもとんとわからない。

（ああ、もうだめだ……）

「ちょっと待てよ、姉ちゃん。これ、何だ――？」

声のするほうへと必死に顔を向けた健斗は、驚いた。デイパックから保冷バッグを取り出した澄夫が、試験管を指先でつまんでいた。

顔の前に持ち上げて振り、それを蛍光灯の光にかざして中の液体を見つめてから、姉のほうに差し出した。

「いやよ、なあに……。気持ち悪いからやめて」

マキちゃんは手を伸ばそうとせずに身を引き、眉をひそめて試験管の液体を見つめる。

「おい、これはいったい何だ？　中に、何が入ってる？　まさか、これで姉貴に何か悪さをしようと考えてたんじゃないだろうな」

澄夫は今度は、健斗のほうに試験管を近づけて来た。舌がもつれて言葉が出て来ない健斗に舌打ちすると、もう一方の手の指先を試験管のゴム栓に近づけた。

（おい、バカ、やめろ……）

胸の中でののしる健斗の前でゴム栓を抜き、鼻をそこに近づけた。

「別に臭いはしねえな……。おい、何なんだよ、これは？」

栓を抜いたままの試験管を、再び健斗に近づけて来る。

「答えろよ。さもないと、おまえの口に流し込むぞ」

健斗はパニックになりかけて体を必死にばたつかせたが、陸に上がったトドぐらいの動きしかできなかった。

「やめなさいよ、澄夫。嫌がってるじゃないの。そんなことしてないで、警察に電話しましょうよ」

「そうだな。そうするか――」

と口では言いつつ、もう一度試験管に鼻を近づける澄夫を目にして、健斗は必死で言葉を押し出した。

「よせ……。よせ……。危ないから、すぐに栓を戻せ……」

相変わらず舌は言うことを聞かないし、スポンジみたいに膨らんでしまっているみたいに感じられたので、相手にどう聞こえたのかわからなかった。

だが、その権幕に驚いたためか、澄夫は手をとめた。

「危ないって何だよ……？」

どうやら、ちゃんと聞き取れたらしい。尋ね返してから、はたと気づいたようにゴム栓を元通り閉め、試験管を改めて目の高さに掲げて見つめる。

「コロナだ……。新型コロナのウイルスが、中に入ってる……」

相変わらず舌がもつれたが、今度はいくらか勿体ぶる気分も芽生えた。

思った通り、マキちゃんと澄夫は一瞬、沈黙した。息を呑んだのだ。

「コロナウイルスだと……。おまえ、おかしいんじゃねえのか……？　何を言ってんだよ？」

澄夫が薄ら笑いを浮かべて言い、試験管と健斗の顔へと交互に視線をやる。

健斗は、息を整えた。相変わらず体に力は入らないが、なんとか口は利けそうだ。

「さっき、サイレンを聞かなかったか。もう、テレビでもやってるだろ。早乙女興業っていうヤクザの事務所で、クラスターが発生したって」

「ほんとかよ……？」

「ほんとさ。嘘だと思うなら、テレビをつけてみろよ。きっとやってるぜ。いや、それよか、ネットで検索しろ」

健斗が舌をもつれさせながら言う途中で、姉弟はもう動いていた。それぞれが自分のスマホを出して操作を始めつつ、マキちゃんが小テーブルに置いてあったリモコンを取ってテレビに向ける。

「これか。このニュースか――」

じきに澄夫が言ってスマホの画面を姉のほうに向けようとするが、

「私も見つけたわ。びっくり。サイレンがうるさいと思ったら、これだったのね……」

そんな会話をしながらマキちゃんがチャンネルを変えると、ある局でちょうど該当するニュースをやっていた。

しかも、ニュースでは、健斗が知らなかったことまで報じられていた。東新宿署では新型コロナのクラスターが発生したが、早乙女興業の事務所で発生したのは食中毒で、しかし、コロナが発生したとの通報があったため、念のためＰＣＲ検査を実施したところ、組員に陽性反応が出たとのことだった。

だが、現在のところ、新型コロナの症状は誰にも出ていないという。

（そうか。あの症状は、食中毒だったのか……）

父が言っていたのは、きっとこのことなのだ。食中毒菌が混入しているから、大騒動になる。しかし、コロナウイルスは弱毒化してあるので、PCR検査が陽性にはなっても死者が出るような被害にはならないわけだ。

「なんだよ、食中毒じゃねえか」

「だけど、PCR検査で陽性が確認されたって言ったわ。コロナにもかかってるってことでしょ」

(でも、コロナウイルスをそんなふうに操ることなどできるのだろうか……)

健斗の疑問は、マキちゃんからこう詰め寄られることで頭から消え去った。

「ねえ、この騒動はわかったけれど。そしたら、どういうこと? あなた、まさか、ヤクザの事務所に、この試験管の中のコロナウイルスを撒いて来たってこと?」

「バカなのか、おまえ……。殺されちまうぞ」

健斗は体に力が入らずにへたった状態で、可能な限り威厳を保つべく居住まいを正した。

「そうじゃねえよ、この試験管のウイルスは、うちの組が用意したもんだ」

「うちの組って何よ……」

「こんな格好じゃ、話せねえよ。話を聞きたいのなら、俺を起こせ」

そう精一杯居丈高に言ってみると、姉弟はまた顔を見合わせたが、澄夫が健斗の背中のほうに回って体を引きずり上げた。

ぺたんと床に尻餅をついたような格好ではあったが、まあこれで少しは威厳が保てる。

健斗はちょっと拗ねつつ、これまでの出来事を話して聞かせた。

「じゃ、対抗する組に撒くつもりだったこの試験管のウイルスが、何かの手違いで漏れ出して、おまえの親父も組員たちもみんなやられちまったっていうのかよ……」

「ああ、そうだよ。すごい感染力だろ。しかも、命の危険がないように、コロナウイルスはちゃんと弱毒化してあるんだぜ」

「ふうん、すごい感染力のコロナウイルスか……」

澄夫はそうつぶやくと、例の試験官をもう一度保冷バックから取り出した。顔の高さに上げて、中の液体をじっと見つめつつ、何かをしきりと考えている。

「なあ、姉さん。俺、思いついたんだが、コロナに感染してクラスターが起これば、こうしてマスコミが取り上げる。それに、一緒にいる連中は、濃厚接触者として届け出なければならないんだよな」

「そうみたいね……。だけど、だから何よ？」

「今日は第三金曜日だぜ。連中が集まって、いつもの会をやってる日だ」

6

庁舎の横手にある免許更新用の出入り口から外に出た丸山は、相変わらず表通りに屯して動こうとしない報道陣たちを尻目に、そのまま小さな裏門から後ろの路地へと抜け出した。

東新宿署から新宿中央病院までは、徒歩で十分ほどの距離だった。新宿七丁目の交差点を境目に抜弁天通りから職安通りへと名前を変える都道三〇二号を西へ歩き、歩行者用信号がちょうど青になった横断歩道で反対側へと渡った。

そこから都道を外れて横の路地に入り、あみだくじを進むように何度か曲がり、新宿中央病院の正門に行き着いた。

すでに深夜の〇時を回っている。無論のこと、病院の正面入り口は閉まって明かりが消えていた。だが、ここは救急指定病院であり、人の出入りは二十四時間いつでもある。

丸山は建物に沿って右側の救急搬送口のほうへと歩いた。救急搬送口の周囲には、救急車用の駐車スペースと並び、業務用の車両のためのスペースがあった。そこには今、かなりの数の警察車両が駐まっていた。

ここが今どんな状況なのかは、丸山にもわかっていた。東新宿署でコロナに感染した面々は、情報管理のためもあって警察病院で入院治療中だが、早乙女興業と津川エステートのふたつの事務所で感染した患者は、この新宿中央病院に収容されていた。

さらには新宿中央病院からも程近い都民の杜公園脇で謎の爆発事件が起こり、それに巻き込まれた負傷者もここに収容されたのだ。その中には、巡邏中の制服警官も交じっているらしかった。

かつての丸山だったならば、こうした人間たちから事情聴取を行なうために確実に駆り出されていたはずだが、今は違った。丸山は警察車両を横目にしつつ、建物に沿ってさらに奥へと向かった。

少し行くと職員用の通用口があって、その出口の近くには箱型の吸い殻入れが置かれて喫煙所になっているが、今は誰もいなかった。

病棟はL字型をなしていて、その先も長く建物がつづく。建物の外周に沿って西洋芝が植えられ、庭園樹が一定間隔で並んでいる。

数えて三本目の樹の前で足をとめ、丸山は三階の窓を見上げた。三階から六階は入院病棟になっており、妻は先月からこの三階に入院している。

勤務のあと、必ず妻を見舞うのが日課だった。しかし、新型コロナが流行り始めてからは、病院はどこも面会禁止になってしまった。それで、ここに立ち、三階の談話室の窓から見下ろす妻とスマホで話すことにしていたのだ。

だが、今日は東新宿署のクラスター騒動があって急に夜勤になってしまったために、それもできなかった。コンビを組んで東新宿署の保管庫を担当している夏井にしばらくあとを託し、小一時間で戻ると言って出て来たのだった。

この時間まで妻が起きているわけがないのはわかっていたが、せめて自分だけはいつもと同じ行動をつづけたかった。そうすれば、妻がずっと生きていてくれる気がする。

ところが、いつもの場所に立って三階を見上げると、窓辺からこちらを見下ろす人影があった。

消灯時間をすぎて明かりが消えているため、顔形がはっきりと見えたわけではなかったが、肩の線の細さや髪の形でわかる。

妻の瑤子だった。

瑤子は窓を開け、丸山に向かって手を振った。こんな時間に夫を見つけて驚いているはずなのに、そうやって手を振る一連の動きはいかにも自然で、まるで約束通りにやって来たのを待っていたかのようだった。

丸山が手を振り返すと、もう片方の手に持っていたスマホが鳴った。

「どうしてここにいるの？」

「いや、なに……、その……。おまえこそ、どうしてそんなところに立ってるんだ？」

言い淀む丸山の耳に、妻の楽しげな笑い声が聞こえた。

「俺が来るとわかったのか？」

「そういうわけじゃないけれど、寝付けなかったので、ちょっと景色を眺めに来たのよ。そしたら、下にあなたが立ってるから。ああ、びっくりした」

「具合はどうだ？」

「ええ、いいわ。大丈夫よ、いつでも退院できそうなぐらい。で、あなたのほうはどう？　夜勤なんて、久しぶりでしょ。居眠りしないでね」

「しないさ」

丸山が生真面目に否定するのを聞いて、妻はまた笑った。

いわゆる刑事のしっかりした妻というのとは、異なるタイプの女性だった。うっかりもので、家の鍵をなくしたことがこれまでに三回もあった。丸山は、そのたびに鍵をつけ替えた。もしもなくした鍵が悪用され、警察官の家に空き巣が入るようなことがあってはならなかったからだ。

だが、目くじらを立てて妻を叱ったことは一度もなかった。それは何も丸山が寛大だったためではなく、妻とふたりならば、そうしたひとつひとつのことすべてが笑いのタネになったのだ。

そんな丸山をもしも職場の同僚が目にしたら、驚愕したにちがいない。自分にも、部下にも、そして時には上司にも、厳格さと公正さを求めつづけるのが警察官として当然のことだと思って生きてきた。

融通が利かないだけだと陰口を叩く同僚がいることも知ってはいたが、別段、それで構わなかった。それが自分のやり方だとわかっていた。自分が正しいと信じて疑わなかったし、それは内勤の閑職に追いやられて三年が経った今でも変わらなかった。

だが、今ではもっとはっきりわかっていることがある。もしも瑤子がいなかったならば、自分の警察官としての人生は、非常に味気ないものだったにちがいない。

なぜこんな男でいいのか。――瑤子にそう尋ねたことがあった。

「こんな男だからいいのよ」

そのときはただそう答えただけだったが、つい最近、ガンの転移がわかったあと、瑤子はふっとこんなふうに言った。

「あなたの硬い殻の中に入り込めたのは、私だけ。もしかしたら、そう思えたことがよかったのかもしれないな……」

定年退職をしたら、ふたりでやりたいことが山ほどもあった。テレビで観て気に入った場所があると、いつか一緒に行きたいと必ず言い合ったものだった。「いつか」とは、丸山の定年後を指していた。

しかし、それはほぼもう叶わない。瑤子の余命は半年と言われていた。

「そろそろ窓を閉めたほうがいい。夜風が体に悪いからな」

「あら、まだ来たばかりじゃないの。大丈夫よ、すぐに閉めるから」

「だけど……」

と本気で心配する丸山は、スマホを通して妻が楽しそうに笑う声を聞いた。

「大丈夫よ、そこまで心配しなくたって。もう少ししたら閉めるから。開けとくと、あなたの傍にいるような気になれるのよ」

おまえが先に窓を閉めて病室へ戻れ、あなたが先に行ってちょうだい、と言い合った末に、結局は立ち去る後ろ姿が見たいという瑤子の意見に従うことにしたとき、ちらっと腕時計を見ると二十分近くが経っていた。

夜中の病院の裏庭で、窓辺に立つ妻とこっそりひそひそ話をしていたなんて、まるでティーン・エイジャーか若い夫婦者みたいだ。そんなふうに思うと照れ臭い反面、こうして還暦近くになっても、いくらでも話していられる連れ合いがいることを誇らしくも思った。

丸山は、建物の角を曲がって立ち去る振りをしてから、一呼吸置いて戻り、三階の窓を仰ぎ見た。妻のいなくなった暗い窓辺の様子を確認してから改めて歩みを進めた。

それにしても、こんなに厳重なコロナ対策が本当に必要なのだろうか。警察官という公僕としては不謹慎(ふきんしん)な発言になると思い、決して口にしたことはなかったが、そう思わざるを得ないときがある。特に今がそうだった。

なぜ入院中の患者と家族が面会できないのだろう。どうして裏庭と三階の窓辺に離れ、携帯電話を使って会話しなければならないのだろう。

息子はすでに独立して、三年前からは神戸(こうべ)に勤務していた。去年、孫が生まれ、出産の直後に一度顔を見に行ったが、その後はこのコロナの騒ぎで会いに行けずじまいだ。

息子は瑶子の見舞いに来たがっているが、「不要不急の移動」は避けるようにとのお達しのために、未だに母親に会いに来られずにいる。

これが本当に正しいことなのだろうか。いったい、いつまでこんなことがつづくのだろう。

いっそのこと、妻を退院させるべきではないか。

――何度かそう考えたこともあるが、しかし、実際に自宅で妻とふたりきりになることを考えると不安だった。病院にいるからこそしてもらえるケアもあるわけで、それがなくなってしまったら、徒に妻を苦しめるだけかもしれない……。

物思いにふけりながら歩いていた丸山は、建物の角を曲がりかけてはっと立ちどまった。職員用の通用口が開き、中から男がふたり並んで出て来るのが見えた。

そのふたりが誰かに気づき、あわてて身を引いた。男たちの意外な組み合わせに驚いていた。片方は東新宿署の捜査官である金木で、もう一方は、郷党会の津川だった。

さらに驚いたことには、何か声をひそめて話しながら出て来たふたりは、ドアを出たところで言い合いを始めた。津川が人差し指で金木の胸を突くと、金木はそれを振り払い、津川の胸倉を摑み上げた。しかし、津川は痛くも痒くもない様子で、薄ら笑いを浮かべている。

これはいったい、何なんだ……。丸山は耳を澄ましたが、何を言い争っているのかまではさすがにわからなかった。

やがて津川は金木の腕を外すと、幾分わざとらしい動作でみずからのスーツの襟を直し、金木をその場に残して歩き出した。

その背中を睨みつけていた金木も、少し遅れて歩き出し、関係者専用の駐車場に駐めておいた覆面パトカーに乗った。

丸山は物陰でじっと息をひそめ、金木の運転するパトカーが走り出すのを見送った。そのパトカーに少し遅れて、表玄関のほうにある車だまりから出て来たタクシーが一台、やはり表通りへと消えて行った。タクシーの後部ガラスに、ちらっと津川の横顔が見えた。

丸山はその場に立ったままで、目にした光景を反芻した。

（嫌なものを見たな……）

というのが、正直な感想だった。どう考えても、あれは、暴力団と刑事とがつるんでいる図にしか見えなかった。

だが、暴力団員とツーカーの間柄になることで、何らかの情報を仕入れようとしている可能性だってある。金木というのは虫の好かない人間だったが、しかし、同じ警察官であることには変わりがない。なるべくいい方に考えておくべきだろう。

昔の自分ならばどうしたかはわからないが、今ではあと二年を穏やかに、できるだけ波風が立たないようにして過ごすのが大事なのだ。

自分をそう納得させて、歩き出そうとしたときだった——。

職員用の通用口が再び開いて、今度は中から白衣姿の看護師が急ぎ足で出て来た。手にたばこのパックを持ち、それを一刻も早く口に運ぼうとしていた。看護師長の松崎里奈だった。

彼女はそこにいる丸山に気づき、口に運びかけていた手をとめた。何か嫌なことがあったのか、険しい表情をしていたが、すぐにいつもの毅然とした看護師らしい顔つきに戻った。それは、何か無理やり合わない服の中へと自分を押し込めたようでもあった。

「あら、丸山さん……。ああ、びっくりした……」

「どうも、あの折は——」

丸山は、礼儀正しく頭を下げた。前回の入院のとき、看護師長としてあれこれと瑤子の世話を焼いてくれたのが彼女だった。その後、救急担当の部署に異動になったと妻から聞いていた。

「バレちゃいましたね。私、たばこを喫うんです」

「自分も元々喫煙者ですよ。妻の体に悪いと思ってやめたんですが、当初は喫いたくて堪りませんでした」

「それにしても、どうしたんですか、こんな時間に……。ああ、そうか、丸山さんはお勤めが警察でしたね……」

と、里奈はひとり合点した様子でうなずいた。どうやら彼女は丸山が、今夜のクラスター騒動とか爆弾騒ぎの関係でここに来たものと勘違いしたらしかった。

丸山は、それを訂正しないことにした。深夜に、ただ妻のいる病棟の窓を下から見上げるために来たと、わざわざ自分から告白することもあるまい。

「いかがですか、奥様は――？」

「ええ、まあ、なんとか……」

他にどんなふうに答えられるだろう。妻が回復してこの病院を出ていくことなどないのは、彼女だってわかっている……。

（そうだ。この看護師に、意見を求めてみたらどうだろう）

丸山はそう思いついた。このコロナ騒動で、妻への見舞いができなくなってしまっている。これならばいっそ、自宅に連れ帰ったほうがいいのではないか、と。彼女ならば、何か意見を聞かせてくれるのではないか。

だが、話を切り出そうとしたとき、丸山は彼女の様子が普段と違うことに気がついた。顔色が悪くて、表情が硬い。

「どうかされましたか……？」

「いえ……」

里奈はすぐに否定したが、

「実は、ちょっと前に人が亡くなったんです」

彼女らしからぬ、か細い声で応えた。

「それは、なんとも……」

「傷害事件があって、その被害者の女性でした……」

「そうでしたか――」

彼女は唇を引き結んだが、本当は何かまだ言いたいことを抱えているのが感じられた。唇を硬く引き結んでいるのは、それを表に出すまいとしている意識の表れなのだ。

「松崎さんにとって、何か特別な関係の方だったんですか？」

そう話を振ってみると、里奈ははっとして丸山を見つめ返した。

「いえ……、はい……。娘を預けている保育園で、今日、文句を言ってしまったんです。このコロナにもかかわらず、まだやっているお店があって、その店のお嬢さんを彼女が保育園に預けに来ていたものですから、周りの迷惑を考えてほしいと……」

「なるほど……」

「その人、お店の店員さんで、忙しい店主夫婦に代わってお嬢さんを預けに来てたんです。その帰り道に、誰かに殴りつけられて……。そのあと、店主さんが駆けつけていらしたんです。でも、新型コロナ対策で、救急病棟には患者さん以外は入れないことになっているので、それで、帰っていただいたんですが……、その後、急に容態が悪化して……」

「なるほど、そうでしたか……。じゃあ、その店員さんは、ひとりで……。それは気の毒に……」

丸山は、つぶやくように言った。

いつも通りに妻の病室を訪ねようとして、ナースステーションでそれをとめられ、なす術もなく家路についた日のことが思い出された。患者に感染する危険があると言われてしまえば、諦めざるを得ないのかもしれないが、面会をとめられた患者や家族の気持ちはどうなるのだろう。

だが、松崎里奈の状態に気づき、丸山は自分が残酷な言葉を口にしてしまったことを知った。彼女は、コロナ対策を徹底した自分を責めているのだ。

「――しかし、松崎さんのせいではありませんよ」

そう言って慰める丸山を、里奈は悲しげに見つめて来た。視線が合うと、目をそらした。他人と目を合わせるだけの気力がないのだ。何か、言葉をかけなければ……。

ところが、言葉を探している最中に、またもや通用口のドアが開き、今度は制服警官がふたり飛び出てきた。

彼らに道を譲ろうとして、その年配のほうが見知った顔だと気がついた。

「ああ、マルさん……」

相手が丸山に気づくほうが早かった。

「シゲか……」

丸山も、思わずあだ名で呼びかけ返した。かつて丸山が花園裏交番で班長だったときに部下だった男だった。もう、あれから四半世紀近くが経つ。

その後も、捜査官への出世は頑なに拒み、交番勤務一筋できた男なのだ。

「どうも、御無沙汰してます。つかぬことをうかがいますが、ヤクザ風の男がここから出て行きませんでしたか？」

重森周作はちらっと松崎里奈を見てから、そう訊いて来た。警官以外の耳があるところで、質問の仕方を工夫したのだ。

「それじゃあ、私は失礼します」

それを察したのだろう、松崎里奈はそう言って頭を下げた。

「あ、でも、まだたばこを……」

「いえ、いいんです……。またあとで、こっそり抜け出して来ますよ」

丸山の言葉に、里奈はニコッと微笑んで見せ、通用口へと姿を消した。

「郷党会の津川のことを言ってるのか？」

丸山は、頭を下げて彼女を見送ってから、同じようにしている重森に訊いた。

「そうです。どっちへ行ったか、見ましたか？」

「正面玄関で客待ちをしていたタクシーに乗ったよ」

「タクシー会社は？」

丸山はすぐに答えを口にした。警察官をしている人間は、タクシーを遠目にするだけでも、行灯（社名表示灯）のデザインから会社を言い当てられる。

東新宿署の金木が一緒だったことが喉元まで出かかったが、それについては言わなかった。金木には金木の思惑が何かあるのかもしれないではないか。

外から見れば、ただの警察官同士の狎れ合いに見えるかもしれないが、まずは金木を信じたい。丸山は、そう考えるタイプの警察官だった。

重森は無線で本部と交信し、タクシー会社名を告げ、新宿中央病院から少し前に走り出した車両の手配を行なった。

「これはうちの坂下と言います」

と、一緒に連れていた若い警官を紹介し、

「ありがとうございました。今度また、ゆっくり」

と頭を下げた。

「そうだな。近くの署にいても、なかなか会う機会もないが、時には一献傾けたいな」

丸山はそう応じたが、忙しそうに行こうとする重森をあわててとめた。

「シゲ、急いでいるところを悪いんだが、なぜ津川を追っているのか教えてくれるか」

「はい。やつはコロナウイルスと食中毒菌の培養液を、早乙女組の人間に摂取させた可能性があるんです」

「何のために、そんなことを……？」

「連中は、新宿のいくつかのエリアで、地上げを巡る争いをしています」

「じゃあ、対抗する組への嫌がらせか？」

「それだけではなくて、新型コロナのクラスターが発生した場合、濃厚接触者を見つけ出すため、コロナ陽性者は過去二週間にわたって会った人間を申告するように要請されます」

丸山は、重森の言いたいことを理解した。

「そうか、相手の背後にいる連中を、白日の下にさらけ出そうっていう魂胆か」

「ええ、両方が同じことを考えていたんです。誰かがそう仕向けて、早乙女興業と津川エステートの双方に培養液を売りつけた可能性があります」

「なるほど。頭のいいやつがいるな」

「ええ」

相手は急いでいるのだ。丸山はそれで話を切り上げるつもりだったが、

「そうだ、そういえば東新宿署の金木を見かけたんだが、やつはここで何をしてたかわかるか？　あの署は、新型コロナ感染で、今夜は全員待機だと思うんだが」

さり気なく問いかけるのをとめられなかった。

「ああ、そうですね。でも、あの人は、宅配便の荷物を窃盗して回っていたミニバンが爆発した事件の現場に、偶然通りかかったので、そっちの捜査に当たってるのだと思います。実は、私の部下も巻き込まれまして、金木さんに助けられたんです」

「なるほど、そうか。で、部下は大丈夫なのか？」

「ええ、幸い、部下は軽傷で済みましたが、ミニバンに乗っていた窃盗犯ふたりは亡くなりました」

「津川エステートの津川は、何かその爆発事件にも関係している疑いがあるのか？」

重森が怪訝（けげん）な顔をするのを見て、丸山は自分が相手から見れば変な質問をしたことに気がついた。

「いえ、それはないと思いますが……。なぜですか？」

「いや、何でもないんだ、忘れてくれ。引き留（と）めてしまって悪かったな」

丸山は、体の前に残った言葉を払うみたいに両手を振った。

7

薄闇の中で体をよじった。両腕に力を込めて手首を擦（こす）り合わせ、ガムテープがなんとか緩まないかと試すのだが、粘着テープは手首の皮膚にピタッとくっついてしまっていてびくともしなかった。両足首の粘着テープも同様だった。健斗はまた少ししたら試してみることにして、とりあえずは体の力を抜いて仰向けの姿勢に戻った。

女の子の部屋に入るのは、初めてだった。遮光カーテンの隙間から街灯の明かりが入ってくるために、部屋は完全な闇ではなかった。カーテンもカーペットも、いかにも女性らしい小物も、今は薄闇の中ですべての色合いがわからなくなっていたが、暗いと嗅覚が鋭くなるみたいで、女らしい匂いのほうはいっそう強く感じられた。香水の匂いとかじゃなくて、女性がひとりで暮らす部屋の匂いだ。

全然違うシチュエーションで、自分がここにいたのならばよかったのにと思ったが、きっとそれは絶望的なぐらいに低い確率でしか起こり得ないことなのだろう。

マキちゃんと澄夫の姉弟が出て行ってから、どれぐらいの時間が経ったのだろうか。壁際のラックにデジタル時計があるのは見えたが、ここからでは表示が見えなかった。

これから、自分はどうなるのだろう……。あの姉弟は、新型コロナウイルスが入った試験管を持ち出して、あれをどんなふうに使うつもりなのだろう……。

そういったことを考え出すと胸が苦しくなる気がしたので、なるべく考えないでいたかった。

きっとマキちゃんの手で首筋に押しつけられたスタンガンの影響もあるのだろうが、こんな状態だというのに、ぬるま湯に浸かったみたいな睡魔が押し寄せて来た。

（まったく、俺ってやつは……）

インタフォンが鳴り、健斗はドキッとした。

いったいこんな真夜中に誰だろう……。あの姉弟だったらインタフォンを鳴らすわけがないし、さすがにふたりが戻って来るのには早すぎる。

これが自分にとって吉と出るのか凶と出るのかわからない。健斗はできる限り首をひねり、息を呑み、ほんの短い廊下の先の玄関ドアを見つめた。

インタフォンはゆっくりと二度「ピンポン」「ピンポン」と間隔を置いて鳴ったあと、沈黙した。耳を澄ましても、人の気配はわからない。しかし、遠ざかる足音が聞こえないので、まだドアの前にいるにちがいない。向こうでも、じっと室内の様子を探っているのか。そんなふうに思うと、息苦しくなってきた。

助けを求めてみたらどうだと思ったが、姉弟が出て行くときにガムテープで口を塞いでしまっていたので、呻き声を漏らすのが精いっぱいだった。

少しして、再びさっきと同じようにゆっくりと間隔を置いて二度インタフォンが鳴ってから、今度はがちゃがちゃと鍵を回す音がした。息を詰めて見つめていると、ロックが外れて玄関ドアが開き、廊下の明かりを背にして黒い人影が戸口に立った。小さな影だった。

その人影がドアを閉め、キッチンが明るくなり、じっとこっちを凝視する老婆の姿を照らし出した。

小柄な老婆は、壁のスイッチを押し上げてから正面に向き直り、靴を脱ごうとしたのだと思う。しかし、その途中で動きをとめ、じっと健斗のほうを凝視してきた。

いくらか前屈みになっているために、体の割に頭が大きく見えた。皺（しわ）だらけの顔の中で、丸い大きな目がふたつ、驚愕によって顔から落ちそうになっていた。

健斗は一瞬、老婆が悲鳴を上げるのを覚悟した。しかし、彼女はそうはしなかった。驚愕のあと、不審と恐怖が顔中に広がった。

巨大な両眼をまたたかせながら、「あなた、ここで何をしてるの……？」と訊いて来た。

「ここは孫の部屋なのよ……。私の孫はどこ……？」

健斗は抗弁しようとしたが、口が塞がれてしまっていては何も答えられない。老婆を見つめて自分の思いを伝えようとした。

「あら、テープで口を塞がれてるのね。いったい、これはどういうことかしら……」

老婆はそわそわとし始め、答えを探すように視線をあちこちに投げかけた。

「真希子（まきこ）がやったの……？　そんなわけないわよね　……。そしたら、澄夫なのかしら……。もう、困ったわね……」

彼女が後じさり、立ち去ってしまうような気配を感じて健斗は必死になった。

「何か言いたいの……？　あなた、ふたりのお友達……？　真希子も澄夫も良い子たちなのに、どうしてこんなことをしたのかしら……。もしかして、あなた、泥棒さん……？」

　必死で首を振った。

「何か言いたいことがあるの……？」

　必死でうなずいた。

　老婆は健斗に近づいて来て、頭の近くに屈み込んだ。

「そしたら、口のテープを剝がしてあげるけれど、大人しくしてるのよ。いいわね。約束できるわね？」

　またもや必死。

「いい、大きな声を出したらだめよ。答えてちょうだい。あなたは誰？　ここで何をしてるの？」

　老婆はそう言いながら、枯れ枝のような細い腕を伸ばして来て口のガムテープを剝がしてくれた。鼻孔を必死に膨らませて呼吸をしていた健斗は、新鮮な空気を求めて喘いだ。

「僕は早乙女健斗。あの姉弟にやられたんだ。ふたりは、何かやらかすつもりでここから出て行った。おばあちゃんは、あいつらのお祖母さんですか？　それなら、すぐにあいつらを見つけてとめたほうがいいよ。あいつら、コロナウイルスを持ってるんだ」

　健斗が夢中でまくし立てると、老婆があわててそれをとめた。

「ちょっと待って。そんなふうに早口でどんどん言われたって、わからないわ……。ゆっくりと、順番に説明してちょうだい。あなた、澄夫のお友達なの？　あら、でもそれならば、澄夫の部屋にいるはずね……」

「違うよ。僕は澄夫の友達でも真希子って子の友達でもないよ。僕は早乙女健斗。どうして僕がここにいるかは、話すと長くなっちゃうんだけれど、とにかくあいつらふたりはコロナウイルスで何かやらかすつもりなんだよ」

話している途中で、遅ればせながら気がついた。そうか、マキちゃんは「マキコ」というのか。

老婆が目を見開いた。

「あなた、健斗君……？」

口の中でつぶやくように言ってから、

「そうか。あなた、健斗君なのね……。つまり、ケンって名乗ってる健斗君でしょ」

「――そうだけれど」

嬉しそうに声を上げた。

だが、健斗がそう答えると、今度は女子高校生みたいに狼狽え始めた。

「困ったわ……。どうしましょう……。どうしてあなたが、ここにいるのかしら……」

「だから、それは話せば長いことになるんだ――」

そう答えかけた健斗の喉から、一呼吸置いて、「え」という声の塊(かたまり)がこぼれ落ちた。まだ頭の回路が完全にはつながらないままだったが、それでもおぼろげな答えが見えていた。

「おばあちゃんが、まさか……」

「そうなの。私がマキよ。ごめんなさいね、健斗君。決して騙すつもりなんかなかったのよ……。だけれど、こんなおばあちゃんが相手だと知ったら、健斗君が嫌がるでしょ……。だから、つい……。だけど、本名でやってるアカウントだってあるのよ……」

「で、孫の名前と写真を勝手に使ったというのかい？」

「だって、私の孫は綺麗(きれい)だから。それに……」

「それに、何さ？」

「あなたがこうして、ここに訪ねて来るなんて思わないもの。あら、でも、どうしてここがわかったの？　私、群馬県で暮らしてるって書いたはずよ」

「いや、そういうことじゃなくて……。だめだろ、おばあちゃん、自分の孫の名前を騙ったりしちゃ。しかも、それだけじゃなくて、写真まで無断で使うなんて……。もしも僕が悪いやつだったら、そしたらどうするつもりだったんだ……？」

「あら、健斗君は悪い人なの？」

「いや、そうじゃないけれどさ……。とにかく、こんなことをしちゃダメなんだよ。真希子さんは、すごく怒ってたよ」

（それは、まあ、俺がここの住所を探り出してやって来たからなんだけれど……）

と、それは胸の中でつけ足した。

老婆は健斗の言葉を聞くと、可哀そうになるぐらいに顔色が変わった。

「あら、大変……。早くあの子に謝らなくっちゃ……。それで、真希子と澄夫はどこなの？」

「そうだ。その件なんだけれど」

健斗は彼女に頼んで両手と両足のガムテープを外してもらい、これまでの出来事をざっと説明した。二度目なので、さっきよりもずっとスムーズに語ることができた。

老婆は黙って話を聞いていた。当然、驚いたようだったが、案外と芯の強い人なのかもしれない。健斗が話すのを聞くうちに段々と引き締まった表情になり、しきりと何かを考え始めた。

「それで、ふたりはあなたをこうして動けなくした上で、その試験管を持ってどこかへ行ってしまったのね？」

「ああ、そうさ」

「どこへ行くと言ってたの？」

「いいや、そんなことは何も言ってなかったけれど。でも、今夜は第三金曜の夜だからって……」

「第三金曜日と言ったのね？」

「そうだよ。何か心当たりがあるのかい？」

「あるわ。あのふたりを、とめなくちゃ。健斗君、私、あなたの気性はなんとなくわかってるつもりよ。あなたは悪い子じゃない。私、そう思うの。そうでしょ？」

「もちろんさ――」

「そしたら、手伝ってほしいの。おばあちゃんを助けてくれるでしょ」

「まあ、いいけれど……」

「ええと、健斗君は、車の運転はできるかしら？」

「いや、ごめん。免許は持ってないよ……」

「あら、そっか、車は、きっと澄夫が使っちゃってるわね……。一緒にタクシーで行きましょう。移動しながら、詳しい話は聞かせるわ。でも、その前に一本電話をするから、待っててちょうだい。あの子たちが頼りそうなところには、見当がついてるの」

「ちょっと待ってくれよ、おばあちゃん。そんなにぽんぽんと話を進めないで、もっとちゃんと説明してくれないか。第三金曜日の夜に、いったい何があるんだい？　あのふたりは、何をしようとしてるんだ？」

「何があるかは、移動しながら話すわ。早く、向こうへ駆けつけなくちゃ。ふたりはね、父親の復讐をしようとしてるのよ」

四章　夜明けまで

1

呼出音が四回鳴ったところで切ろうと思った。家電にはもう到底かけられない時刻だし、相手が携帯ではあっても非常識な時間帯であることは間違いない。

丸山は自分のスマホではなく、証拠保管庫の管理室に備えつけの電話を使っていた。相手には、この東新宿署の代表番号が表示されることになる。それを見た相手は、何か緊急の用件だと判断するだろうと期待し、この電話からかけたのだ。

しかし、もう携帯を身から離し、どこかに置いてしまっていることもある。呼出音が六回を数え、そう思って丸山が受話器を置きかけたときに、「もしもし」と男の声が応答した。「長尾です」といくらか改まった感じで名乗ったのは、誰かお偉方からの連絡だと思ったからかもしれない。

「もしもし、応援要請によって東新宿署の夜勤に入っている、西新宿署の丸山です」

長尾とは面識もなかったし、評判を耳にしたこともなかった。とりあえずこちらも丁寧に名乗ってみると、相手はちょっとだけ間をあけてから、

「ああ、どうも……、お疲れ様です……」

なんとなく戸惑っている口調で応対した。

「深夜に申し訳ありません」と、丸山は丁寧に詫びた。

「いやあ、やることもないので、風呂に浸かってビールを飲んでたところですよ。すみませんな、うちの署のせいで、余計な仕事が生じてしまって」

長尾は案外と気さくな調子で応じてから、「で、どうしました？　何かありましたか？」と先を促した。

「実は、大したことではないのですが、伊那基一という男が、現在、東新宿署の留置場に勾留されてますね」

「ああ、常習窃盗犯ですね。三課が挙げた男でしょ。近いうちに検察送致になると思いますが」

「ええ、明日の予定です」

「なるほど、そうでしたか。で、その男が、どうかしましたか？」

丸山は受話器を握り直した。当然、こう訊かれることはわかっていたし、この点を確か

めたくてこんな夜中に電話をしたのだ。だが、それにもかかわらず、いざこうして尋ねられると戸惑ってしまう自分がいた。

デカは同じデカのことを嗅ぎ回ったりしてはならない。

それは恥ずべき行為だと、昔から教えられてきた。

それはただの古い考え方なのかもしれないし、警察の隠蔽体質を作る元になるとも思う。しかし、たとえ頭ではそうわかっていても、染みついた習慣を変えることは難しかった。そんなドライな人間にはなれないのだ。

「お宅の金木君は、何かこの窃盗事件の解決に関わっているのでしょうか?」

さり気なく尋ねるつもりだったが、なんとなく声をひそめるような訊き方になってしまった。

長尾は、一瞬、沈黙した。

「いや……、別段関わってはいませんが、どうしてです?」

「今日の夕刻に、伊那基一の所から押収した証拠の品を検討したいと言って、証拠保管係に来たんです」

丸山は相手に合わせるように、努めて軽い平板な口調で告げた。しかし、何か告げ口をしているような疚しさは消えなかった。

「なるほど、そうですか」

「長尾さんは、その件については御存じでしたか?」

「いや、特には聞いていませんでしたが、おそらく何か自分が抱えているヤマで気になることがあったんでしょう。で、どう対処されたんですか?」

長尾の口調に、わずかな変化が生じていた。丸山は、その変化の意味を嗅ぎ当てようと、耳に神経を集中させた。

「正式な手順通り、上司の判こつきの申請書を出してほしいと答えました」

丸山は、明確な答えを返した。それが手順通りの、正しい手段なのだ。だが、そう口にした瞬間、電話の向こうの相手には、自分がただ四角四面で融通の利かない内勤組と思われたのではないかという嫌な感覚に襲われた。

「ああ、そうでしたか。それで、私に電話を——」

予感はおそらく、当たっていた。

長尾はそう応じてから、また短い間をあけた。電話故、相手が自分よりも目上なのかどうか、立場的な関係がわからない。それがどうなのかを考えている。

「どうも、私にはわからんが、もしも次にそういうことを言って来るときには、固いことを言わずに証拠を閲覧させてやってくれませんか。きっと、何か独自に調べていることがあるんでしょう」

いくらか話し方がぞんざいになった。

「そうですね。きっとそうでしょう……」

「ええ、ですから、証拠を閲覧させてやってください」と、長尾は強調した。「申請書は、あとで私が判を押しますよ」

「わかりました」

丸山はもう引き下がりたくなった。しかし、なぜだかこういうときに引き下がれない性分なのだ。

「ところで、金木が爆弾事件に遭遇したことは御存じでしたか？」

「ああ、そのようですね。直接、本人から聞いたわけではないが、デカ長が耳にして一報くれましたのでね」

「街に出てたんですね。あれは、何か班長の指示で？」

さり気なくそう水を向けてみたが、長尾は不機嫌そうなままだった。それで気づいたが、相手は自主隔離中に部下が出歩いていることを責められていると思ったのだ。

「指示は出しちゃいませんが、こんな馬鹿馬鹿しいお達しに従わない捜査員だっているでしょうよ」

「確かに」

「ええと、用件はそれだけですか」

「ええ、まあ……」

「そうしたら、夜勤、お疲れ様です」

長尾は冷たく労いの言葉を口にし、電話を切った。

丸山は、受話器を戻してため息をついた。今の長尾の態度からすると、捜査の現場を何も知らない、内勤組と思われたのは間違いなかった。

こっちはおまえが新米だった頃にはすでに、警察官としてホシを追いかけ回していたんだと、啖呵を切ってやりたかった。だが、無論そんな機会など決して巡っては来ないのだ。

一番いいのは、これでもうこの件は忘れてしまうことだ。今の電話で、金木の上司に当たる刑事課の班長が、あとで判こは押すと断言したのだから、これ以上は他署から出張って来た夜勤の人間の出る幕じゃない。もしももう一度金木が現われたならば、何も言わずにあのリスト番号に該当するパソコンを渡してしまえばいいのだ。

そう思うものの、胸のつかえは消えなかった。

どうして金木は伊那基一が盗んだパソコンを調べようとしていたのだろう。どうしてパソコンを証拠保管庫から出そうとしたことを、長尾には何も告げてはいなかったのだろう。

確かに長尾が言ったように、個人的に何らかの事件を調べていただけかもしれない。それにしても、それで何か証拠を調べたくなり、保管庫から出す必要が生じたのならば、少なくとも班長である長尾には一報入れるとか、相談を持ちかけるとかするのが普通だ。それをしていないのは、上司に知られたくないことだからではないのか。

こんなのはただの考え過ぎかもしれない。しかし、新宿中央病院の通用口から出て来た金木と津川の様子を思い返すたびに、嫌な予感がしてならなかった。金木は、暴力団員の津川に何か弱みを握られているのではないのか。そのために、伊那基一のヤサから押収した証拠品を保管庫から出そうとしていたのではないか。しかし、それにしくじったために、あのときあんなふうな言い合いになっていたのでは……。

そこまで考えて、はたと立ちどまった。金木が上司に無断で保管庫から証拠のパソコンを出そうとしていたことと、新宿中央病院の裏口から津川と何か言い争いながら出て来たことを即結びつけて考えるのは、短絡的過ぎるのではないのか。自分がたまたまこのふたつの出来事に出くわしたからといって、ふたつが関連しているとは限らない。

人の気配がして振り返ると、今夜の夜勤の相棒である大久保署の夏井が入り口に現われた。

夏井は上着を脱いだTシャツ一枚の姿で、頭髪には寝癖がついていた。昼勤からそのまま この夜勤に回されたと聞いたので、軽く眠って来いと言って仮眠を取らせたのだ。

「なんだ、もっと眠っていてよかったのに。疲れは取れたのか？」

「ええ、もう大丈夫です。すみませんでした。先に仮眠を取らせてもらったりして——」

「なあに、気にするな」

夏井は寝癖のついた頭を指先で掻きながら部屋を横切って来て、隣の椅子に並んで坐った。

丸山の横を通ったとき、ぷうんと汗臭い臭いがして、息子がこの年頃だった頃のことを思い出した。あの頃は、刑事課の捜査員としての仕事に忙しくて、息子とほとんど過ごすことができなかった。

あの頃だけじゃない。捜査員の仕事は、週末が休みになるわけではないため、運動会などの学校行事にもほとんど出られなかった。息子は小学生から高校生までずっと野球をやっていたが、その試合の応援にかけつけられたのも数えるほどだ。

いつの間にか大きくなり、息子がこれぐらいの年齢のときには、同じ屋根の下にふたりの大人がいる感じになった。

心が通じ合っていなかったとは思えない。しかし、お互い、どこかに小さな遠慮があったような気がする。

息子が所帯を持って独立したとき、がらんとしてしまった家の中がやけに広く感じられたのを覚えている。それは寂しい感覚だったが、同時になんとなく伸び伸びした気分もしたものだった。

この間、一歳になった孫娘とは、生まれたときに会ったきりだった。結婚後すぐ、息子は仕事の都合で神戸へ転勤になり、家族で向こうへ引っ越した。

今年の正月には、娘が生まれて初めてこっちで正月を迎える予定だったが、新型コロナの騒動が始まってしまって取りやめになった。あのときならば、まだ、妻も家で過ごしていられたのだが……。

「茶でも飲むか」

丸山は椅子から立ち、壁際に置いてある湯沸かしポットへと向かった。

「あ、それは俺が」

と腰を浮かしかける夏井を、手で制した。

「いや、俺もどうせ飲みたいと思ってたんだ。淹れてやるよ。インスタントコーヒーもあったみたいだが、日本茶でいいか？」

「ええ、自分は何でも――」

「そしたら、顔を洗って来いよ。毛が立ってるぞ」

「顔はもう洗って、小便もして来ました。そのとき、水をつけて撫でつけたんすけど、自分は髪が硬くってダメなんすよ」

どうやら、少し砕けた口調になると「です」の「で」が抜けてしまうらしい。しかし、それほど悪いやつではなさそうなので、小言は控えることにしよう。

「そしたら、次は丸山さんがどうぞ休んでください」

「ああ、疲れたらそうさせてもらうよ。ま、先はまだ長いんだ。のんびりやろうぜ」

急須に出がらしの茶葉が入っているのを確かめ、ポットの熱い湯を注いだ。蓋を指先で押さえ、胸の高さに持ち上げてゆっくりと回す。

「それにしても、危なかったっすね」

夏井は言いながら頭を掻き、その後、唾をつけて立っている毛を撫でつけ始めた。

「何がだ？」

「決まってるじゃないっすか。爆弾事件ですよ。盗品の荷物を積んだミニバンがトラックとぶつかった衝撃で爆発したらしいけれど、そうでなければ、あの荷物って、この証拠保管庫に保管されてたんすよね――」

「そうか……。そういうことになるか」

確かにそうだ。逮捕が行なわれたのはこの東新宿署の管内だし、東新宿署の捜査員である金木がすぐに駆けつけている。証拠品がひとつやふたつで、交番勤務の制服警官が処理したのならば、その警官が所属する交番に一晩保管されるのが普通だが、今度のケースならば、状況からしてほぼ間違いなくこの東新宿署の保管庫に持ち込まれたはずだ。

丸山は急須を回す手をとめて、思わず夏井のほうを振り向いた。

「すみません……。俺、何か変なことを言いましたか……？」

そう問われ、自分が若い警察官の顔を凝視してしまっていたことに気がついた。

「いや、何でもない……。すまん、すまん。考えごとをしてたんだ」

「はあ、そうですか……」

「確かに、そうだな。もしも荷物を積んだバンがあそこで爆発していなかったら、荷物の中にあった爆発物は、ここに持ち込まれていたんだな……」

丸山は口の中で呟くように言ってから、あとは胸の中でつづけた。そうしたら、この保管庫の他の保管物も、巻き添えを食っていたはずなのだ……。

2

「麻雀好きの男がいてね。赤坂にある某高級マンションで、毎月第三金曜の夜には、翌朝まで徹夜で麻雀大会が行なわれるのよ。つまり、今夜ね」

おばあちゃんは、タクシーに乗って行先を告げると、静かにそう語り始めた。

「ある政治家が現役だった頃からつづいてる会で、今でもその男を中心にして、その男と親しい政界や財界のお偉方たちが集まるわ」

「それじゃ、あいつらふたりは、その麻雀大会にコロナウイルスを撒くつもりなのかな……」

健斗は運転手の耳を気にして、声をひそめるように訊いた。

タクシーの後部シートは、ふたりの体格の差によって、とてもアンバランスな具合になっていた。体重一三〇キロ近くある健斗がシートの半分以上をどっかと占め、残りのわずかなスペースに、小柄な老婆がちょこんと置物のように坐っていた。顔の位置が近かったので、健斗がちょっと横を向きさえすれば、耳打ちしてるみたいな恰好で喋ることができた。

「ええ、そう思うわ。第三金曜日の夜だと口走ったのは、それ以外には考えられないもの」

今度はおばあちゃんのほうが、健斗の耳に口を寄せた。座高に差があるので、彼女のほうはいくらか伸び上がるようにする必要があった。

「だから、私、一本電話をかけたのよ。相手は、綾乃っていう、銀座で高級クラブを長年仕切ってる名物ママよ。いつも午前一時とか二時ぐらいになると、この人が銀座の寿司を桶で届けるの。そして、そのあとは、大概は彼女も朝まで一緒に麻雀におつきあい」

「その政治家の女なのかい？」

「いいえ、それは違うわ。一、二度くらい関係はあったのかもしれないけれど、そうじゃない。私の亡くなった亭主の女だった人よ」

「――――」

こんなことを言う人だとは思わなかったので、健斗はびっくりした。

「それで……、そのママに何を話したんだ？」

「まずは今夜、ほんとに麻雀大会があるのかを確かめた。あるそうよ。今はコロナでお店が休みで家にいるのだけれど、もう少ししたら、いつものお寿司を仕入れて差し入れに向かうってことだった。だから、もしも澄夫たちから何か言って来ても、絶対に聞かないようにって頼んでおいた」

「そのママは、あの姉弟のことを知ってるのかい？」

「知ってるわ。亡くなった私の息子……、つまりあの子たちの父親が、澄夫のことをよく連れ歩いてたし、真希子は父親が亡くなったあと、銀座に出てたから。銀座って、案外狭い世界だから、お客さんが共通していたりして、アフターのお店とかパーティーとかで顔を合わせるのよ。ましてや、相手は名物店のママなんだもの」

「ふうん、そういうものなのか……」

健斗は相槌を打つとともに、気分がリラックスしていることに気がついた。そうか、こういう感じは、「マキちゃん」と新型コロナについてあれこれメッセージのやりとりをしているときと同じなのだ。

「そういうものよ。それからね、ふたりから連絡があったら、私にすぐに連絡するように伝えてほしいとも言っておいたわ」

「連絡が来るだろうか？」

「さあ、それはどうでしょうね……。でも、きっと赤坂のマンションの前で待ってれば、あの子たちが現われるはずよ」

「なあ、訊いてもいいかな。あいつらは、なんでその政治家を恨んでるんだ？」

健斗が訊くと、今度は答えるまでに少しだけ間があいたが、

「当然知りたいわよね。それは、あの子たちが、自分の父親はあいつのために死んだと思ってるからよ」

答える口調は少しも変わらなかった。

「それは、どういう……？」

健斗の問いかけに応え、おばあちゃんは静かに語り始めた。

「生前、私の亭主が、息子をあいつに託したのよ。亭主とあいつは、あいつが政治家になる前からのつきあいだった。というか、腐れ縁ね。亭主は土建屋の二代目社長だったの。あいつも政治家の二代目。ふたりして、親の代からの持ちつ持たれつの関係を維持して、上手いことやってきたわ。初代はそれぞれ高度経済成長で儲けた。うちの亭主とあいつはバブルで儲けて、それが弾けたときに一度はこけたけれど、リーマン・ショックも大震災の後も上手く生き延びた。そして、それぞれ地盤や財産を三代目に継がせるつもりだったの。ところが、そこでひとつめの間違いが起こったのよ。私たちのひとり息子、つまり、

真希子たちの父親は、政治家になりたいって言い出したのね。うちの人は大反対だった。そもそも、ひとり息子なのだから、当然、家業を継ぐものと思っていたし。でも、息子は頑固だった。そういうところだけは、父親に似たのね。だけど、父親に似ず理想主義者だった。それって、どういうことかわかる？」

健斗はちょっとだけ顔を横に向け、おばあちゃんの視線を頰に感じながら首を振った。

「それはね、私と亭主が甘やかして、一人息子をただのお坊ちゃんに育ててしまったってこと。確かに理想は大事だと思うわ。この歳になっても、そう思う。でも、地に足がついてない理想を掲げるだけで生きられる世界なんて、この世の中のどこにもないもの。そう思うでしょ、健斗君」

「うん、そうだね」

（俺はただ引き籠もってるだけで、理想さえ掲げられないのだから、デカいことは言えないけどな……）

自嘲的にそんなことを思う健斗の横で、おばあちゃんは話しつづけた。

「それに加えてふたつめの間違いは、六年前に亭主が死んでしまったこと。ほんのちょっと前まで元気にしてて、一緒にお夕食を食べたのよ。それなのに、お風呂場で脳卒中で倒れて、それっきりだった。私が見つけたときにはもう手遅れで、息をしてなかったわ……。私、何年も亭主の体に触れてなかったし、触れられたこともなかった。健斗君にはまだわからないでしょうけれど、日本人の夫婦って、それで案外と大丈夫なのよ。だから、あのとき、何年かぶりで裸の夫に触れたわ。あなた、あなたって呼びながら体を持ち上げたの。でも、何も返事はないし、頭はがっくりと落ちて持ち上がらないし……。それに、体が冷たく硬くなっているのがわかるの。呼吸をやめてしまった人間の体って、硬くなるのね……。

あいつは一応、私の亭主の頼みを聞いて、息子を自分の公設秘書にしてくれたわ。その後、地元の県の県議会議員を一期務めたあと、ちょうど選挙区がひとつあいて、息子をそこにねじ込んでくれたのだけれど、その年はちょうど政権与党に逆風が吹いてて、あとちょっとのところで当選できなかった。今考えてみると、そのときが息子の人生にとって、大きな分かれ目だったのね……。そのちょっとあとに、亭主が死んだの……。息子はしばらく冷や飯を食わされたわ。次の機会には必ずまた上手くやってやるから、それまではまた当分自分の元で政治を勉強しろとは言ってくれたのよ。だけど、今度は下っ端の私設秘書だった。それからじきにあいつは政界を引退して、地盤を自分の息子に譲ったのね。体調がすぐれなかったと言ってたみたい。でも、本当は派閥の長からそろそろ代替わりをするようにと促されたのよ。地盤を引き継いだあいつの息子は、アメリカに留学後、そのまま向こうの証券会社で何年か勤めた洋行帰りで、うちの息子よりも七つ下だった。息子はただの私設秘書のまま、その七つ年下のボスに仕えることになった。それでも歯を食いしばって、よく頑張っていたと思うわ。澄夫を連れて金曜の夜の麻雀大会に足を運んでいたのは、その頃よ。とはいっても、メンバーじゃないわよ。いわば、使いっパシリ――。それでも、また選挙に出るまでは、と我慢をつづけていたの。

だけど、あるとき、気持ちがキレてしまった……。真っ青な顔で帰って来て、あんな年下の若造にこき使われるのは真っ平だと大声で喚き立てたの。秘書を辞めて、一から出直すと言いながら、それこそ浴びるほどお酒を飲んで……、でも、実際には具体的な方策なんて、何もなかったのだと思う……。段々、家に引き籠もるようになって、お酒の量ばかりが増えて、そのうちに父親と同じ脳卒中で倒れたの。父親とは違い、それでぽっくり逝くことはなかったけれど、どっちが幸せだったのかわからない。

二年ほどリハビリしたのよ。だけど、ああいうのって、本人にやる気がなければだめね。リハビリの先生が来てくれても、自分からはろくろく動こうともしないし。だいいち、目から光が消えちゃってた……。あれは、時間をかけた静かな自殺だったんじゃないかって思うことがある。親不孝者でしょ――」

健斗が目の端で見ると、おばあちゃんは微かに笑っていた。

「息子さんは、いつ亡くなったの？」

「一昨年よ。二年前のちょうど今頃だった……」

「旦那さんの会社は、今はどうなってるの？」

「とっくにないわ。息子が政治家に転身したあと、亭主の弟の息子が社長を継いだのね。元々、亭主が二代目になったときから弟とふたりでやってた会社だから、長男の息子が継がなければ、次男の息子が継ぐことになるでしょ。従兄弟同士だし、うちの息子が選挙に出る資金を援助してくれたこともあったわ。でも、それもうちの人が生きてた間だけ。その一方、会社とあの政治家親子との関係のほうはつづいてた。色々な形で政治活動を援助して、その見返りとして国や県の土地を安く払い下げしてもらったり、新しい道路や施設などができるときには、前もってその情報を貰って土地を買い占めたり、持ちつ持たれつで上手くやってたみたい。私の亭主たちと同じことをしてたのよ。

だけど、その一部が明るみに出ちゃった」

おばあちゃんはそう言うと、ある地方都市の名前を挙げた。

「三年前よ。健斗君も、ニュースで見たことがあるんじゃないかしら。地方再生のために映画館やスーパー銭湯なども入った広大な商業施設を造る計画が起こって、それに伴って高速道路の降り口や新幹線の駅からも程近い場所にある国有地が民間に払い下げられたのね。でも、その値段が相場の十分の一程度だったことがマスコミに知られて、問題になったことがあったでしょ。政治家から役所への働きかけがあったたって」

「それって、確か結構騒がれた事件だよね……。なんだかんだの末に秘書が自殺して、政治家当人は逃げ延びたやつだろ。ええと、何ていう政治家だったかな……」

「秦野越郎。それが、あいつの名よ。父親は秦野頼太郎」

「あの件に、おばあちゃんの旦那さんの会社が絡んでたのかい？」

「私は亭主の仕事のことは何もわからないで来ちゃったけれど、なんとなくあとで息子から聞いたら、まだ元気だったときに、あの人が随分仲介役で飛び回ってたみたい。だけど、事件が明らかになったのは、うちの人が亡くなって数年経ってからよ。もう息子だって脳卒中で倒れたあとだもの。当時住んでた家にも何度か警察が話を聞きに来たけれど、私は何も知らないから話せることなんかなかった。でも、警察ってところは嫌ね。手ぶらじゃ、絶対に捜査をやめないのよ。結局、政治資金規正法に触れるお金の出入りがあったとか、贈収賄の疑いがあるとか、色々と騒ぎ立てて、長年秦野に秘書として仕えてた人が自殺したし、それに、そのときうちの会社の社長だった息子の従弟、つまり、私の甥っ子も、贈賄の容疑で捕まっちゃった。担当の弁護士は、執行猶予がつくはずだと言ってたのに、結局、実刑になって、会社も資金繰りが上手くいかなくなって倒産しちゃったわ。

　孫たちにとっちゃ、あの街が生まれ故郷なのね。でも、あそこにいても嫌なことを思い出すばかりだから、息子が亡くなったあと、三人で相談して、思い切って東京に出て来たの。今、住んでるところは、息子が投資用に買っておいたマンションよ。小さな部屋ばかりなのね。でも、孫たちだってこんなおばあちゃんの顔を四六時中見てるよりは、それぞれ独立して暮らすほうがいいだろうと思って、別の部屋を使って住んでるわ。一応、部屋は大概塞がってるから、その家賃でなんとかやってるの。まあ、私の話はこれぐらい」

タクシーは青山通りから薬研坂へと折れ、もうじきに赤坂だった。

健斗は無言でうなずいて見せつつ、胸の中で秦野越郎の名前を反芻した。

聞き覚えのある名前だった。父がやっている仕事に興味を覚えたことなどなかったが、それでも父が子分たちとする会話が時々聞こえることはある。

その会話の中で、確かに聞いた覚えのある名前だった。


「あ、あれよ」

おばあちゃんが、小さな体を前の座席の背に乗り出すようにしながら指差した。

巨大なゲートや建物を広く覆う植栽などが設えられた、いかにも高級そうなマンションが見渡せる歩道に、白いセダンが停まっていた。

「あの車かい？」

「ええ、そう。運転手さん。あそこに停まってる車のちょっと後ろで停めてください」

運転手がおばあちゃんから言われた位置に停めるのを待って、健斗はタクシーを降りた。その太った体にすぐに気づいたのだろう、前のセダンからは澄夫が出て来て、健斗のことを睨みつけた。

しかし、少し遅れて支払いを済ませたおばあちゃんがタクシーを降りるのを見てはっとし、その顔に戸惑いが広がった。

車の中から、弟につづいて真希子も降りて来た。

「おばあちゃん、なんで……？　何しに来たの？　私たちがここにいるって、どうしてわかったの？」

真希子が口の中で呟くような声で訊く。

「決まってるでしょ。健斗君から話を聞いたからよ。あんたたちがどういうつもりで来たのかも、話を聞いてわかってるわ。さあ、馬鹿なことはやめて帰りましょう」

「なんでおまえが一緒にいるんだよ？」

澄夫が言った。澄夫はおばあちゃんの視線を避け、健斗のほうを睨んでいたが、

「おばあちゃんに頼まれたんだ」

健斗が言うのを聞くと呆れ顔をおばあちゃんに向けた。

「ばあちゃんったら……」

「私が健斗君の体を自由にしたのよ。ごめんなさいね、私、ふたりには言ってなかったんだけれど、この健斗君とＳＮＳでつながってたの」

おばあちゃんはそこまで言ってからちょっと間を置き、

「私たち、メル友なのよ」

と、力を込めてつけ足した。たぶん、その言葉自体を使いたかったのだろう。

姉弟が唖然とし、互いの顔を見合わせた。

「じゃあ、ばあちゃんだったのか……」

「どうして私の名前を勝手に使って、しかも写真まで送ったりしたのよ」

「それはもう、さっき健斗君に叱られたわ。そんなことをして、もしも相手が悪いやつだったらどうするんだって」

「――――」

「そんなことよりも、さあ、帰りましょう。馬鹿なことを考えるのはやめてちょうだい。今さら、お父さんのことで憂さを晴らしたって、それがいったい何になると言うの」

「何にもならなくたっていいさ。あいつら親子は父さんを裏切り、こき使い、馬鹿にしたんだ。これぐらいの報いは受けても当然だろ」

「澄夫ちゃん、そんな考えをしてはダメだと、おばあちゃんはいつでも言ってるはずよ」

「だけど、ばあちゃん」

「真希子、あなたがついてて、どうしてこんなことになってるの？　あなた、澄夫をとめなかったの？」

返答に困って黙り込む真希子を前に、おばあちゃんはため息をついた。

「とめなかったのね……」

「ごめんなさい」

「でも、銀座の綾乃さんに頼もうとしても、無駄よ。私が電話をして、もしもあなたたちが何か頼んだとしても、決して聞かないようにとお願いしたから」

おばあちゃんが言うのを聞いて、澄夫が血相を変えた。

「なんでそんな勝手なことをするんだよ。ばあちゃんは、父さんがあんなことになって悔しくないのか？」

「もちろん、それは悔しいわ。我が子のことなのだから。だけれど、私はそれよりもあなたたちのことが心配なの。コロナでみんなが苦しんでいるというのに、そんな人たちを尻目に仲間を集めて麻雀をして、朝まで馬鹿騒ぎをしてるような政治家がロクな人間なわけがないでしょ。私は、そんな人間たちにはもう関わってほしくないのよ。それに、いくら悪い人間たちだって、命を奪っていいなんてことはないのよ」

「おばあちゃん……」

「わかってちょうだい、真希子も澄夫も。こんなところでこんなことをしてないで、さあ、帰りましょう」

「おばあちゃん、ちょっと一言良いかな？」

遠慮がちに切り出す健斗のことを、姉弟は激しく睨んで来た。「お前の出る幕じゃない」と、その目が言っている。健斗は気持ちが萎（な）えかけたが、

「何かしら、健斗君。あなたも言いたいことがあるのならば、言ってちょうだい」

おばあちゃんに励まされ、思い切ってあとをつづけた。

「このふたりの思い通りにさせたらどうなんだい。もしかしたら俺の思い違いかもしれないけれど、おばあちゃんは試験管の中身について、少し誤解してないか？」

「誤解って、何？　恐ろしいコロナウイルスが入ってるんでしょ……？」

「ああ、でも、たぶんそれほど恐ろしくはないよ。一緒に食中毒菌も入ってるので、腹を下したり吐いたりして大騒ぎにはなるみたいだけれど、コロナのほうは弱毒化してあるって親父が言ってた」

「あら、それじゃあ、命に別状はないの……？」

「ないさ。でも、病院に運ばれて、ＰＣＲ検査をしたら陽性になる。そしたら、クラスターの発生ってことでニュースになるだろ。ましてや自粛を国民に訴えてる政治家が、マンションに大勢仲間を呼んで麻雀大会をしてたことがマスコミに漏れたら、それこそ大騒ぎだぜ。政治家なんてのはみんなツラの皮が厚いから、議員辞職ってとこまでは行かないかもしれないけど、そんなやつが非難を浴びるのは、愉快じゃないか。一緒にいるメンバーの中にゃ、もしかしたらその政治家の愛人とか、誰か表沙汰にはできない人間も含まれてるかもしれない。濃厚接触者としてそういうやつらの名前が出れば、その政治家にとってきっと大打撃だぜ」

「そうかしら、そういうものかしら……」

「ああ、そうだよ。ちょっと芸能人が飲食店に出入りしただけで、大ニュースになるような世の中なんだぜ、おばあちゃん」

健斗の思わぬ助け舟に、おばあちゃんが考え出すのを見て、澄夫がそう追い打ちをかける。

「そういうものかしら……」と、おばあちゃんは繰り返した。

「そうだよ」

「でも、私、もう綾乃さんに連絡をして、あなたたちの言うことを聞かないようにって頼んじゃったから……」

「そうしたら、もう一度ここから電話をして、さっきのはなしだと言って頼み直してくれよ」

澄夫の言葉に、今度はおばあちゃんが血相(けっそう)を変えた。

「いやよ、私、そんなこと……。私は妻だった女よ。お妾(めかけ)さんに、そんなことなんか頼めないわ」

「さっきは頼んだんだろ」

「さっきはさっき、今は今だもの……」

「おばあちゃん」

「孫が馬鹿をやるのをとめてくれとは頼めるわ。だけれど、手助けしてほしいなんて頼めないでしょ。私は妻だったんだもの」

　おばあちゃんにとっては、それがすべての事柄を説明する理由になると言わんばかりの言い方だった。それは少し滑稽でもあったが、健斗にはおばあちゃんの気持ちがわかる気がした。

「――――」

　澄夫が言葉をなくして黙り込む。孫のこいつだって、きっと同じなんだろう。おばあちゃんの気持ちがなんとなくわかるのだ。

「あら、あれ――」

　真希子が小声を漏らして、指差した。減速したタクシーが一台、高級マンションの巨大なゲートの前に停まるところだった。その後部シートに、日本髪を結ったかなり年配の女性が坐っていた。

「綾乃さんだわ……」

　おばあちゃんが、呟くように言った。

　健斗も含めた四人が見守る中で後部ドアが開き、その女性が降り立った。かなりハデな着物姿で、風呂敷に包んだ荷物を手に提げていた。

　健斗たちのほうに背中を向け、マンションのゲートを入って行く。ゲートの奥には植栽による人工の森がゆったりと広がっており、石を積み重ねた滝も見える。

「早くしないと、このままじゃ建物に入っちゃうよ。おばあちゃん、お願い、あのママさんに頼んでくれよ。俺は、親父と一緒に何度かあの部屋に入ってる。俺も親父も、まるで使用人扱いだった。俺はまだいいさ。でも、じいちゃん同士は助け合って来た仲じゃないか。それなのに、息子の代になったら、親父のことを顎でこき使いやがって。あの世襲政治家の野郎、留学帰りだかなんだか知らないが、あんなやつは天罰を受けるべきなんだ」

躊躇(ためら)うおばあちゃんをその場に残して、真希子が急に走り出した。道を横切り、マンションのゲートをくぐり、人工の森の中を抜けるアプローチへと駆けながら、

「ママ。綾乃ママ。すみません、ちょっとだけ待ってください!」

声を上げて呼びかけた。

着物姿の女性が足をとめ、真希子のほうを振り返った。

「あら、あなたは――。真希子ちゃんね。まだ銀座にいるの?」

ゆったりとした笑顔を浮かべて言うのが聞こえた。

「ええ、一応は……。でも、こんな状況なので、お店が閉めてしまっていますけれど……」

「うちだってそうよ。おカミには、なかなか逆らえないもの。それにしても、びっくりしたわ、こんなところで。だけどさ、ごめんなさいね、お宅から連絡を貰ってるのよ。だから、私、何のことかはわからないけれど、とにかく力になれないの……」

そう言葉を継ぎかける途中で、視線が真希子に遅れてゲートをくぐる健斗たちのほうへと向いた。

「奥様……」

唇が動き、小さく呟いたようだった。そして、丁寧に頭を下げた。

健斗と澄夫に両側から支えられるようにして先を急いでいたおばあちゃんが、丁寧に頭を下げ返すと、自分だけさらに何歩か近づいた。

「奥様……、あの折りは、誠にありがとうございました」

「いいえ、私のほうこそ、主人によくしていただいて感謝しています」

健斗にはまだ、年配の女性の年齢を見かけから判断することは難しかったが、間近で見ると綾乃という着物姿の女性のほうも、おばあちゃんと同じぐらいの年齢に感じられた。

それに、どことなく面差しが似ていた。健斗は昔、父がこんなふうに話していたのを思い出した。なあ、健斗、かみさんと似たタイプの女に外でも惚れるやつと、まったく正反対のタイプに惚れるやつと、男には二通りあるんだ……。

「綾乃さん、私、お願いがあるんです」

挨拶が済むと、おばあちゃんはすぐにそう切り出した。内心はまだ躊躇いや葛藤があるのかもしれないが、とりあえずそうは見えなかった。

綾乃は黙って相手を見つめることで先を促した。

「さっき、電話でああ言ってしまったのですけど、やっぱり孫たちの頼みを聞いてもらえないかしら。この通り、お願いします」

おばあちゃんが手を合わせて頭を下げてもなお、彼女は何も言わなかったが、

「そういうことなら、どんな頼みなのか、話をうかがってからじゃなけりゃ何も言えませんね」

やがて静かに言った。

その声はただ静かなだけではなく落ち着き払っていたし、目にはどこか冷めた色が浮かび、いかにも水商売の女が相手を値踏みするような顔つきになった。

3

伊那基一の捜査資料にアクセスして目を走らせながら、丸山はメラミン製の安物の湯呑を口に運んだ。

伊那基一は前科が五つあり、どれもが罪状は「窃盗」だった。つまり、盗みを習慣にしているプロの犯罪者だ。こういった犯罪体質の人間の場合、逮捕されればされるほどに、次こそは次こそはと犯行手口を見直し、逮捕されにくいコツを極めてゆく。

伊那の場合も、その結果として年を経るごとに逮捕されるまでの間隔が開くようにな

り、前回の逮捕から六年前に出所していた。

現在、伊那はこの東新宿署の留置場にいるが、明日には検察官に送致の予定だった。それに合わせて、身柄は東京拘置所に移されることになる。

プロの窃盗犯には、取調べに積極的に協力して、すぐに罪を認めてしまうタイプと、それとは真逆に、のらくらと取調官を翻弄し、少しでも取調べを長引かせようとするタイプとがいた。窃盗の場合、量刑の幅はそれほど大きくはない。だからとっとと取調べを終わりにして服役しようと考える者と、取調官を困らせることで、逮捕された憂さを少しでも晴らそうとする者がいるのだ。

伊那は前者のタイプらしかった。

丸山は、伊那基一の部屋から押収された盗品の一覧に目を通した。

盗品によっては、質屋に持って行けばすぐに足がつくものもあるため、そうした品を買う故買屋が存在する。伊那は前回の逮捕後、およそ六年間にわたって犯行を繰り返してはいたが、押収された品はそれほど多くはなく、全部で三〇品目ほどだった。もちろん、それ以外のものは、故買屋にさばいてしまったのだ。

その中でも、持ち主が盗難届を出しているものについて、六点はすでに特定がされていた。こうした品は、裁判が済めば、元の持ち主に返却されることになる。

残りが二四点。――この中の一点であるパソコンに、金木は興味を示したのである。

盗難届が出されてはいないため、どこから盗んだ品かの特定は、伊那の証言によってい
た。伊那は二年前に起きたパソコン修理店への大規模窃盗事件への関与で、指名手配中だ
った。

今回の取調べ中、多くの時間が、この大規模窃盗に関する質問に割かれていた。

二年前の九月に、《富士旗商会》というパソコンの修理および中古販売を行なう会社で
パソコンが大量に盗難に遭う事件が発生した。発売後、一定期間が経過したパソコンは、
メーカーがもう修理を受けつけない。しかし、どうしても修理して使いたいとか、中に入
っているデータを取り出したいといった顧客がいる。富士旗商会は、そうした顧客のニー
ズに応える会社だった。

犯人グループは防犯カメラの位置を予め調べていて、カメラを破壊した上での犯行だ
った。だが、運よく——犯人グループにとっては運悪く、犯行のほんの二、三日前に、新
たな防犯カメラが一台設置されており、そこに犯行の模様が撮影されていた。

犯人グループのメンバーはすぐに特定され、伊那基一を除く他の三人は、犯行後数週間
のうちに全員が逮捕された。

このメンバーの自白によって、伊那もその一員であったことが確認されたが、それから
実に二年の間、どうしても身柄が押さえられなかった。

伊那は他のメンバーが逮捕されるや否や行方をくらまし、その後は偽名であちこちを

転々とし、各種口座の使用は一切やめ、身をひそめて暮らしつづけてきたのだった。窃盗の技術を極めるだけではなく、警察に居所を特定されずに暮らす術にも長けていたのだ。

ところが、これまた運悪く——警察にとっては運よく、サウナでリラックスしているときに喧嘩騒ぎに巻き込まれ、逃げ出す暇がないうちに警察が来てしまった。事情聴取を受け、身元を確認され、のらくらと応対する間に捜査員から疑いを持たれて逮捕となったのだった。

なぜあのパソコンに、金木は興味を持ったのだろうか。

いや、大量の宅配便の荷物の中に交じっていた爆発物が、この保管庫の中で爆発していたとしたら、パソコンも一緒に破壊されていた可能性が高い。もしも金木がそうした計画に一枚嚙んでいたのだとしたら、パソコンに興味を持ったというより、その内容を葬り去りたかったことになる。

「何か言いましたか……?」

夏井から訊かれ、丸山は自分が口に出して何かぶつぶつとつぶやいていたことに気がついた。現役の捜査官だった頃から、考えに集中すると、そんなふうにする癖があった。

夏井は初対面のときに想像したよりもずっと口数の少ない男で、さっきから大人しくしていた。おそらくは眠気と闘っている様子だったが、丸山が端末の前で何かしているのは気にしていたらしい。

「いや、なに」

と、丸山は言葉を濁すだけで答えなかった。

だが、暇つぶしに誰かと喋りたいのかもしれない。

「いったい何を調べてたんすか？」

と、例の「で」抜き言葉で訊きながら寄って来た。

「なあにね、二年前のヤマさ。富士旗商会という中古パソコンの修理および販売を行なっていた会社の工房倉庫から、大量のパソコンが盗まれた。今、ここの留置場にいる常習窃盗犯は、そのときの犯人グループの最後のひとりだったたんだ」

「じゃあ、二年間も逃げ延びてたわけですか――」

「そこがこういう男のすごいところだろうな」

「それで、その二年前の事件がどうしたんです？」

夏井に訊かれて、丸山は答えに詰まってしまった。金木は現役の捜査官だ。あの男の名前を出して、パソコンに興味を示していたから怪しいなどとは言えるはずがなかった。やつの上司の長尾が言ったように、何らかのヤマをひとりで調べているだけかもしれないし、新宿中央病院の裏手で金木が郷党会の津川と何か言い合いをしていたとはいえ、そのことがこのパソコンと関連しているとも限らない。

「いや、何でもないんだ……。ちょっと、まあ……、何でもない……」

だが、夏井は黙って丸山を見つめて来た。次に何と言うかを待っている。わかっていてそうしているのかどうか知らないが、そういう態度が、相手に最もプレッシャーを与えるのだ。

「僕もちょっとそれを読ませてもらっても構わないですか。なんというか、何もしてないと眠くなっちゃって……」

「まあ、好きにしろよ」

丸山は端末の椅子を夏井に譲り、

「俺は小便をしてくるよ」

ついでに保管庫の管理室を出てトイレに向かった。

用を足している最中に、金木から浴びせられた言葉がよみがえり、不快感が込み上げた。

——相変わらずだな、あんたは。

——四角四面で、融通が利かないと言ってるんだ。

融通を利かせ、もしも事実をねじ曲げていたら、そうしたら自分は今もまだ捜査員のままでいられたはずだった。

だが、そんなふうにして捜査員でいることに、いったいどんな意味があったというのだ。

（くそ……）

別の言葉がよみがえり、自分で手に負えないぐらいに怒りが増幅されるのを感じた。

別の人間が、別のときに言った言葉だ。あの言葉がよみがえると、怒りで身動きが取れなくなる。

それがわかっているので思い出さないようにしているし、思い出したときには意識を別のものへと振り向けることにしていた。三年の間に、そうする術に長けたはずなのに、今はなかなか上手くいかなかった。

三年前――。

「死んだ人間より、生きている人間だろ。しかも、それは、同じ警察官の息子なんだぞ」

「ちょっと融通を利かすだけでいいんだ。何も罪を免れるわけじゃない」

「おまえは、なんて融通が利かないんだ。そういうやつとは、一緒に現場に出ることはできない。俺だけじゃない。みんながそう思ってるぞ。この意味がわかるだろ」

わかった。

しかし、それで事実をねじ曲げてしまえば、警察官をつづけて行く上で大切なものが失われてしまう。それは、決して失ってはならないもののはずだった。

その結果が、これだ……。

近隣署である西新宿署の内勤への異動辞令。あからさまな左遷であり、見せしめの人事だったが、組織の一員である警察官には、それに異を唱えることはできなかった。もしもどうしても辞令が気に入らない場合には、唯一残された手段は辞表を書くことだけだ。

　それをすれば、自分が負けたことになる。それこそ、相手の思うつぼだ。あと二年なのだ。あと二年我慢すれば定年になり、大手を振って警察を辞められる。それならば誰が褒めてくれなくても、自分で自分を褒めてやれる。俺は、決して連中の嫌がらせに屈しなかったのだと……。

　用を足したあと、丸山は気を紛らわすために、人けのない廊下を通って階段を昇った。

　一階のロビーへと向かって外の様子を窺うと、さすがにマスコミの連中も引き上げて静かになっていた。

　表玄関を守る立番の警官ふたりが、ロビーの足音に気づいたのだろう、こちらを向いて会釈した。ふたりとも二十代のまだ若い男で、しかも片方は丸山と同じ西新宿署から応援に来た警官だった。

　丸山は彼らに会釈を返し、ついでにロビーからちょっと奥まった位置にある「談話室」の前に設置された自販機で冷たい飲み物を二本買って、地下の保管庫へと戻った。

「ほら、眠気覚ましだ」

　と、缶コーヒーの一本を夏井に差し出し、自分の缶のタブを開けて口に傾けた。

「あ、ありがとうございます。すみません」

礼を言って受け取り、同じようにして一口飲んだ夏井が、

「ちょっといいですか、丸山さん」

と話し始めた。「なんだか、変なことを見つけたんですよ」

「変って、何だ？」

「このリストにあるパソコンなんですけれど、一度は盗難届が出されてるのに、数日で取り下げられてるんですね。知ってましたか？」

「なんだって……」

丸山は椅子を引き寄せ、夏井の隣に並んで坐った。

「どうしてそんなことがわかったんだ？　富士旗商会絡みの記録には、そんな記載はなかったはずだが」

「いえ、パソコンの登録ナンバーのほうから調べたんです」

「登録ナンバーから……？」

「ええ。もしかして、二年前の富士旗商会への窃盗事件以降も、このパソコン絡みで何か届け出がないかと思いまして。そしたら、驚いたことに、盗難届が取り下げられてることがわかったんです」

「詳しく聞かせてくれ」

「はい。二年前、伊那基一を含む四人グループが富士旗商会に忍び込み、大量の品を盗ん

だあと、富士旗商会と設楽多恵という女性の双方から、盗難届が出されました。その女性が、富士旗商会にパソコンの修理を依頼した顧客でしょう。連絡を受けて、盗難届を一緒に出したのだと思います」

「まあ、そうだろうな……。しかし、それを取り消してるわけか……」

「ええ、富士旗商会ともども、取り消してます」

夏井はそう告げながら、該当する箇所を丸山に見せた。窃盗事件発生から三日後のことだった。

いったん提出した盗難届を、わずか三日で取り下げるとは、いったいどういうことなのだろう……。

「しかも、もっと奇妙なことがあるんです。盗まれたと思ったのは勘違いだった。富士旗商会の営業担当者は、この設楽多恵という持ち主にそう説明し、パソコンを返還したようですよ」

丸山はさらに驚き、思わず夏井の顔を見つめ返した。その事実にも驚いていたが、

「どうしてそんなことがわかったんだ?」

と、そのことが驚きだった。

「ＳＮＳです。試しに設楽多恵の名前で検索をしたら、彼女、本名でＳＮＳをやってましたよ。それで、何か書き込んでないかと思って該当する日にちを見たら、その数日後に、

勘違いだったみたいな連絡が富士旗商会からあって、修理を頼んでいたパソコンが返却されて来たという書き込みがありました。そうそう、喜んで、一緒に写真もアップされてましたよ。ほら、これです」

夏井は保管庫に設置された端末ではなく、その隣に並べて置いてあったタブレットを手に取って丸山に示した。

ここにあるのと同じ型のパソコンが、そのタブレットのモニターに映し出されていた。設楽多恵という女性がアップした写真だった。

さて、これはいよいよどういうことだ……。

「おまえ、なかなかやるな……」

丸山が感心して褒めると、夏井は顔をくしゃっと歪めて後頭部を掻いた。

「いやあ、そんな、たまたまっすよ……」

これで、「で」抜き言葉さえなければもっといいのだが。

「どうも変ですよ、丸山さん。伊那が盗んだパソコンには、きっと何かありますよ」

夏井は照れ隠しなのか立ち上がり、管理室とその奥の保管庫とを分ける鉄柵のほうへと歩いた。厳重に鍵のかかった鉄のドアの向こうを覗き、

「どうしましょう、あのパソコンを持って来て、中を見てみましょうか?」

と言い出すのを聞いて、丸山は思わず血相を変えた。

「おいおい、とんでもないことを言うなよ。俺たちの仕事は、明日の朝まで、この保管庫に入ってる品をきちんと保管しつづけることだぞ。証拠品に触るなど、もっての外だ」

思ったよりも強い口調になってしまったようで、夏井は一瞬、熱いものに触れたような顔をした。

「はあ、そうですね……」

小声でそう応じたが、鼻白んだ様子は隠せなかった。疑問を感じた以上、それを調べてみるのが当然だと思っているにちがいない。しかし、それで自分が規則に違反するようでは、それこそ本末転倒ではないか……。

金木が正式な申請書なしでは証拠品をこの保管庫から出せないように、丸山たちだって触れることはできない。触れる権限など、持ち合わせてはいないのだ。明日の朝の引き継ぎ時間まで、数々の貴重な証拠の品が眠るこの保管庫を管理するのが今夜の仕事だ。

(自分は、頑なのだろうか……)

だが、ふとそう問いかける気持ちが頭をもたげた。

あのときだって、少しだけ融通を利かせてさえいたら、そうしたらずっと捜査官のままでいられたはずだ。閑職に追いやられることもなく、定年までずっとホシを追いつづける第一線にいられたのだ……。

「そうしたら、丸山さん。伊那本人に訊いてみるっていうのはどうです?」

夏井が遠慮がちに言い、

「なんだと？」

丸山は、思わずその顔を見つめ返した。

「だって、ここに留置されてるんすよね。まあ、本人が拒んだらそれまででしょうけれど、留置場を訪ねて、ちょっと話を聞くぐらいなら、なんというかその、我々の仕事の範囲内じゃないでしょうか――」

留置場は、階段を真ん中に挟んで、同じ地下のちょうど反対側だった。その手前には、およそ三畳大の取調室が三つ、廊下の片側に並んでいた。階段を通り越して進むと、取調室との間にひとつ鉄柵がある。これは取調べ中の容疑者が、万が一逃げ出したときのためのものだった。

取調べが行なわれている間は、どの署でもここにひとり監視係がつくのが普通だが、深夜にはいない。留置場の担当者が、近づいて来る丸山たちに気づき、留置場の手前につけられた鉄柵の電子ロックを開錠して向こうからも寄って来てくれた。

今夜は、全員が、近隣各署からやって来たピンチヒッターだ。丸山と夏井は初対面の相手に対し、それぞれきちんと自分のＩＤを提示した。

「勤務、お疲れ様です。証拠保管庫を担当しています丸山です」

「夏井です」

と順番に名乗り、

「実は、明日、検察に送致される窃盗犯に、証拠のことでちょっと確認したいことがありまして、簡単な聴取を行ないたいのですが」

丸山がそう切り出した。

夏井から言われて迷ったが、確かに伊那基一本人に話を聞くのは、捜査活動の一環であり、それならば全警察官にその権限がある。そう自分を納得させたのだった。明日、検察に送致されるという点を強調すれば、こんな深夜に話を聞きに来た理由になるとの思いもあった。それ以上、何か突っ込まれることを訊かれたら、それはそのときのことだ。

「ああ、そうですか。それは夜分にお疲れ様です」

留置場係も署の玄関で立番をしていたのと同じ、二十代の警官だった。

「いやあ、それにしても参りましたね」

と微笑みかけられて、一瞬、何のことかわからなかったが、ここのコロナ騒動で急遽駆り出されたことを指していると察し、

「いや、まったく」

と応じた。

「それで、確認したい留置者の名前は？」

「伊那基一です」

「伊那基一」と口の中で繰り返すので、何かもう少し訊かれるかと思ったが、

「ああ、それなら、一番奥です」

と言って、電子ロックを解除してくれた。

最近の留置場は、扇(おうぎ)型に造り、その扇のかなめに当たる位置に見張り台を置いて全体を視野に入れられる設計になっているが、東新宿署はまだ旧式で、廊下の片側に留置の檻が並ぶ造りだった。

一番奥まで歩いて中を覗くと、壁に作りつけられたベッドに、中肉中背の男が壁のほうを向いて身を横たえていた。

「伊那基一——」

低い声でフルネームを呼びかけたが、男は動こうとはしなかった。

だが、言うに言われぬ感じから、寝ているわけではなく、こちらに注意を払っているような気がした。それならば、ちょっと前に丸山たちがここの係の警官と交わした会話も聞いていたかもしれない。

「おい、伊那。悪いんだが、ちょっと聞かせてもらいたいことがあるんだ」

下手(したて)に出ることにしてもう一度声をかけると、ゆっくりと体の向きを変えてこちらを見た。

「なんだよ、こんな夜中に」

と、まだ体を横たえたままで、わざとらしく大きな欠伸を放った。

「こっちは、明日から検察の旦那とお喋りしなけりゃならない身だぜ。とっくに眠ってたんだがな」

「悪いな。だが、おまえさんが盗んだ品のことで、少し疑問があってね。いくつか質問に答えてくれよ」

あくまでも下手に出ると、ベッドの上でむくりと起き上がった。

年齢は五十二、岩手県出身で、戸籍上は妻も子もいない。頭髪が薄くなっていることを除けば、顔の艶もよく、体は筋肉質でがっしりしているために若々しく見えた。眼光は決して鋭くなかったが、どこを見ているのかあいまいで、いつでも広く周囲を見回しているような目をしていた。

「簡単に済ませてくれ。俺も協力を惜しまず、取調べにはずっと友好的だったんだからな」

「だけど、指名手配をされてから捕まるまでに二年だろ。随分と手を焼かせてくれたもんだ。大したもんだぜ」

犯罪者には、自分がいかに警察に手を焼かせたかを誇る人間が多い。そう言って持ち上げてみると、伊那は満更でもない笑みを浮かべた。

「へへっ、お世辞はいいからさ。何を訊きたいんだ？」

「その二年前のヤマについてさ」

「ああ、あの修理屋の倉庫の件か。まったく、トウシロウと組んでえらい目に遭ったぜ。御膳立てでは全部できてて、人手が足りないだけだと言うから話に乗ったんだが、防犯カメラを一台見逃すなんざ、素人もいいとこだ。しかも、捕まったら、仲間の名前をぺらぺらとゲロしやがって。盗っ人の風上にも置けないとは、あいつらのことだぜ」

伊那は堰を切ったように悪態をつき始め、

「もう金輪際、誰かと組むのはやめだ。俺は一生、ピンで行くぜ」

と、出所後はまた窃盗犯に戻ることを堂々と宣言してはばからなかった。

丸山は、そうやって伊那にひとしきり毒を吐かせ、「災難だったな」と労ってから、

「で、嫌なことを思い出させて悪いんだが、逮捕時におまえが部屋に所持していたパソコンは、二年前に富士旗商会から盗んだものだそうだな。それに間違いないか？」

と確認した。

「ああ、あれか。そうだよ」

「大量のパソコンやその他の機器が窃盗に遭ったはずだが、なぜあの一台だけを手元に置いておいたんだ？」

「なんだ。訊きたいのはそんなことかい。それなら、答えは簡単さ。たまたま、普段使う

のにいいと思っただけだよ。俺だって、たまにゃネットを覗いたりするんだぜ」

「ほんとにそれだけか……？」

「そうだよ。何を期待してたんだい、旦那？」

出鼻をくじかれた感じで一瞬、答えに詰まった丸山に代わって、隣にいる夏井が口を開いた。

「おまえがそのパソコンを最初に立ち上げたとき、中に何かデータは残っていなかったのか？」

「ああ、残ってたよ。だけど、初期化して出荷時の状態に戻したぜ。そのほうが使いやすいからな」

「初期化する前に、どんなデータが残ってるか読んだりしなかったか？」

「そんなこたあしねえよ。俺は、紳士なんだぜ」

伊那は軽口のつもりで言ったのだろうが、丸山も夏井もにこりともしなかったので気まずそうにした。

「旦那方も、そのことを知りたかったのか……」

丸山が、訊き咎めた。

「おい、旦那方もってのは、どういうことだ？　他にも、似たような質問をした人間がいたんだな？」

「ああ、取調べ中にな」

「取調官がしたのか？」

「いいや、違うデカさんさ。取調室に入って来て、担当の刑事に何か耳打ちして、そして、今、旦那たちがしたのと同じ質問をしたよ。パソコンの中を見たかって。俺は、見ちゃないし、初期化しちまったって答えた。今と同じさ」

「その捜査官の名前がわかるか？」

「名前ね……。待ってくれよ。何とかって呼ばれてたな……」

宙を睨み、思い出そうとする伊那を前にして、丸山は舌が乾くのを感じた。

「ええと……、カ、カ、カネ……。いや、違う。カナキだ。カナキさんって呼ばれてた」

金木はあのパソコンに保存されているデータに興味を持ち、わざわざ取調べ中に確かめに来たのだ。しかし、その件を、上司には一言も報告していない。

「なぜそんなことを知りたいか、理由は何か言ってたか？」

「いいや、何も」

「ありがとうよ。感謝するぜ」

丸山は礼を言って鉄格子の前を離れかけたが、もうひとつ訊いておくべきことに気がついた。

「それはいつのことだったんだ？」

「昨日……、いや、もう日付が変わったから、一昨日さ」

4

ひとりになってしまって話し相手がいないと、体を風もすり抜けるような気がした。

和也は人けのない駐車場に駐めたミニバンの運転席で、ぼんやりとたばこを喫っていた。煙が車内に充満するのが嫌で、運転席の窓を開けていたが、そこから入って来る夜風がやけに不安に感じられてならなかった。

駐車場の正面には、手前のビルの頭越しに、新宿イーストサイドスクエアに隣接するコンフォリア新宿イーストサイドタワーが見えた。ああいうところに住んでいる人間は、きっとこのコロナ騒動なんか何も関係ないのだろう。リモートワークとかいって家で過ごしても、月々の決まった給料が入って来るような人間たちに、苦労している人間の気持ちがわかるわけがない。

(たぶん、俺は捕まるだろう……)

煙を吐きながら胸の中でそうつぶやくと、感傷的な気分になって涙が滲んで来た。今日かもしれないし、明日かもしれない。運が良ければ、一週間とか一カ月ぐらいの猶予はあるかもしれない……。しかし、必ず捕まるに決まっている。

いや、結局は、それを心のどこかで望んでいるのだ。

ホストクラブでは、客のツケの取りっぱぐれは、担当したホストの借金になる。しかし、まさか上客のあの女社長が、逃げてしまうなどとは想像もしなかった。いつでもポンと気前よく払ってくれる人だったので、今回もそのつもりでいたら、会社が潰れて数百万のツケを残したままで行方が知れなくなってしまった。ホストにとっちゃあ、数百万は大金だったけれど、たぶんその女社長にとってはただの端金で、だから他の取り立ての債権者たちから逃げるのに必死で、ツケを払うことなど忘れてしまったのだろう。

その分が、女社長に取り入っていたホスト三人の借金になった。

あとのふたりはともに和也よりも先輩で、上客もたくさん抱えていたので、なんとか穴埋めができたらしかった。しかし、和也には無理だった。割当ての額は他のふたりよりずっと少なくしてもらったのだが、駆け出しのホストに過ぎない和也には、それだって大変な負担だった。

だが、店で真面目に働いてさえいれば、それなりのキャッシュを貰えたので、一定期間のうちにはちゃんと返済できるはずだったのだ。

そう思って、店長が紹介してくれた金融業者から金を借りたのだが、今にしてみればそれって変じゃないか……。なんだか上手く言いくるめられただけのような気がする。

しかも、間の悪いことに、その直後にコロナの騒動で店の営業ができなくなってしまった。

ホストの借金を、他のアルバイトで返すことなど、到底無理に決まっている。金のある女たちをもてはやし、毎晩、高いボトルを開けさせるから大金が転がり込んでくるのであって、コンビニやウーバーイーツのバイトじゃ、利子にすらなりゃしない。

そのうちに、店自体がなくなってしまった。新宿みたいな家賃相場の高いところで、自粛だ人流抑制だといって営業を制限されてしまったら、ホストクラブみたいな店が生き残れるわけがないのだ。

そして、結局、借金だけが残った。

馬鹿みたいな話じゃないか。

いっそのこと警察に捕まってしまえば、もう連中も追っては来ないだろう。故郷で公務員をしている父親や兄貴に迷惑がかかるかもしれない。そうしたらきっとふたりとも激怒することだろう。まして息子が、宅配便の荷物を盗んで回っていて捕まったなどと知ったら、母親はどんな顔をするだろう……。

そこまで考えるとまた泣けてきそうだったので、和也は考えるのをやめにした。

（それにしても、なぜこんなところを指定してきたのだろう……）

人けのない駐車場を改めて見渡し、訝（いぶか）しむ気持ちが頭をもたげた。ここは閉校した美容専門学校の駐車場で、すぐ横にはその校舎が建っていた。

無論のこと校舎も無人で真っ暗で、駐車場も闇に包まれていた。だから電話で中国人から言われた通り、建物にぴたっと寄せて駐めてさえいれば、余程のことでない限り人目につくことはないのかもしれない。だが、駐車場は表の路地に面しているので、誰かが注意を払わないとは限らないし、歩行者があれば見られてしまう。そんなふうに思うと落ち着かなかった。

いや、そもそもの問題は、ここが日暮れどきにおまわりたちと出くわした場所の近くで、宅配便の荷物を盗んでいた連中の車が爆発したと盛んに報じられている場所からも、それほど離れていないことだった。たぶん、同じ管内だろう。

ということは、ここらには今夜、大量の警官が巡回に出ているはずなのだ。

こんなところに駐車していて、それをおまわりに見つかったら、一発で逮捕だ……。そんなふうに考えると、怖くてならなかった。

黒いセダンが一台近づいて来るのが見えて、和也は物思いから覚めた。

ここは滅多に車の通らない道で、和也がここに来てからの間に通過したのはほんの数える程度だった。これが待っていた車なのかもしれない。

そう思って見ていると、セダンは和也のミニバンの前方に、行く手を塞ぐように停止してライトを消した。

薄暗い車の運転席に男が坐っていた。表情や顔つきはわからなかった。もったいぶるような間を置いてドアが開き、背広姿の男が表に降り立った。

嫌な予感が広がった。品物を買い取ってくれる約束をしていた中国人じゃないし、その中国人の部下という雰囲気とも違う……。こういう雰囲気の人間は……。

ミニバンに近づいて来た男は、開いている運転席の窓に肘を乗せ、和也のほうに顔を近づけて来た。

「ここで何をしてる？」

「いえ、僕は……」

口を開くと、舌が乾いて口蓋に貼りついてしまっていた。呑み下した唾が、粘つくみたいに喉に引っかかる感じがする。

「警察の者だ。たばこを消して、車を降りろ」

男は冷ややかに言い、警察のＩＤを和也の鼻先に突き出した。

金木という苗字と、東新宿署の文字が見えた。

和也は、頭が急にぼおっとした。今までも何度かこういうことがあった。最近では、店長の言いなりになって金融業者から金を借り、女社長がバックレた挙句に背負わされた借金をそれで返済したことだった。頭のどこか片隅では、何か違うような気がしたのに、どう違うのかが口では説明できなくて流れに身を任せてしまった。

あのとき、はっきりと言うべきだったのだ。これは違う、と……。

「聞こえなかったのか。たばこを消して、車を降りろ」

金木という名前らしい刑事は、冷ややかな声でそう繰り返した。

（これは違う……）

頭の中でそんな声がして、それをどう説明しようかと頭を巡らせようとしてすぐに気がついた。

（そうか。今度は、違わないのだ……）

このミニバンの荷台には、コロナ禍で閉じ籠もっている家のあちこちの玄関先から盗んで来た品が載っているし、それをやったのは、他でもない、この自分自身だ。

和也は命じられた通りにたばこを車の灰皿で消し、運転席のドアを開けて足を片方ずつ地面に下ろした。膝の関節ががくがくして、ぎこちない動きしかできなかった。

車の外に出て腰を伸ばすと、背中にびっしょりと汗をかいていた。

「どうもおまえ、怪しいな。『置き配』の荷物の窃盗事件が頻発してるんだ。しかも、犯行にはミニバンが使われているとの情報がある。ここで何をしてるんだ？」

「いや、俺は……」

答えようがなかった。

「答えろ。ここで何をしてるんだ？」

「ちょっと休憩してるだけです」

苦し紛れの答えを口にする和也のことを、金木はじっと凝視した。

「何を積んでるんだ？　荷台を開けろ」

やがて苛立ちを抑えた声で命じ、和也をミニバンの後部へと押しやった。

（ああ、もうダメだ……）

荷台には、荷物が八個残っている。こんなことになるのならば、隆司と一緒にすべて返してしまうのだった。そう思ったが、悔やんでみてもあとの祭りだ。和也は命じられた通りに後部ドアを開けた。

刑事は荷台に目を走らせた。

「たったこれだけか？」

その声には今度は、押し殺した怒りが感じられた。

（たったこれだけって、どういうことだ……？）

そんな疑問が脳裏をよぎったが、それ以上思考を先に進めることはできなかった。

「はい、その八個だけです。あとは、元あった場所に返しました」

「返しただと……？　盗んだものを返したと言うのか？」

「はい、そうです……」

「おまえ、バカなのか……。なんで返したんだ？」

「いや、それは、色々あって……」

「相棒はどうした？　窃盗犯はふたり組だという情報が入ってるんだ。おまえらのことだろ？」

「相棒なんていませんよ……」

「嘘(うそ)をつけ！」

「ほんとです。俺ひとりです。全部、俺ひとりでやったことです」

そう強調してシラを切ると、胸の中に熱いものが広がった。そうだ、隆司と約束した通り、俺ひとりが捕まればいい。罪は全部、俺ひとりで引き受けるんだ。

だが、和也の高揚(こうよう)しかけた気分は、刑事の冷笑に掻(か)き消された。

しかも、その両眼には、青い怒りの炎も見える気がした。

「甘ちゃんだな、おまえ……。それに、なんて中途半端な野郎なんだ……」

「――――」

鳩尾(みぞおち)に猛烈な衝撃が来た。

痛みに息が詰まり、体をくの字に折った和也は、刑事がさらにこう冷ややかに言って笑うのを聞いた。

「俺が一番嫌いなタイプの甘ちゃんだ」

「――――」

「手を出せ」

体を折った状態で、命じられるままに両手を出すと、刑事はそこに手錠をはめた。

「おまわりさん、俺は……」

「うるさい。黙ってろ！　それ以上何か言ったら、鼻をへし折るぞ」

刑事は手荒に和也を引きずり、自分がここまで乗って来た黒いセダンの助手席へと押し込んだ。

「大人しくしてろ」と命じ、荒々しくドアを閉め、スマホを取り出す。それを手にしたまましばらくそこらを歩き回り、しきりと何かを考えている様子だったが、やがてどこかに電話をかけ始めた。

和也のほうに背中を向け、スマホを口元へと運んでやりとりをしている。

和也は車のウインドウ越しに、金木という刑事の背中を凝視していた。刑事は声を抑えているので、何を言っているのかは聞き取れなかった。

和也は顔を伏せ、手錠をはめた手を微かに持ち上げて見つめた。生まれて初めての冷たい感触が手首にあった。想像していたよりもずっと軽く、華奢に思えた。ちょっと力を込めさえすれば外れるのではないのか。

だが、手錠というのは、動かせば動かすだけきつく締まるという話をどこかで聞いたような気がした。それとも、テレビのドラマで観たのだったか……。

本当に締まったりしたらと考えると恐ろしくて、両手をそっと膝に戻すしかなかった。

5

タクシー運転手から聞いた十字路で自転車を停めた坂下浩介は、サドルに跨ったまま、片足を地面について周囲を見回した。

ここは歌舞伎町の一角で、普段ならば日付が変わったあとも大勢の人でごった返しているエリアだった。歌舞伎町交番の管轄区域であり、普段パトロールをしたことはなかったが、緊急出動でこの辺りに駆けつけたことは何度もあるし、オフのときには市谷台にある独身寮から遊びに繰り出して来たこともあった。とにかく、新宿と関わりのある人間ならば、誰でも馴染みのエリアなのだ。

だが、今の風景は、まったく馴染みのないものに変わっていた。人の群れが消えただけではなく、その群れを興奮させて呼び込むネオンのほうも消え失せているため、ビルの壁面がやけに殺伐として広かった。

通りに一定間隔で伸びる街灯の明かりが、その殺風景な壁面を三階ぐらいまでは照らしているが、そこから上は暗い空の中へと徐々に溶け込んでいて、浩介は穴の底から夜空を見上げているみたいな気分になった。

ときおり浩介も利用している千円でベロベロに酔える居酒屋も、その上の階のお好み焼き屋も真っ暗で、ただ休業中なのか、それとも店を閉めてしまったのかわからなかった。「休業中」と書かれているのが、数日後には「閉店しました」という貼り紙に替わっていることも多いのだ。

飲食店だけではなく、クラブもキャバクラもホストクラブも、露骨な性的サービスを行なう店も、何もかもがこの十字路からワンブロックの圏内にあるが、そのどれもがひっそりと沈黙していた。新宿でもっとも賑やかなエリアがこんな状態だなんて、ほんとにこの国は大丈夫なのだろうか……。

西へ延びる通りの先に、ひとつだけぽつんとゲームセンターの明かりが見え、警察官としてはまずいのかもしれないが、浩介は我知らずほっとするものを感じた。

（それにしても、ここでタクシーを降りてどこへ行ったのだろう）

浩介は自転車を降り、ハンドルを両手で支えてまだその場からは動かないままで、改めて周囲を見回した。新宿中央病院から郷党会の津川一郎を乗せたタクシーが特定され、その運転手に連絡して話を聞いたところ、この十字路で降ろしたとの証言を得られたのだった。

念のため、タクシーの車載カメラに残った映像も確かめたので間違いなかった。しかし、カメラにも、車を降りてからどこへ向かったかを示す手がかりまでは残されていなかった。

だが、この十字路に建つビルのどこかに用があったと考えるのが普通ではないか。

（とはいえ……、どこもかしこも真っ暗だ……）

そう思い、改めて周囲を見回したときのことだった。

細い路地から、猫ぐらいの大きさの動物が出て来るのが目にとまった。十字路の真ん中で立ちどまり、きょとんとこちらを見つめて来た。

猫というよりは、どちらかというとタヌキのような体つきをして、長い尻尾を持っていた。鼻づらが長く、耳は小さい。胴体部の体毛は薄い茶だが、頭部はそれよりも濃い茶色で、額から鼻にかけて白い線が走っていた。

ハクビシンだ。

浩介の田舎では、ときおり見かける。

（そうか、こんな都会にもいるんだな……）

そいつは微笑みかけようとする浩介の前を悠々と横切り、ビルの隙間へと姿を消した。

その後ろ姿を見送り、なんとなくしみじみした気持ちになったとき、微かなインストゥルメンタルの音色が浩介の耳に流れ込んで来た。いわゆるリラクゼーションミュージックというやつらしい。

自転車から片手を放し、その手を耳の後ろに添えて周囲を見回してから、足元に視線を下ろして意識を集中した。森閑と静まり返っているために、どこかの室内で鳴っている音楽が、微かに漏れ聞こえているらしかった。

スタンドをかけて自転車を停め、自由になった両手を両耳の後ろに当ててゆっくり右から左へと頭部を動かした。

左から右へと戻る途中で、音のする方向がわかり、自転車を引いて十字路の傍(そば)にある細い路地の入り口へと移動した。

その路地を入ってすぐのビルの一階に、《新宿の夜の思い出》という看板が出ていた。真っ赤に塗りたくった下地に、鮮(あざ)やかなマリンブルーでそう書かれている。「エクサイトルーム」となっているが、そのすぐ横に「風俗関連特殊営業許可取扱店」の謳(うた)い文句と詳しい時間別料金表が張ってあるので、店舗型のファッションヘルスだと知れた。看板の隣には、若い女性の写真が並んでいた。そのうちの何人かは制服姿で、何人かは顔をぼかしてあった。

浩介は、その看板へと近づいた。ハデハデしい看板以外はコンクリートの外壁が剝き出しで、路地裏のビルの印象が強かったが、入り口にはブリティッシュ・パブ風のどっしりとした木製扉がついていた。

自転車を壁際に寄せて駐めた浩介は、その木製扉に近づいた。視線の高さに、「Closed」の札がかかっていた。

しかし、扉に耳を寄せると、その奥からリラクゼーションミュージックが聞こえてくる。ここで間違いない。

扉の斜め上には、入り口の庇に隠れた目立たない場所に、防犯カメラが設置されていた。

一応、ドアノブを捻ってみるが、ロックされている。

浩介は、ぐんと下顎を突き出してそのカメラを睨みつけ、扉を拳骨で叩き始めた。

「警察だ。ここを開けろ！」

何の反応もなかったが、いったん叩くのをやめて耳を澄ますと、ちょっと前まで流れていた音楽が聞こえなくなっていた。

「警察だ。すぐにここを開けるんだ！」

あくまでも強気に出ることにして再び激しく扉を叩いて怒鳴ると、鍵のはずれる音がして、困惑顔の男がドアの隙間から姿を現した。

「今は閉店中なんです。うちは、東京都の指導にきちんと従ってますよ」

ベストにネクタイ姿の小柄な男は、媚びるような愛想笑いを浮かべて言った。

「ああ、わかってる。そうだろうさ。その件じゃないんだ。ちょっと訊きたいことがあってね。中へ入って構わないかな？」

浩介は重森ならこうするだろうと想像し、さり気ない口調で言って微笑みかけてみたが、男は表情を硬くし、自分の体でドアの隙間を塞ぐようにした。

「でも、今は閉店してて、やってないんですよ。誰もいないし……」

確かにドアの隙間から見える範囲には誰もおらず、その代わりにじっと息をひそめて様子を窺う雰囲気が、まるで匂い立つみたいに濃厚に漂っている。

「だけど、誰かいるみたいじゃないか」

咄嗟(とっさ)にそう言ってみたが、これは大して効果がなかった。相手は黙ってこっちを見ている。

「それに、ちょっと前に男が入って行くのを見たんだがな」

今度は効果があったようで、そわそわし始めた。

「うちは違法なサービスは一切行なっていない優良店ですよ」

愛想笑いを浮かべ、覚え込んだ台詞(せりふ)を反復している口調で述べたが、ふっと感情の堰(せき)が切れたらしい。

「おまわりさん、うちだって大変なんですよ。やっぱり偉い人たちは理解してくれないですね。うちみたいなところには、補助金は一切出やしない。だけど、女の子たちだって、みんな暮らしがあるんですよ。出張型に切り替えてるところだってあるけれど、こういうのがいいってお客さんだっているし。お互い、納得してやってるんです。それも、予約のお客さんだけですよ。そういうお客さんが来たときだけ、こっそり表を開けるんです。見逃してくださいよ。助けはしない、取締りはするってなったら、もう、みんなして首を括(くく)

るしかないですよ」

このままだといくらでもまくし立てそうな雰囲気を感じ、浩介はあわてて男を制した。

「大丈夫だ。都庁の職員に告げ口する気はないし、ただちょっと訊きたいことがあるだけだと言ったろ」

「ほんとですか……?」

「ああ、ほんとさ。あんただって、戸口で制服警官と話しているのを見られたくないだろ。中に入れてくれ」

そう頼んで、やっと入ることができた。

「小一時間ほど前、郷党会の津川が来たな。まだいるなら、呼んでくれ」

鎌をかけてみると、乗って来た。

「津川さんは、もう郷党会とは関係ないと聞いてますよ。津川エステートという不動産会社の社長さんです」

「そうだったな。うっかりしたよ。で、津川はまだいるのか?」

「いいえ。もういません。ほんとです」

「ずいぶん早いじゃないか」

と、浩介は言ってみた。

「いや、だって、今夜はそういう用では……」

「じゃあ、何をしに来たんだ？」

「それはちょっと――」

男はつぶやくように言いながら、奥のほうへとちらちらと視線を投げかけた。

指名した子が塞がっていた場合に順番待ちをする客のための椅子が置かれた、それほど広さはないロビーの奥に、女の子が溜まっているらしい部屋がある。たぶん、そこで聞き耳を立てている子たちの耳を気にしているのだ。

中に入るのではなく、この男を外に連れ出して話を聞き出すべきだったのかもしれない。浩介は小柄な男に近づき、前屈みになって男に顔を寄せた。

「頼むよ、支配人さん。決して迷惑はかけないから、何のためにここに来たのか教えてくれ」

「参ったな……。そう言われても……」

「あんたたちの大変さはわかる。だから俺だって、面倒なことにはしたくないんだ。この質問にだけ答えてくれたら引き上げるから、な、頼む」

片手を顔の前に立てて拝むようにすると、

「わかりましたよ。だけど、俺から聞いたってことは、絶対に内緒にしてくださいね。津川さんは、防犯カメラを調べに来たんです」

「防犯カメラを……？」

意外な言葉に、浩介は驚いて訊き直した。

「ええ。表のドアの上に設置されてるでしょ。あれですよ」

「なんのために調べに来たんだ？」

「理由は聞きませんでしたけれど、三、四日前、津川さんが社員さんたちを連れて遊びに来てくれた夜の映像を見せろと言われたんです。そこに、老人が映ってるだろって」

「どういうことだ？」

「津川さんがここを出たときに、変な老人がひとり近づいて来たんです。そして、表に停まってた津川さんの車に、ひょいと乗り込みました。そいつが映ってないかって」

そっくり同じような話を、早乙女からも聞いたぞ。

「映ってたのか？」

「ええ」

「俺にも見せてくれ」

浩介が興奮を抑えて言うと男は何か言いたげな顔をしたが、ぐずぐずするより望みを叶えてとっとと帰す方針に転じたらしく、浩介をロビーの奥にある小部屋に連れて行った。

四畳半ほどの大きさの部屋の片側に机があり、そこにパソコンが載っていて、対面の壁にはソファがあった。主に仮眠に使われている様子のソファには、しわくちゃの毛布が放置されていた。

パソコンはスリープの状態で、男がEnterキーを押すとすぐに復帰した。

津川に見せたときのままになっていたらしく、動画を再生すると表の路地に黒い車が停まっている映像が現われた。

「ちょっと戻しますね。この前からです」

男が言って動画を戻すと、車のドアが開いて後ろ向きに老人が出て来て姿を消し、それにちょっと遅れて津川も逆戻しで出て来た。

再生状態にし、画面の端っこに消えかけていた津川が戻って来て車に乗るとすぐ、老人が素早く姿を現してそのあとから車に滑り込んだ。

食事を済ませた早乙女に対しても、同様のことをしたのだ。老人は背広姿で頭髪は生真面目そうにも野暮ったくも見える刈り上げで、それも早乙女が証言した特徴と一致した。

ヤクザに対してこんなことをすれば、下手をすれば袋叩きに遭うし、反射的に鉄砲玉と錯覚されて命を落とすことにだってなりかねない。

度胸が据わっているだけではなく、人の意表を突いて自分のペースに巻き込む呼吸に通じた人間にしかできない芸当に思われた。

「この男の顔がはっきり映っているところはないかな？」

「一番はっきり映ってるのは、車を降りる瞬間ですよ」

男が言って、画像を早送りした。標準速に戻してじきに車の後部ドアが開き、あの老人が姿を見せた。

「とめてくれ」

浩介は画像を停止させた。老人が、防犯カメラのほうをチラッと見上げたところだった。視線や表情からすると、軒庇に隠れたカメラには気づかないでいるように見える。視力があまり良くないのかもしれない。

カメラは老人の顔を、ほぼ正面から捉えていた。

「あれ、これは……」

浩介が小さく口の中でつぶやくと、

「あ、やっぱりおまわりさんもそう思いましたか――？」

男が急にいくらか心を許したような表情になった。例えば全然違う話をしていた途中で、同じ球団を応援していると偶然に知ったみたいな感じだった。

「どこかで見たような顔だと思ったんじゃないですか？」

「そうしたら、店長さんもか？」

「ええ、俺もこの映像を観たとき、なんとなくそんな気がしたんです。誰か役者に似てるのかな……？」

「もしかして、津川も同じだったのか……？」

「そうなんですよ。どこかで見た顔だと、最初に会ったときから思っていたらしくて、さっきは従業員だけじゃなく女の子たちも全員を呼んで、誰かこの男を知らないかと訊いてました」

「で、誰か心当たりがある者がいたのか？」

「いいえ、誰も。でも、やっぱり何人かの女の子が、どこかで見た顔だって——」

「あんたの同業者じゃないのか？」

「いや、それはないですよ。それならば、俺がもっとはっきり思い出すはずだ」

「じゃあ、この辺りの居酒屋とか、コンビニとか——」

「かもしれませんね」

しかし、ここは浩介のパトロールエリアではないのだ。自分の巡邏圏内ならば、訪問調査等で店舗の従業員と顔を合わせている可能性も考えられるが、このエリアではそれはない。いったい、どこで会ったのだろう……。

（まさか、指名手配犯なのか……）

「もしも何か思い出したら、連絡をくれ」

「はい」

男はすぐにうなずいた。当てにはできない雰囲気だった。

浩介は、男に頼んでデータを移してもらったタブレットで老人の顔を改めて見つめてから、礼を述べてそこを後にした。

駐輪した自転車のところに引き返すと、無線で重森に連絡した。

「早乙女が言っていた、役人風の小柄な男か――」

「ええ、おそらく同じ人物と見て間違いないと思います。ファッションヘルスの店から出て来た津川が車に乗ったところで、すっと隣に滑り込んで坐り、数分の間に津川のやつを納得させたんです。きっと早乙女に売り込んだのと同じ培養液を売りつけたんですよ」

「とぼけた男だな」

「ええ。それに、大した度胸ですね。いったい、どんなやつなんだろう……」

「それに、どんな目的があったのかだな。新宿のあちこちを地上げしてるのは、早乙女と津川のところだけじゃないだろ。どこか他の組織から依頼を受けたのかもしれん。ま、詮索はあとだ。顔が割れたのは大手柄だぞ。すぐに手配に回そう。俺のほうに転送してくれ」

「わかりました。重森さんのほうはどうですか？　早乙女健斗の足取りはわかりましたか？」

「ああ、大分特徴的な体形だから、早乙女興業の近くにある防犯カメラを調べたところ、すぐに本人が特定できたよ。新宿通りを横断し、歌舞伎町にあるコンビニエンスストアに入ったところまでは確認できた。もうしばらく粘ってみるさ」

「自分はどうしましょうか？　改めてタクシー会社に手配をかけてみましょうか？」

電車もバスも動いていない真夜中だ。ここから移動するのには、再びタクシーを使ったはずだ。

「そうだな。それと、周辺の防犯カメラを当たれば津川が映ってるかもしれん。上に掛け合い、もう少し人手を回してもらおう」

「了解しました」

無線の交信を終えた浩介は、タブレットを使用して男の顔写真を重森へ送った。

この男は、いったい何者なのだ……。やっぱり見た覚えがある。どこで見たのか、喉元まで出かかっているようで出て来ないのは気持ちが悪かった。

6

留置場の係官に礼を述べ、地下の廊下を戻る間は無言で何も話しかけて来なかった夏井は、保管庫の管理室に戻るや否や、もう待ちきれない様子で丸山に迫って来た。

「金木という名のこの署の捜査員が、何か関係してるんですね？　今夜、宅配便の置き配の荷物を盗んで回ってたミニバンが爆発したとき、そばに居合わせたのもその金木って人ですよね」

「まあまあ、落ち着け。それに、声のボリュームを少し落とせよ」

丸山は、あわてて夏井をなだめにかかった。保管庫も、その手前のこの管理室も、廊下との間を鉄柵で隔てているだけなので、声はかなり先まで筒抜けになる。

「俺、思ったんすけど、丸山さん。金木ってやつは、今、ここの保管庫にあるパソコンを、なんとかして破壊してしまいたいと思ってるんじゃないでしょうか。きっとそれに間違いないっすよ」

「おい、声がデカいと言ってるだろ」

「すみません。でも、きっとそうっすよね、丸山さん」

「そうっすよねじゃない。そうですよねだ。俺に対してならいいが、警察で他の人間と話すときは、ちゃんと『です』と言うようにしろ」

思わず強い口調で叱りつけると、夏井は壁に鼻づらをぶっつけたような顔をした。

しゅんと肩を落とし、情けなさそうに顔を伏せ、

「そうっすよね……。あ、じゃなくて、そうですよね。俺、何度か上司に注意されたことがあるんす。それで、自分じゃ直そう直そうとしてるんっすけど……、ついつい夢中で話してると、こういう話し方になっちゃうんすよ……。何がいけないのかな、俺……。ほんとにすみません。わざとじゃないんっす……。すみません……」

早口でぺらぺらと詫び始めた。

本気で謝っているのは、その落ち込みようを見ればよくわかる。今時の若者というやつ

だ。調子がいいときには底抜けに明るくなるが、こうして叱られると空気の抜けたゴムボールみたいにぺちゃんこになってしまう。

（それにしても、興奮して喋ることでかえってひどくなってるぞ……）

笑いが込み上げそうになるのを堪えなければならなかった。本人が努力しているのならば、少しずつ直していけばいい。そうか、すっかり忘れていたが、若いやつとつきあうというのはこういうことだったのだ。

「まあ、坐れ」

丸山は夏井に椅子を勧め、自分もその隣に坐ると、今日の夕刻に金木がここに訪ねて来たときの出来事を話して聞かせた。

「そうか、それじゃやっぱり、金木って捜査員は絶対に怪しいです。この保管庫にあるパソコンには、何か重要なデータが保存されてるんじゃないでしょうか。そのことに気づき、一昨日、伊那基一がパソコンの中を見たかどうかを確認に行った。そして、今夜、証拠隠滅を図るため、新型コロナ騒動でこの署がざわついているのをいいことに、保管庫からパソコンを取り出しに来た。金木は、この管理人室には、誰か顔馴染みの内勤警官がいると踏んでたんじゃないでしょうか。それならば、なあなあで証拠品を出せると高を括ってたんですよ。でも、そこにいたのは丸山さんで、上司の判こつきの書類を要求された。仕方なく金木は引き上げたけれど、それじゃあ事は治まらない。明日になれば、証拠品は検察の手に渡り、簡単には手が出せなくなってしまう。きっと、それで強硬手段に出ることにしたんです。ミニバンが爆発して死んだふたりの中国人は、裏で金木とつながってるんですよ。もしかしたら、金木本人が、そのミニバンに爆発物入りの荷物を仕込んだのかもしれない」

今度は「で」をきちんと入れるように注意しつつ、夏井は滔々と意見を述べ立てたが、石にでも蹴躓いたみたいにふっと話すのをやめた。

「あれ……、でも、変だな……。伊那基一は、パソコンを初期化して、保存されてたデータは消したと言ってましたよね。そのことは、金木って刑事だって、取調室で聞いて知ってたはずなのに……」

丸山は小さく首を振ってみせた。

「初期化してデータを消しても、完全に消去されるわけじゃないんだ。そのデータを呼び出す索引が消える程度で、元データといったようなものはディスクに残っている」

「そうなんっすか――!?」

(よく頑張ったが、驚きで「で」が飛んだな)

丸山は苦笑しつつ、つづけた。

「ああ、だから例えば警視庁のサイバー犯罪対策課や科捜研などに持ち込めば、復元が可能だ」

「なるほど。じゃあ、金木はそれを恐れてるんですね」

「そうかもしれない」

「そうですよ、きっと」

丸山は、この若者を段々と好きになり始めているのを感じた。内勤になってから、周囲の若い職員に対してこんな感情を抱いたことなどついぞなかった。

それは、内勤の職員たちの質の問題なのかもしれないし、彼らと接する自分の態度のせいなのかもしれない。後者だと感じたときには孤独感が増すので、できるだけそうは考えないようにしてきただけだ。

「これは、金木が単独でやってることじゃないな」

「なぜそう思うんですか？」

「さっき、おまえにここを託して出かけたろ。あのとき俺は新宿中央病院に行ったんだが、そこでたまたま金木を見た。やつは、郷党会の津川という幹部と何か言い合いをしていたんだ」

「じゃあ、暴力団とつながりが――」

「そもそも、保管庫に納まってる証拠品を爆破して始末しようなんてのは、警察官の発想じゃないさ。爆弾事件によって、パソコンを破壊するのが狙いだったことは隠せるかもしれないが、場所は人けのない保管庫で、しかもコロナ騒動によって署に詰めている人間が少ないとはいえ、死傷者が出る可能性はゼロじゃない。現に、途中であぁした事故が起こり、ミニバンに乗っていた中国人ふたりが死んでいるわけだしな。手口が、荒っぽすぎる。金木は何か弱みを握られ、津川に使われているだけだろう。津川もまた、誰かの命令で、その手先として動いてるのかもしれない」

「こうなったら、ハードディスクのデータを復元することですね。明日になったら、上司に相談し、サイバー犯罪対策課に持ち込みましょう」

「しかし、これだけの材料じゃあ、復元を依頼することは難しいだろう」

丸山の見通しに、夏井はがっかりして顔を曇らせた。

「そうでしょうか……？」

「考えてもみろ。俺たちがただこう推理してるだけで、何の証拠もないんだぞ。ミニバンに積まれていた爆発物が、ここの保管庫を吹っ飛ばすためのものだったとは断言できんし、金木がパソコンのデータを復元できないよう、完全に消し去ろうとしているというのだって、ただの俺たちの推測にすぎん」

「まあ、それはそうですが……」

それに、捜査畑には、誰かまだ三年前のことで丸山を干しつづけようとする人間が残っているだろう。だからこそ、内勤に留め置かれたままなのだ。そういった人間の意向が働けば、こんな推論など一顧だにもされずに蹴飛ばされるにちがいない。

「結局、朝までこの保管庫の中身を守るという、俺たちの今夜の使命を全うすればいいのかもしれんな」

丸山は雰囲気を変えるつもりで軽く言ってみたが、夏井はしばらく何も答えず、じっと考え込んだままだった。

「そうしたら、丸山さん。パソコンの修理を依頼した、設楽多恵って女性に連絡を取って訊いてみましょうか」

「え……」

「だって、修理を依頼した本人ならば、きっと何か事情を知ってるはずですよ」

「まあ、それはそうだが……、しかし、訊くって、こんな深夜にか――？」

「電話ってわけには行きませんが、SNSでメッセージを送るんすよ。こっちの身分を明かして、返事をくれって言ってみたらどうでしょう。ネットならば夜中でも見てるかもしれないし、すぐに返事は貰えなくても、最悪でも明日の朝には何か反応があるかもしれませんよ」

丸山は、壁にかかった丸い文字時計に目をやった。そろそろ午前二時になろうとしている。常識的に見て電話できる時刻はとっくに過ぎているが、確かにメッセージならばありかもしれない。

「ダメ元でやってみるか」

丸山の答えを聞き、夏井は顔を輝かせた。

7

（絶対におかしい……）

運転席に坐る金木という刑事の横顔をチラチラと盗み見しつつ、和也は胸の中で呟いた。この金木という刑事はさっき、いったいどこに連絡したのだろう。

「俺の横顔に何かついてるか？」

「いいえ……」

冷たい声で訊かれ、和也はあわてて顔を伏せた。そうすると、膝に置いた両手の拳が重たいことに、否応でも気づいてしまった。

両手から血の気が失せ、手首の先に冷たい拳がつくねんとついている。血が通わずに、冷たくなってしまっている。

「どこへ連絡したんですか？」

和也は、勇気を振り絞って訊いた。

「警察だ。決まってるだろ。同僚が来たら、おまえを引き渡す。だから、それまで大人しくしてろ」

「…………」

つまらないことを訊くなと言いたげな口調の中には、嘘をついている雰囲気は少しもなかった。しかし、和也の経験からすると、嘘というやつはそういう雰囲気の中にこそひそんでいるのだ。

この車は、覆面パトカーというやつだろう。ダッシュボードには無線機も備わっている。同僚に連絡をするのならば、あの無線機を使うのが普通ではないだろうか。わざわざ車を降りて携帯電話を使ったのは、なぜなのだ。

「どうして自分で連行しないんですか？」

「俺は外回りのデカだ。おまえのような雑魚（ざこ）に関わってる暇はないので、応援を要請したんだよ」

金木はフロントガラスの先を見たまま、面倒臭そうに答えたが、

「もう一度警察のＩＤを見せてもらえませんか？」

和也がそう尋ねると、さすがにこちらに顔を向けた。

だが、何も言わず、じっと和也を睨んでいる。

「なんでそんなことを言うんだ？」

まるで地球の反対側にいて、声が届くのに時間がかかったみたいな間を置いて訊いて来た。

「だって、なんだか変だから……？」

和也がそう答える途中で、金木の口から低い笑い声が漏れた。

「おまえ、手が震えてるぞ。大丈夫か？」

和也は両手に力を込めたが、震えは治まらなかった。そうなのだ、拳が重たいと感じたときには、こうしてちょっとした刺激で震えが始まる。それを相手に悟られるのが嫌で、言うべきことを言わずに我慢してきたことが今までにも何度もあった。

だが、今はこのままでいいわけがない……。

「あなた、本当に刑事さんなんですか？」

「ああ、本当だよ。ＩＤを見せたし、覆面パトカーを使ってるし、そして、おまえにこうして手錠をかけている。いったい、何でそんなことを疑うんだね？」

「――――」

金木は大声で笑った。

「夢でも見てるつもりだったか。残念だったな。何を考えてるのか知らんが、俺は本物の刑事で、おまえは警察署に連行される。それが、これからおまえに起こることだ。さあ、わかったらもうしばらく大人しくしてろ」

「――――」

和也は力なくうつむいた。

そのとき、ヘッドライトの光が射して、車内が脱色したようなモノトーンになった。車が一台、道の先から、こちらに向かって近づいて来る。

少し手前で停止すると、ヘッドライトをちかちかとハイビームにした。ロングサイズのワゴンだった。

荷物を買う約束になっている中国人たちがやって来たのだ!

ミニバンは、この車のすぐ奥に駐まっている。その鼻先を塞いでいるこの車のことを訝しみ、ライトを上向きにして合図を送って来たにちがいない……。

そんなふうに推測している間に、向こうの車のサイドドアが開き、男たちが二人降り立った。運転席はそのままだったが、助手席からもひとり。

みなジーンズ姿で、上には適当にTシャツやランニングシャツ、アロハシャツなどを着ていた。そろって凶暴な顔つきをしていた。ひとりだけは四十代ぐらいだが、あとは和也と同じぐらいに見えた。

盗品を買ってもらうだけなのに、こんなに大勢でやって来るとは思わなかった。

こっちは、刑事がひとりだけなのだ。上手くすれば、この連中が金木という刑事をのしてくれないだろうか。たとえそれが無理でも、捕り物になったとき、それに乗じて逃げられないか……。ふっとそんな考えが頭をよぎったが、和也はすぐに自分を戒(いまし)めた。そんなことをしたところで、どうせまたすぐに捕まるのがオチだ。

四十男が助手席の前に立ち、体を屈めて和也のほうに顔を近づけて来た。男は短く刈り上げた額の左右を鋭角に剃り込んでおり、その剃り込み痕が青かった。

「降りろ」

日本語で言った。

和也はどうしていいかわからず、運転席に坐る金木のほうを見たが、金木はまるでそこにいないかのようにただ前方を見て坐っているだけだった。

「降りろと言ってるんだ。グズグズするなよ」

流暢ではあったが、その言葉には、言うに言われぬ感じで日本語を母国語にしているのではない人間のアクセントが混じっていた。

「刑事さん……」

和也はかさかさのかすれ声しか出せず、刑事は相変わらずこちらを見ようともしなかった。

何がなんだかわからないまま、体が自分の意思とは無関係に動いて車を降りた。

すぐに四人の男たちが、和也のことを取り囲んだ。

「すっかり手間を取らせやがって」

剃り込みの青い四十男が言った。

拳が鳩尾に飛び込み、息が詰まった。さっき金木に同じ場所を殴られていたし、相手の動きを見て咄嗟に身構えたのだが間に合わなかった。

しかも、金木よりもずっと容赦のない重たい拳だった。和也は胃液が口のほうへと込み上げて来る味と臭いを感じつつ頽れ、嘔吐物が目の前の地面に広がった。

男たちのひとりが中国語で何か言った。たぶん、「汚ねえな」とか何とか言ったのだろう。ふん、勝手にほざいていろ。和也は馴染みの手を使うことにした。感情に繋がる線を可能な限り断ち切り、何も考えないようにするのだ。そして、ひとつのことを繰り返し思うようにする。

（ほんの少しの辛抱だ。黙って辛抱してさえいれば、上手くやり過ごせる）

中国人のひとりがミニバンのほうへと歩くのが見えた。四十代の剃り込みの男だった。たぶん、あいつがボスなんだろう。ミニバンのバックドアを開けて、中にあった今夜の戦利品を一瞥し、その中から箱をひとつ取り出した。両手で苦もなく胸に抱えられる、ごく一般的な大きさの箱だった。

若造のひとりにそれを手渡し、自分たちが乗って来た車のほうを顎でしゃくると、その若造が荷物の箱を持って走り出した。

あんなものをひとつ持って行ってどうするんだ……、と訝しみつつ見ていると、別の男が車から別の箱を持って駆けてきた。同じぐらいの大きさの箱だった。剃り込みの四十男がそれを受け取り、ミニバンの荷室に乗せて後部ドアを閉めた。いったい、何をやっているんだろう……。

「いつの間にか隣に立っていた金木を見上げ、和也は媚びるように笑いかけた。

「ちょっと刑事さん……。こいつら……」

「俺はほんとの警官さ。ってことは、それなのにこいつらとツルんでることを知られちゃまずいだろ」

金木は相変わらず和也を見ようともせず、ぼそっとつぶやくように言った。感情に乏しい声だった。

「――――」

「それに、おまえが捕まって、こんな荷物など見たことがないと言われたら俺が疑われる。そんなのはまっぴらだ。そう言って俺がゴネたら、中国人たちがおまえのことは任せろと言った。俺としちゃあ、それに乗るしかないのさ。盗品がたくさんあったなら、そこに紛れ込ませておけばよかったんだが、変に善人ぶったことをして、荷物がこれだけしかなかったことを悔やめよ」

「あんた、刑事なんだろ……。こんなことをして恥ずかしくないのか……」

「聞いたようなことをぬかすな。俺は俺で、生き残るために必死にやってるんだ。よく聞け。おまえみたいな馬鹿は、この街に掃いて捨てるほどにいる。ひとりいなくなったところで何も変わらないし、すぐに誰ひとりおまえのことなど思い出さなくなる。それだけのことだ」

「――――」

何か言い返すより早く、和也は中国人たちによって両側から腕をがっしりと摑まれた。脇腹に硬いものが押し当てられ、

「声を出したら殺すぞ」

あの剃り込みの男が低い声で命じた。単純な日本語が真っ直ぐに飛び込んできて、和也は声が出せないまま、ロングワゴンのほうへと引きずられて行った。

背中を押され、開けっ放しだったサイドドアからロングワゴンの中へとつんのめるように乗った。奥には男がひとり先に坐っていて、和也のあとからもすぐもうひとりが乗り込み、両側から挟まれる形になった。

和也は、ロングワゴンのサイドドアが閉まるのを茫然と見ていた。ドアの向こうでは、金木とあの剃り込みの男とが顔を寄せて何か話していた。それは、しかし、和也には、もう自分がいるのとは違う別世界の出来事のように感じられた。

（これから俺は、どうなってしまうのだろう……）

そう考えると怖くてならなかった。

「おい、どこへ行くつもりだ。大人しく坐ってろ」

無意識に腰を浮かしていたらしい。隣の中国人に肩を押されて引き戻された。

「あの……、俺はどうなるんでしょうか……？」

震える声で尋ねたが、誰も何も答えなかった。こいつらは日本語がわからないのだ。取りちらかった頭で一瞬そう思いかけたが、だけどほんのちょっと前には日本語を喋ってたじゃないか。

（ほんの少しの辛抱だ。黙って辛抱してさえいれば、上手くやり過ごせる）

和也はいつものようにそう思い込もうとしたが、さすがに上手くいかなかった。

いや、今までだって、それで上手くいった例しなど本当はなかったのだ。店長がやけに猫なで声で金を借りられる先を紹介してやると持ちかけたときだって、はっきり断わればよかった。紹介されて行った先の金貸したちからとんでもない利子の条件を説明されたときも、それならば借りませんと断わればよかった……。いや、そんな最近のことじゃなく、根っこはたぶんもっとずっと昔にあるのだ。他人の言うことに惑わされず、その場の空気に流されず、自分で判断するべきときが何度もあったのに、それができずにずっと生きてきたような気がした。

――その挙句が、これだ。

助手席のドアを開けて乗って来た剃り込みの男に、和也はすがる目を向けた。

「お願いします。俺は何も話しませんから……、だから、帰してください……。お願いします……。許してください……」

「なあに、別にちょっと移動するだけだよ。静かにしてろ。何も心配することはないから」

剃り込みの男が言い、運転席の男がロングワゴンをスタートさせた。窓の外を、金木という刑事の姿が後方へと流れて行く。金木はもうこの車には何の興味もないようで、覆面パトカーの車体に気怠そうに寄りかかり、口に運んだたばこに火をつけようとしていた。

「ほんとですか……？　じゃあ、許してもらえるんですか……？」

「ああ、そうだよ。心配するな」

剃り込みの男はすぐに答え、ハンドルを握る男と中国語で何かやりとりを始めた。和也は段々と胸が苦しくなってきた。

「ほんとなんですね……？」

もう一度尋ねると、剃り込みの男はこちらに向き直った。中国語で何か喚き立て、和也に向かって指を突きつけてきた。

和也は隣の男からいきなり脇腹を殴られ、痛みに体を屈めた途端、今度は頬に肘鉄を食らった。

「静かにしてろ。おまえが何か言うと、俺たちが怒られるだろ」

「でも……」

と言いかけたら、さらにもう一度脇腹に食らい、和也は体をねじって痛みをやり過ごさなければならなかった。浅い呼吸を繰り返しながら、情けなくも湧いて来る涙を手の甲で拭った。

もう殴られるのは嫌だし、ののしられるのも嫌だったので、前屈みに上半身を折った格好でじっとしていたら、それ以上は何も言われなくなった。

ほんの何分もしないうちに減速して車が停まり、そっと顔を上げて前を見ると信号だった。助けを呼びたいと思っても、車も人もいなかった。

それからまた少しして車が停まり、また信号かと思ったら、今度はラブホテルの前だった。大して走っていないので、まだ新宿のどこかにちがいないが、あわてて見回してみても、具体的にどの辺りなのかはわからなかった。

車は鼻先を回し、目隠しの役割をしているビニールの細長いひらひらの帯を通過して、半地下の位置にある駐車場へとスロープを下って行った。

薄暗い駐車場には、左右に三、四台ずつの駐車エリアがあった。一番奥に一台ずつが駐まっていた。運転手は、その手前にバックで車を入れた。

「降りろ」

和也は隣の男に命じられて車を降りた。

足がコンクリートの地面についた瞬間、男たちの意表を突いて逃げ出そうとしたが、無駄だった。そばにいた男を押しのけて駆け出そうとした和也は、あっという間に捕まってしまい、嫌というほどに殴られた。

立っていられなくなって倒れてからは、靴の爪先が飛んで来た。しばらくすると抵抗する気力が完全に失せ、ただなすがままに蹴られながらボロ切れのように横たわっていることになった。

やがて力ずくで立たされた。肋骨が何本か折れたのかもしれない。尋常じゃない痛みが、波のように押し寄せていた。首の付け根がずきずきし、ひっきりなしに襲う眩暈で世界が揺れていた。

助手席から降りた剃り込みの男が、和也のすぐ鼻先に立っていた。男は小柄なため、青く剃り込みを入れた額がちょうど和也の鼻の高さにあり、上目遣いに鼻の穴の中を覗き込まれているみたいな感じがした。和也は体を硬くしているしかなかった。

「さて、そうしたらおまえがこれからどうなるか話して聞かせてやるが、質問はなしだ。口を利くんじゃねえぞ。いいな」

「はい……」

「おまえは臓器を抜き取られて終わりだ。あとかたもなく消える」

「そんな……」

「口を利くんじゃねえと言っただろ」

「でも」

「口を利くなと言ったんだ。命令が守れないのか」

「――――」

そうか、こいつは、こうしていたぶることを楽しんでいるのだ。この男たちは、今まで和也が出会ってきた人たちとは何か根本的に違う人間たちなのだ。相手を見下す態度を取りたがるやつや、少しでも他人より得をしようと狙っているようなやつもいた。嘘をつくやつ、外ヅラばかりいいやつ、人を出し抜こうとするやつ……。だけど、誰も他人の命を取ることをなんとも思わないような人間ではなかったのに、こいつらは違う……。

「おまえにいったいいくらの値打ちがあるんだ。一日で、いくら稼げるんだ。だけどな、安心しろ。おまえの腹の中のもんは、おまえよりもずっと高値で売れる」

男は、低い声でねちねちとそんなことを言いつづけた。

体の底から凶暴な怒りが込み上げ、目の前の男に摑みかかろうとした和也は、それよりも早くまた両側の男たちから押さえつけられてしまった。下顎と首の隙間に硬いものを押し込まれて、同じ感触を車の中で感じたときから予想していたその正体を目の当たりにした。黒い拳銃が、和也の顎の骨を下から押し上げていた。

奥歯を嚙み締め、目を閉じた。黒い恐怖が驚くべき速度で体を侵食し、体の芯が冷たくなってきた。

（おかあさん……）

和也は、胸の中で呼びかけた。

今まで自分がいかに幼く、世間知らずだったかを知った。いっぱしの顔でこの新宿という街を渡っているつもりでいたが、そんなふうにして見ていたものなど、いかに街の上っ面にすぎなかったかを知った。その奥には、こうした男たちが蠢いている。

そんなことなど知りたくはなかった。

絶望に目を閉じようとしたときだった……。瞼の隙間から黒い人影が見えた。駐まっていた車の陰に隠れていたのか、入り口からそっと足音を忍ばせて来たのかはわからない。とにかく、いつの間にやら駐車場の壁伝いに移動し、剃り込みの男の後ろに足早に近づいていた。

駅などで先を急ぐ人みたいにせっかちで、そして無造作な動きで迫って来た男は、その動きの延長のようにしてやはり無造作に右手を頭上に振り上げた。

その手に何かが握られていたが、それが何かわかるより前に素早く振り下ろされ、和也は鋏で厚地の布を勢いよく断ち切ったときのような痛快な音を聞いた。

剃り込みの男は頭の天辺に異物をめり込ませ、そこから何かの仕掛けものみたいに盛大に液体を噴き上げた。白目を剝き、唇がわずかに微笑んだように見えたが、それは和也に浴びせかけていた冷笑の名残りにすぎなかったのかもしれない。あるいは、ただの唇の痙攣だったか……。脳天をかち割られた男は、微笑む理由も暇もないまま、膝から頽れて和也の鼻先から姿を消した。

和也を押さえつけていた両側の男たちが、大あわてに狼狽えながら銃の向きを変えた。たった今剃り込みの男の頭をかち割った男を狙ったのだが、相手がズボンのベルトに挟んでいた銃を抜き出し、和也の左右の男たちを次々に撃つほうが早かった。

パンパンパンと派手な音がつづき、右の男も左の男も血を噴き出して死んだ。小柄な男が和也を見た。俺は関係ないんだ、と言いたかったが、両手を前に突き出して振るのに精いっぱいで、言葉は何ひとつ出て来なかった。

男はすごい顔で和也を睨んでいたが、やがて体を屈めて死体の頭部にめり込んでいる包丁を引き抜いた。鉈みたいに大きな包丁だった。

ロングワゴンの鼻先を回って、運転をしていた若い男がそっと姿を現した。ナイフを腰だめにして構えており、小柄な男の背中に向けて突っ込んで来た。

だが、男は相手の動きをとっくの昔に読んでおり、ひらりと体の向きを変えて肉厚の包丁を振り下ろした。

包丁の刃が相手の手首にめり込み、ナイフがコンクリートの床に落ちて跳ねた。運転をしていた男は、ほとんど骨を断ち切られてぶらぶらになった手首を押さえて悲鳴を上げた。小柄な男がその首を狙って包丁を横に薙ぎ、悲鳴が急に途切れて人の倒れる音がした。

　そこまでは、和也は見てはいなかった。そのときにはもう四つん這いでロングワゴンの後ろに移動し、車体に背中をつけてしゃがみ込んでいたからだ。

　建物内部への出入り口から、何人もの男たちが走り出て来る音がして、すぐに駐車場に罵声(ばせい)が充満した。銃声が、再び始まった。

　和也は両手で耳を塞ぎ、顔を股の間に突っ込んで小さく丸まった。できるだけ体を小さくして、ここから消えてしまいたかった。

8

　中華料理店は真っ暗だった。

　スマホで時間を確かめると午前二時半を回っていたが、普段は夜明けまでやっている店で、まだ閉店時間じゃない。コロナの影響なのか。それとも、夕暮れの暴力事件のために、今夜は店を早めに閉めたのだろうか。

（ま、どうでもいいことだがな……）

　隆司は胸の中でつぶやいた。まだ始発まではかなり時間がある。阿佐ヶ谷のアパートまで歩いて帰るのは馬鹿馬鹿しいので、どこか開いているネットカフェを見つけよう。

そもそも、この店を訪ねて来たのだって、あの殴られた彼女がそれほど気になったわけではなく、和也のことでこれ以上思い煩っていたくなかっただけなのだ。

隆司が店の前から離れようとしたときだった。建物横の細い通路から、人の出て来る気配があった。店の建物は木造の二階家で、二階部分は住居になっているように見える。たぶん住居部分の直接の出入り口となっている裏口が、建物の側面にあるのだろう。

暗がりから出て来たのは、この店で何度か見かけたことがある若い女だった。年格好からして、あの無口で不愛想な店主の娘だろうと思われた。確か、フォアリンと呼ばれていた。

彼女は通路の出口で足をとめ、店の前に立つ隆司を見つめて何度かまばたきした。右手にボストンバッグを提げていて、隆司がそれに目をやったことに気づくと、なぜだか気まずそうな笑みを浮かべた。

「ごめんなさい、今日はもうお店は終わり」

「ああ、いいんだ。ちょっと寄ってみただけだから」

「ええと、どこかへ旅行?」

隆司はつぶやくように言い、真っ暗な店に改めて目をやった。

なんとなく尋ねた。

「どうして?」

「いや、旅行鞄を持ってるから――」

「ああ、これね。そうよ、ちょっと旅行。今から子供を迎えに行って、そして、出かける」

（どうしてそわそわしているんだろう）

「ええと、ここの店員さんは大丈夫だった？」

もう話を切り上げて行こうと思ったのに、なぜだかそういうときに限って自分から話をつづけてしまうのだ。

彼女は顔を曇らせた。

「店員違う。私の従姉。彼女、死んだよ」

「えっ……。それじゃあ、あの男に押されて倒れたときの傷が元で……」

「病院に運ばれて、最初はダイジョブってことだったけれど、急に死んだ……」

「犯人は、捕まったの？」

「捕まってないよ」

腹立たしげに言ったが、

「もう、行かなくちゃ」

彼女は何かを振り払うようにそうつけ足し、背後を振り向いた。誰かを待っているのかもしれない。――そう思ったとき、建物の横の細い路地から、今度は若い男が出て来た。

彼女と同じようにボストンバッグをぶら下げていた。

「あ、こいつ……」

隆司は、思わずその男のことを指差した。

間違いない！　今日の日暮れどき、街角でこのフォアリンの従姉だという女と何か言い争いをし、そして、彼女を力任せに押したのは、こいつだ！

いきなり指を突きつけられた男は両目を剝いて驚き、今まで隆司と話していたフォアリンに中国語で何か話しかけた。彼女がそれに答えて何か説明を始める。

「こいつだよ。あんたの従姉を殺したのは！」

隆司は居ても立っても居られない気持ちで、中国語のやりとりを遮って言った。

「なあ、聞いてくれ。こいつなんだよ。あんたの従姉を殺したのはさ。ええと、フォアリンさんと言ったな。あんた、それを知っててこいつといるのか？　まさか、こいつとどこかへ逃げるつもりなのか？」

中国語のやりとりが途切れ、大きく見開かれた四つの目が隆司のほうを向いた。驚愕で見開かれた四つの目……。

その目を見たとき、隆司は悟った。そうか、このフォアリンという女は、とっくにそのことを知っていたのだ……。知っていて、この男とどこかへ逃げるつもりらしい。

男が何か喚き立て、隆司に摑みかかって来た。避けきれず、隆司は男にのしかかられて背後に倒れた。腰と背中を地面のコンクリートに打ちつけ、後頭部をぶつけ、乾いた鈍い音とともに目の奥に白い火花が散った。

喉仏に圧迫を受け、息ができなくなった。くそ、相手は隆司に体重をかけて押し倒すとともに、その襟首を十字に摑み、前腕部で喉を潰しにかかってきたのだ。

隆司はもがき、ぜいぜいと音を立てて息をした。

何か喚きながらとめに入るフォアリンのことを、男は力任せに押しやった。それで喉にかかる力がいくらか弱まった隙を捉え、隆司は相手の顔を狙ってパンチを繰り出した。上のほうに体をずりつつ、めちゃくちゃに腕を振り回していると、幸いそのひとつが相手の目に当たった。

圧迫から逃れ、片膝を立てて半身の姿勢になった隆司は、再びすごい勢いで突っ込んでくる相手に対して自分も頭から突っ込んだ。腹を狙って頭突きを食らわすつもりだったが、相手はひょいと横に跳ね退き、力任せに突っ込む隆司を上手くかわしてしまった。足を引っかけられ、隆司はバランスを崩して店の壁にぶつかった。右肩をしたたかに打ちつけ、ゴキッと嫌な音がした。

体の向きを変えてすぐ、腕を持ち上げようとして上がらないのを知った。ちきしょう、肩が焼けるみたいに痛い……。

拳が頬に飛んで来た。

二発。三発。

相手の舐めてかかる顔つきが見えた。倒しやすい相手と見て取ったのだ。上等だ。

相手が息をついた瞬間を狙い、その鼻づらに思いきり頭突きを食らわせた。

昔から、喧嘩となればこのやり方だけだった。ガキの頃には、石頭の隆司と呼ばれていたのだ。

鼻の骨の折れる感触があり、男が反射的に退(しりぞ)いた。

その瞬間、夜気を劈(つんざ)くようにして鋭い警笛が鳴った。

驚いて顔を転じると、制服警官がふたり、立ちこぎの自転車でこっちに迫って来るのが見えた。

そのちょっと前——。

「山さん、俺、やっぱり、なんとなくあの店主のことが気になるんです。短気を起こさなければいいんですが——」

ほとんど誰も通行人のいない通りを自転車で流しながら、章助が言った。妻の従姉を亡くして看護師に怒りをぶつけていたあの男の姿が、こうしてパトロールをして回る間も頭の片隅から離れなかった。

「それに、あの奥さんのほうは、どうも何か言いたそうにしていた気がするんです」

さらには、そうつけ足した。その点については、時間が経てば経つほどにそんな印象が強まっていたのだ。

「ずいぶん年の離れた奥さんだったな……」

山口はつぶやくように言い、ちょっと考え、

「よし、それじゃあ、巡回の途中で寄ってみよう」

と賛成したのだった。

そして、今——。

ふたりは店の前でもつれ合って殴り合いをしている男たちを見つけ、動きを制止する目的で警笛を吹き鳴らしながら自転車で駆けつけて来たのだ。

「こら、やめろ。ふたりとも離れるんだ！」

山口が自転車から飛び降り、ふたりの間に割って入った。片方は肩が外れているらしく、右腕がだらっと垂れ下がっていた。一方、もうひとりは、だらだらと鼻血を流し、鼻の根元が腫(は)れ上がっていた。鼻骨が折れているのだろう。

「あれ……、山さん。こいつですよ。宅配業者の振りをして宅配便の荷物を盗んでたのは、こいつです」

章助が、肩の外れている男を指差して言った。間違いない、日暮れどきに出くわしたふたり組の片割れは、こいつだ。

男はそう指摘され、ぎょっとした。

しかし、どうしたことか、章助たちに背中を向けて逃げ出したのは、もう片方の鼻血をだらだら流しているほうだった。

「おまわりさん。あいつなんだ。ここの中華屋で働いてた娘と何か言い争って殺したのは、あいつですよ！」

隆司が言った。

「なんだって!!」

「ほんとだな⁉」

「間違いないです。俺は、この目で見たんだ。あいつが力任せに女の子を押して、倒れた女の子は激しく頭をぶっつけたんです」

章助と山口のふたりは、それぞれ自転車に飛び乗った。

「おまえ、ここを動くなよ！　逃げても無駄だぞ」

隆司に一言そう釘を刺し、逃げてゆく男を自転車で追い、少し先で追いついた。

「とまれ！」

両側から回り込み、逃げ道を塞ぐ形で自転車をとめ、

「バッグを足元に置いて両手を上げろ！」

口々にそう命じたが、男は何か中国語で喚くと、ボストンバッグを振り回して投げつけ

て来た。そして、ポケットからジャックナイフを取り出して刃を立てた。

章助と山口は自転車を捨てて特殊警棒を抜いた。

男はナイフを構えた姿勢でじりじりと下がると、いきなり踵を返し、元いたほうへと逃げ出した。フォアリンを目指して走る。くそ、女を人質にするつもりか……。

だが、肩を押さえてうずくまっていた隆司が足を突き出し、男はそれに蹴躓いてつんのめった。

章助は倒れた男に走り寄り、ナイフを握った右手に警棒を振り下ろした。骨を叩いた手応えがあり、男は呻き声を漏らしてナイフを落とした。

「俯せになれ！」

ナイフを蹴って遠ざけつつ、章助は命じた。

「早く俯せになるんだ！　そして、手を背中に回せ！」

男の体を押して倒すと、両手を背中に捻り上げて手錠をはめた。

一方、山口が素早く隆司へと近づき、その両手にも手錠をはめる。

「肩は大丈夫か？　すぐに救急車を呼んでやるから、しばらく我慢しろ。ところで、もうひとりはどうした？　おまえら、ふたり組のはずだろ？」

隆司は肩で息をした。

「おまわりさん、僕ら、盗んだことを後悔して、荷物を返して回っていたところだったんです。ほんとです、嘘じゃありません」

「ああ、知ってるよ。盗まれたとばかり思って交番に電話をしたけれど、自分の勘違いだったと言って、わざわざ連絡して来たお婆さんがいたんだ。ひとり暮らしで、足があまり良くないので、色々と宅配で頼むのを楽しみにしてるそうだ」

山口は、隆司の顔を見つめて静かに話して聞かせてから、

「だが、返したからと言って、盗んだ罪が帳消しになるわけじゃないぞ。もうひとりの居所を言え」

口調を強めて命じた。

「わかりません……。ほんとです。はぐれてしまったんです」

隆司は弱々しい声で答えた。視線が落ち着かず、絶えずきょろきょろと動いている。その落ち着きのない態度が、章助に疑いをもたらした。

「ほんとのことを言え! ほんとに、はぐれただけなのか? 相棒は、まだ盗みをつづけてるんじゃないのか⁉」

「――――」

「今さら隠してもしょうがないだろ。正直に話すほうが、おまえの相棒のためでもあるんだぞ。やつはまだ、盗みをつづけてるんだな?」

「盗みをつづけてはいません……。でも、まだミニバンの中には、返しきれなかった荷物

が七、八個残ってました。それを売り払いに、中国人のところへ……」

「行ったんだな？」

「はい……」

「場所はどこだ？　どんな相手なんだ？」

「わかりません……。ほんとです。もしもわかるならば、あとを追ってました……。でも、相手がどんなやつらなのかも、そいつらとどこで会うのかも、俺は何も知らなくて……」

「売り払う先は、相棒が探して来たのか？」

「はい、そうです……」

「相棒の名を言え。それから、おまえの名前もな」

隆司が素直に答えるのを書きとめた山口が、すぐに無線で重森に報告を入れた。

それを終えると、今度は中国人のほうを引きずり起こして尋問を始めた。

「おまえがメイカさんを殺害したんだな？　名前を言え！」

男はぷいっと横を向き、中国語で何かまくし立てた。フォアリンが恐る恐る近づいてくるが、男は別段その方を見ているわけでもなかった。中国語で彼女に何か訴えたいわけでもなく、何か勝手に言い立てているらしい。

「そいつはチンシュンよ」フォアリンが、男を指差した。「チンシュンは、メイカとこっそりつきあってたのよ。ふたりでここから逃げようとしてたの。でも、メイカは私の亭主を怖がってためらってた」

「違う、あの女はあいつから離れられなかっただけだ」

フォアリンの言葉を遮って、男が日本語で喚き立てた。フォアリンよりもむしろ自然で流暢な発音をしていた。

「なんでだよ、ちきしょう！　あんな暴力親父だぞ。しかも、女房と愛人を同じ家に住まわせてるような男じゃねえか。それなのに、メイカのやつは、いざとなったらあの男から離れられなかったんだ——」

「おい、何の話だ……。あのシアオチェンってやつは、メイカに手を出してたのか……？妻と愛人ってことは、つまり……」

章助が呆れて訊き返した。病院で喚き立てていたシアオチェンの姿が脳裏によみがえっていた。あの激しい怒りは、面倒を見ていた店員の死に目に会えなかったからではなく、体の関係がある女を失ったためのものだったのか……。

「で、シアオチェンは、どこだ？」

山口の問いかけに、フォアリンとチンシュンのふたりは一瞬、黙り込んだ。

「肉切り包丁を持って、ギャング団に殴り込みに行った。私、ここにいたら仕返しされる。だから、子供を連れて逃げる。そういうこと。もう行かなくちゃ」

「おいおい、待てよ。何の話だ……。ギャング団って、いったい何のことなんだ……？ちゃんと順を追って話してくれ」

「亭主は報復でメイカを殺されたと思ってるのよ。あの人、本国への送金を取り仕切ってるボス。本国の組織、巨大で、送金だけじゃなく、日本にたくさん人も送ってる。それをこっちで仕切ってるのは、あのシアオチェン。私もメイカも、シアオチェンのおかげでこっちに来られたの。でも、だからなんでもシアオチェンの言う通りにしていないと、日本にいられない」

「ちょっと待ってくれ。それでふたりはあの男の言いなりになって、あの男と関係を持ったのか？」

　フォアリンは唇を噛んでうつむき、何も応(こた)えようとしなかった。

「亡くなったメイカがあなたの従姉だという話は、本当なのか？」

「それはほんとよ……。メイカと私は従姉妹(いとこ)同士」

「そしたら、あの男は従姉妹同士のふたりと関係を持ち、そして、三人でここに暮らしながら、一緒に店をやっていたということか……」

　山口が呆れて口にする言葉がフォアリンにはショックだったらしく、うつむく顔から血の気が引いた。

「あの人、怖い人なのよ……。口数が少なくて何も言わないけれど、すぐに手が出る。怒ると手がつけられなくて、何をするかわからない人……。チンシュンとメイカがつきあっていて、そして、チンシュンが間違ってメイカを殺したと知れば、あの人、怒り狂ってチンシュンを殺すわ。だから、私、それを隠して嘘をついたの……。でも、ギャング団がシアオチェンを脅してたのはほんと。シアオチェンが言うことを聞かないと、私やメイカに手を出すと言って脅してた……。だけど、コロナで送金ができない人たち、たくさんいる。大陸の人間はそれを待ってくれない。ギャング団が手先になって、早く送金するようにって、ずっとシアオチェンを急かしてた。だから、私、シアオチェンに、私もメイカにつづけて連中に襲われかけたって言ったわ。シアオチェンはその嘘を信じてかんかんになって、ギャング団に乗り込んで行った。これであの人も死ぬでしょ。いい気味。私、もう嫌なの。私、娘とふたりだけで生きていきたい……」

「シアオチェンは、何か武器を持って行ったのか?」

「持たないで行くわけないよ。拳銃と、それからいつも店で使ってる大きな包丁を持って行った」

「えらいことだぞ、これは……。きみが言うそのギャング団の連中は、どこにいるんだ?」

「そんなこと知らない。これでシアオチェンも死ぬ。いい気味。私、もう嫌なの。私、娘と生きていく」

「無責任なことを言わないでくれ。大勢の人間が殺し合うことになるかもしれないんだぞ。答えるんだ。ギャング団のアジトはどこだ？」

山口が問い詰めた。

フォアリンが何か言い返すよりも早く、山口と章助の無線が同時に鳴り始めた。

警視庁緊急指令センターからの非常呼集だ。

「緊急指令、緊急指令――。歌舞伎町2の××付近、ラブホテル街の中で発砲事件発生。付近の警察官は全員、大至急急行せよ。繰り返す。場所は歌舞伎町2の××。詳しい状況はわかっていないが、チャイニーズマフィアの抗争の可能性あり。付近の警察官は全員、現場に急行せよ」

9

丸山は壁の文字時計に目をやった。たぶん、この四十分で、もう四十回ぐらいは見ている。いや、それ以上か。だとすると、一分に一度以上の頻度(ひんど)ということだ。

だが、少なくとも今夜は連絡が来ないと、もう結論づけてもいい頃だろう。

「これですよ、丸さん」

夏井の声がしてキャスターつきの椅子ごと振り返ると、夏井は丸山と目が合うなり気まずそうに顔を引き攣（つ）らせた。

「あ、いけねえ。すみません……、丸さんと呼んでもいいですか……」

丸山は苦笑した。警察は、お互いを愛称で呼びたがる世界だ。それは、しかし、本部等との合同捜査で、お互いに初対面の捜査員同士が行動を共にしなければならないケースが多いことから、早く打ち解けやすいようにできた習慣だというのが丸山の考えだった。

実のところ、内勤になってからは、その愛称で呼ばれたことはなかったが、交番勤務の夏井にとっては、親しみを込めて愛称で呼ぶのは馴染みの習慣なのだろう。

「ああ、いいよ。で、何なんだ？」

「はい、わかったんです。富士旗商会が例のパソコンの盗難届を取り下げ、依頼人である設楽多恵という女性にも言って取り下げさせた理由です」

「ほんとか……、言ってみろ」

「これです。富士旗商会の関係者を調べたところ、ひとり、前科（マエ）のある男が見つかりました。技術部の副主任だった男が、不法アクセス禁止法違反と脅迫罪で過去に二度食らってます。ハッキングで盗んだ情報を元に、企業などを脅してたんです。ほら、この男ですよ」

夏井はそう説明しながら、端末の前科データを丸山に見せた。一見勤め人風だが、一癖（ひとくせ）も二癖（ふたくせ）もありそうな男の顔写真がモニターに表示されていた。

「脅迫の前科か――」

「怪しいっすよね。富士旗商会自体はもう設立されてから二十年以上経っていて、現在でもきちんと営業が継続されているのがホームページで確認できました。この会社には問題はないように思えます。しかし、前歴を隠したこの男がなんらかのツテでそこに潜り込み、修理を依頼されたパソコンからデータを抜き取り、弱みを摑んで依頼主などを脅迫していたんじゃないでしょうか」

「なるほど、あり得るな」

丸山が相槌を打つのに重ねるようにして、夏井は興奮して喋りつづけた。

「それに、丸さん、これで終わりじゃなくてつづきがあるんすよ。この男は、パソコンの窃盗事件の翌月に、轢き逃げに遭って死んでるんです」

「なんだって……」

「俺、思ったんすけど、こいつは設楽多恵という女性が預けたパソコンの中に、きっと何か大きな強請りのネタを見つけたんですよ。窃盗犯が倉庫に入り、大量のパソコンとともにそのパソコンも盗んでしまいましたが、おそらく中のデータは既にコピーして別に保管していたんです」

「それを元に何者かを強請った。だが、身元が相手にバレ、翌月、轢き逃げを装って殺害された。そういうことだな」

「ええ、そうです。どうでしょう、結構いい線いってると思うんですが――」

丸山は頭を整理しつつ、ひとつ質問を投げかけることにした。捜査員だった頃、お互いに質問をぶつけ合い、同僚同士で推理を進めたものだった。

「それにしても、いったんは出した盗難届を取り下げたのは、なぜだ？　しかも、修理の依頼主である設楽多恵という女性には、パソコンが見つかったと偽って別のパソコンを返却している」

「窃盗犯が逮捕されたとき、警察にパソコンの在りかを探されたくなかったのではないでしょうか。そこから何か足がついたら堪りません。しかし、プロの窃盗犯は、大概は盗品をすぐに裏ルートで捌いてしまいます。盗難届を取り下げてしまえば、パソコンの在りかが警察にバレることはないと判断したんです」

「なるほど。しかし、ひとり逃げ延びていた伊那基一が、そのパソコンを故買屋に売らずに手元に置いていた。しかも、二年経ってから伊那が逮捕され、パソコンが警察に押収されてしまった。強請られていた側がその事実を知り、金木を使ってパソコンを処分しにかかっている。うむ、そう考えるとつながるな」

「あれ……、でも、そんな大事な秘密が保存されていたパソコンならば、返却されたときにデータが消えていれば、騒ぎになるはずですよね。だけど、設楽多恵という女性は、同じ型の違うパソコンが返ってきたことに気づかず、あっさりと盗難届を取り下げているのは変ですね……」

「いや、そうとも言えんぞ。彼女は、パソコンに保存されていたデータの重要性に気づいていなかったのではないだろうか。実はな、時間潰しに、おまえが見つけた設楽多恵のSNSへの書き込みを俺も読んでみたんだ。パソコンは、数年前に亡くなった亭主が使っていたものだったらしい。どこかに眠っていたのを引っ張り出して来て、自分で使い始めたが、動かなくなってしまったので修理に出したそうだ」

「それじゃあ、その亡くなった彼女の亭主が生前に保存していた何かが、脅迫された何者かにとっては、社会的に公にされては困ることだった？」

「そう考えると辻褄が合うだろ。日記とか、ちょとした心覚えとか、あるいは日常的な写真の類かもしれん。夫の思い出につながるものではあるが、修理の段階でデータが消えてしまったと言われて諦めたにちがいない。実際、そう思わせる記述があったよ」

「そしたら、これで全部説明がつきますね」

「ああ、そうだな。なんとかここの刑事係を説得し、警視庁のサイバー犯罪対策課か科捜研でパソコンのデータを復旧してもらおう。それには、設楽多恵という女性の証言が必要だな。明日の朝まで待って連絡がないようならば、本人を訪ねてみよう」

「直接、訪ねるんですか――」

「そのほうが早いだろ。見てみろ、盗難届を提出したときの住所は新宿だぞ」

丸山は、端末を操作して夏井に見せた。

「そうか、そうですね。俺も連れてってください」

「もちろんだ、一緒に行こう。それに、朝まで保管庫のパソコンをきちんと守らなければ」

丸山は、密かに心が浮き立つのを感じた。それは内勤だったこの三年間、ついぞ感じたことのなかった心の動きだった。

だが、まずは気を引き締めてかかる必要がある。金木を後ろで操っているのは、自分たちに都合の悪いデータを破壊するためには、証拠保管庫をふっ飛ばしてしまうことを考えるような人間たちなのだ。

これで諦めるとは思えなかった。

10

(それにしても、なんで俺なんだ……)

なんでこんなことになっちまったんだろ……。健斗はマンションのエレヴェーターホールでエレヴェーターを待ちながら、胸の中でぶつくさとつぶやいていた。

深夜のエレヴェーターホールはしんと静まり返っていて、エレヴェーターが降りて来る微かな機械音が聞こえた。隣には、綾乃という銀座のママが立っていた。

　おばあちゃんが頼んだところ、驚いたことに、この女はすんなりとそれを受け入れたのだった。

「なんで、と思ってるんでしょ？」

　訊かれて健斗は答えに困った。綾乃はそんな健斗をちらっと見ると、おかしそうに笑った。

「それはね、あの奥様が知らないことをひとつ、私が知っているからよ」

「――――？」

「あなたも奥様から話を聞いたんじゃない？　あの人の御主人や息子さんと、この上で麻雀大会にうつつを抜かしてる政治家父子の間の話をさ」

「ええ、さっき」

「そしたら、息子じゃなく従弟が継いだ会社が、その後、どうなったかも聞いた？」

「故郷の町の開発事業に絡んで、国有地の不正な払い下げがあった件かな。おばあちゃんからも聞いたし、あの頃、マスコミも随分騒いでたよね」

「だけど、マスコミも警察も知らなかったことがあるのよ。どうして従弟が継いだ会社は、潰れたのかしら？」

「それは、政治家に送った賄賂が発覚したり、資金繰りが上手くいかなくなったりしたせいだと――」

「そうね。でもそれはマスコミも警察も知ってたでしょ」

「あ、そうか……」

「じゃ、どうして賄賂が発覚したの？」

「なあ……、悪いんだけれど、俺はあんまり頭がよくないんだ。そんなふうに小出しに言われてもわからないよ」

健斗が不満をぶつけると、

「あら、ごめんなさい。私、会話を楽しんでるつもりだったのよ」

綾乃は詫びつつ、海千山千の笑顔を向けて来た。

「それに、ちょっと考えればわかるはずよ。社内の事情に通じてた人が、警察とか検察にそっとそれをリークしたからでしょ」

「垂れ込んだって言うの？　誰が？」

「考えればわかるでしょ」

「あ……」健斗は、思わず言葉を漏らした。「おばあちゃんの死んだ息子か……」

「普通はそうわかるわね。選挙に落ちてからずっと、行き場がなくてくすぶってたのよ。年下の代議士の秘書としてこき使われ、会社は従弟に取られちゃった。しかも、父親と同じ脳卒中で倒れてからは、体が思うように利かなくなった。大概の人ならば僻みっぽくなるわ。息子さんはね、秦野たちの秘書だった頃、連中のお供でよくうちの店にも来てたのよ。私はなんだかウマが合ってね。時折、相談に乗ったりもしてたわ」

「ええと、ママさんがつまり、自分の父親の愛人だってことは……」

「知ってたわ。大概の人は知ってたもの」

「――――」

「あなたって、どうやら見かけよりもずっと幼いお坊ちゃんみたいね。大人の世界には、色々とあるのよ」

こう言われても、なぜだかそれほど腹は立たなかった。銀座でママをつづける間に身につけたものなのか、ずけずけものを言っても憎めない感じの人だった。

「で、奥様よ。あなただって、こうしてちょっと話を聞いただけでも、誰が情報をリークしたのだか思い当たるでしょ。だけれど、あの人はそう思わない。あの人は、そんなふうには考えない人なの。純粋とか馬鹿とかそういうことじゃないわ。そういうことには、まったく頓着(とんちゃく)しない人だってこと。特に私たちのような世界で暮らしてると、男だろうと女だろうと、そういう人は貴重で尊(とうと)いものに思えるの。わかる？」

「ええ、なんとなく……。だからおばあちゃんの頼みを聞いたの？」

「それに、私にだって意地があるってことよ。同じ男に惚れた女の意地がね。さあ、来たわ。乗りましょう」

エレヴェーターのドアが開き、健斗たちは乗り込んだ。

綾乃が目当ての階のボタンを押し、ドアを閉じたエレヴェーターが上昇を始める。エレヴェーターのドアと反対側は素通しのガラス壁になっており、しばらくそのガラスの向こうに建物の壁面が見えたのちに屋外の景色が開けた。昇るにつれ、赤坂から青山にかけての土地の起伏と、そこにひしめき合って建つたくさんのビルが見渡せた。

「もしもバレたら、あなたに脅されたって言うからね」

側面の壁に並んで立ち、表の景色とドアの上にあるエレヴェーターの表示ランプの動きとに交互に注意を払いつつ、綾乃がちょっといたずらっぽい口調で言った。

さっき、おばあちゃんたち三人が一緒のときにも、同じことを言ったのだった。

「わかったわ。協力します。でも、私ひとりじゃ嫌よ。いざとなったら、脅されて手を貸しただけって言いたいから」

と。

真希子がすぐに挙手をし、同じ店のホステスの振りをして一緒に行くと名乗り出たが、銀座の他の店で働いている彼女には、秦野親子に身元を知られている可能性があった。澄夫は父親と一緒に何度かあの麻雀部屋に行ったことがあるので論外だったし、おばあちゃんはなおさら論外だ。

（それにしても、なんで俺なんだ……）

目当ての階に到着し、健斗は改めてそう思いながらエレヴェーターを降りた。

試験管の中身をたっぷりと振りかけた寿司の桶を左手に持ち直し、右手でそっと上着のポケットを探った。

そこには、例の冷たくて硬い感触がよみがえっていた。マンションに入る前に、こっそりと澄夫が返して寄越したものを隠し持っていたのだ。

「これはおまえに返しておくよ。もしものときには、身を守るために使え」

しかし、今の健斗にはわからなかった。こんなものを隠し持って来なかったほうがよかったのではないのか……。

父の隠し金庫から拳銃を見つけ、そっとそれを持ち出して人けのない街を歩いていたときには、確かにこの感触が頼もしく思えたものだった。だが、なんだか今ではやけによそよそしく感じられる。澄夫から渡されたときには、つい反射的に受け取ってしまったし、そうするのが正しいようにも思えたが、こんなもの、本当は疫病神(やくびょうがみ)にしかすぎないのかもしれない……。

「ここよ。さあ、いいわね」

目当ての部屋のドアで立ちどまった綾乃から声をかけられ、健斗はあわててポケットから手を出してうなずいた。

ノックして待つと、じきに中からドアが押し開けられた。

折り目正しい態度と、相手の立場によって従順にもなりそうな雰囲気から、議員秘書だろうと感じさせる男が、健斗たちを中に招き入れた。

立派な玄関は充分に広かったが、今夜はそこを大量の靴が埋めていた。

上がり框近くには、並んだ靴で空きがない。秘書らしき男は、黙ってそれを見下ろした。なるほど、銀座のママ風情に、わざわざ気を遣って空きを作るのは自分の役目ではないと思っているわけだ。

健斗は綾乃の隣に太った体を差し込むと、体重の負担を片足の膝で受けつつ片手を伸ばし、彼女のために靴をよけた。綾乃がそこに草履を脱いで上がるのにつづき、自分は玄関ドア付近に靴を脱ぎ、秘書風の男がもうこちらを見ていないのをいいことに手前の靴を踏んで廊下に上がった。

一般的と思えるマンションの間取りとは違い、玄関の真向かいは大きな裸婦の絵がかかった壁で、左右に廊下が伸びていた。男の案内で右に向かうと、短い廊下の先に物凄く広いリビングがあった。

そこに足を踏み入れた健斗は息を呑み、言葉を忘れて部屋のあちこちに視線を巡らせた。

雀卓が三つ、互いに同じ距離を取って置かれていた。それぞれの雀卓を囲む十二人の中には、女性もふたり交じっていた。その中の何人かは、テレビや雑誌やインターネットなど、様々なメディアで顔を見たことがある人たちだった。

勝負にかなり入れ込んでいるらしい者から、なんとなくこの場の雰囲気を楽しんでいる様子の者までそれぞれだったが、誰もがテレビなどで見かけるのとはなんだか少し違う顔つきをしていた。公の場所では見せない素顔ってやつだ。

雀卓のひとつに向かう綾乃の後ろに、健斗はつき従った。

「おう、待ってたぞ。この会に参加する楽しみのひとつは、この寿司をつまめることだと言ってるメンバーもいるぐらいだ。ツキを呼ぶとも言われてる」

白い丸首シャツの上にハデなアロハシャツを着た老人が、軽口を言って彼女を迎えた。普通のボリュームで喋っても、よく通る声の持ち主だった。

これが秦野頼太郎だ。

息子の越郎のほうは、別の卓を囲んでいた。

「ほら、そうしたらぼやっとしてないで、寿司をテーブルに出しとくれ」

綾乃から命じられて、健斗は部屋のテーブルへと向かった。ダイニングテーブル上には、どこぞのホテルの立食パーティーみたいな感じで、オードブルやサンドイッチ、フルーツポンチなど、様々なものが並んでいた。

健斗はすでに載っているものの位置を少しずつずらして隙間を大きくすると、二段重ねになった寿司の出前桶をテーブルに置いた。

風呂敷を解きつつ、改めて部屋の様子を窺った。

広いリビングの二面は巨大なガラス窓で、その向こうには夜の景色が広がっていた。雀卓三つぐらいでは部屋にはまだたっぷりとスペースが余っており、その二面のガラス窓の片方には、三人掛けのソファが向かい合わせに一対置かれ、そこでは人々がグラス片手に会話を楽しんでいた。もう片方のガラス窓の外には、かなりの広さのバルコニーがあったが、さすがに他の部屋の耳を気にしたのか、そこに出ている人間はいない。

しかし、窓の横の壁際に設えられたバーカウンターで、一組の打ち解けた雰囲気の男女が肩を寄せ合って坐り、親密そうに何か話し込んでいた。

男のほうは、最近テレビによく出ている与党の若手政治家だった。

一方、女は、特に与党に対して舌鋒鋭い批判をつづける女性人気キャスターだと知って、健斗はまたビックリした。確かこの若手政治家も、最近彼女のやり玉に挙げられていたような気がしたが、今夜はまるで仲のいい恋人同士みたいに見えた。

部屋にいる誰ひとりとして、マスクをしてはいなかった。

愛煙家も多いようで、たばこの煙もだいぶ溜まっている。

日本中……、いや、世界中がコロナでこんなに大騒ぎをしているというのに、この人たちの頭には「自粛」の文字はないのだろうか……。

「さあ、準備はできたかしら。そしたら、皆さんの好みのネタを取り分けてちょうだい。先生が最初よ。何になさいますか？」

すっかりもてなしムードのシナを作った綾乃にかしずかれて鼻の下をのばした秦野頼太郎が、適当に見繕(みつくろ)って持って来いと答えるのを受け、健斗は培養液をたっぷりと振りかけた辺りを見繕って小皿に盛った。

醤油用の小皿と割り箸も添えて持っていき、老人の隣のサイドテーブルに置く。

秦野が早く口に運ぶのを見届けたかったが、

「じゃ、俺も頼む」

「こっちもだ」

と、さらに数人から呼ばれ、雀卓とダイニングテーブルの間を忙(せわ)しなく往復することになった。

少しして秦野のほうを窺うと、しっかりと寿司が減っているのがわかり、胸の中で歓声を上げた。

ところが、頬が緩(ゆる)みかけたのも束の間、ふと目をやった先に見覚えのある顔を見つけて息を呑んだ。

窓の横の太い柱に背中をつけて、退屈そうに立っている男がいた。片足に体重を乗せ、もう片方の足は踵(かかと)を軽く持ち上げてぶらぶらさせながら、ウイスキーグラスをちびちびと啜っている。

男が健斗の視線に気づいてこちらを見たので、健斗はあわてて背中を向けた。

間違いない。郷党会の津川というヤクザだった。まだ母も兄も生きていて、健斗も引き籠もっていなかった頃に、何度か見かけたことがある。

「ウニだ！ 俺はウニが好きなんだ！ ウニをたくさん入れてくれ」

そんな声が聞こえたが、固まってしまっていた健斗にはそれが自分の行動と結びつかなかった。

「どうしたのよ、ぼっとして？」

近づいて来た綾乃に訊かれてやっと我に返った。

「いけね、すみません……。でも、見知った顔のやつがいて……」

小声で、彼女の耳にささやきかけた。

「あら、大変……。あなたに気づいたみたいなの？」

「わかりません。恐くて振り向けないから……。こっちを見てないかな？ 窓の横の柱に寄りかかってるやつだけど」

「大丈夫よ。しゃんとしてなさい。変にそわそわしてると、かえって怪しまれるわよ」

（確かにそうだ……）

健斗は寿司を適当に小皿に盛り、さっき声を上げた男のほうへと持って行き、その男が誰だか知って驚いた。額にネクタイを鉢巻みたいに巻き、目を血走らせて牌（はい）をツモッているのは、今度のコロナ騒動が始まってからそれこそ毎日のようにテレビで顔を観るようになった著名な医者だった。

　感染症の大家だとかいう肩書で、三密を避けるべきだ、人の流れを完全にとめるべきだ、それが無理でも七〇パーセントから八〇パーセントの人流を減らすべきだと主張し、もし自分の言っているような対策が取れなかったときには、間違いなく日本の医療は崩壊し、大勢の死者が出ると断言している本人なのだ。

「おい、なんだこれは⁉　話を聞いてたのか。私はウニが欲しいと言ったんだぞ」

　医者に頭から怒鳴りつけられ、健斗は唇を噛んだ。

　やっぱりすっかり狼狽えていたらしい。誰が声を上げたのかは認識したのに、「ウニ」と喚いていたことのほうはすっかり頭から抜け落ちてしまっていた。

「すみません。すぐに持って来ます」

　健斗があわてて戻ろうとすると、

「じゃ、それは俺が食おう。こっちに置いてくれ」

　同じ雀卓の別の男が言って手を出してきたが、その男を見て健斗はまたもや驚いた。今は麻雀の勝負で目をぎらつかせている感染症の大家と組み、いつも一緒に記者会見に臨んでいる担当大臣だった。

この大臣のほうは、なんとなくつきあいで半チャン打っているといった雰囲気を漂わせていた。まさかとは思うが、医者の御機嫌取りでここにいるのだろうか……。

健斗は大臣にその皿を渡し、ダイニングテーブルへと戻って新たな小皿にウニを取った。後ろで素っ頓狂な声がしたので振り返ると、感染症の大家が担当大臣に振り込んだらしく、頭を抱えて悲鳴を上げていた。

ウニばかり盛った小皿と割り箸と醤油皿をその医者のサイドテーブルに置き、早くこの寿司を食って今度は食中毒で呻くがいいと呪いの言葉を胸の中でつぶやきながら、健斗はじっと医者を睨みつけた。

(食べろ。早く食べやがれ!)

そして、そう念を送り始めたとき――

「おい、おまえ、どこかで見た顔だな」

間近で声がし、振り返った健斗は、思わず「ひ……」と声を出しそうになった。

郷党会の津川が、すぐ後ろに立ち、冷ややかな顔でこっちを見ていた。

なんと応じればいいかわからず、咄嗟に言葉が出て来ない。健斗は、顔が強張るのを感じた。

「そりゃあ、もちろんうちで見たんでしょ。社長さんだって、何度かうちに足を運んでくださってるじゃないですか」

綾乃がすっと寄って来て、そう助け舟を出してくれたが、

「そうかな。しかし、こんな体形のウエイターがいたか？」

津川は疑り深そうに健斗を見るのをやめなかった。

「まだ新人だから、裏を任せてることが多いんですよ」

「だけど、これだけのデブなら印象に残ってるはずだがな」

「だから、どこかで見た顔だと思ったんでしょ」

「いや、どこか違うところで見た気がするぞ。おまえ、名前は何て言うんだ？」

健斗は口を開こうとして、頭の中が真っ白になってしまっていることに気がついた。口の中が、からからに乾いてしまっている。

「おい、名前を聞いてるんだぞ。何か答えられないわけでもあるのか」

健斗は恐怖で体を硬くし、反射的に上着のポケットへと手をやった。ポケットの上から拳銃に触れたが、手を差し入れて取り出さなかったのは、決して自制が働いたからではなかった。

健斗の手がそこに動いた瞬間、津川から異様な雰囲気が押し寄せたからだ。

（そうか、これが殺気というものか……）

生まれて初めて、健斗はそれを実感した。こういう世界の男の前でこういう動作をすると、相手が何を想像して身構えるかを悟ったのだ。

「ポケットの中に何を入れてるんだ？　出して見せろ」

恐怖に包まれ、健斗は判断ができなくなった。こんなところで拳銃を出せば身の破滅だと思うのに、反射的にそうしたくなる衝動に襲われ、それを必死に抑え込む。

「痛(いた)たた……」

そのときだった。あの感染症の大家が急に声を上げ、腹を押さえて体を折った。ツモッた牌が雀卓に落ち、さらには医者の頭が前のめりに落ちて、手牌も山もめちゃくちゃにした。

「先生、どうしたんですか？」

と問いかける大臣のほうも、額に脂汗(あぶらあせ)を浮かべ、苦しげに前屈みになっている。

アロハシャツの秦野頼太郎が、腹を押さえて椅子から立った。

「不調法(ぶちょうほう)で申し訳ない。ちょっと用を足して来る」

同じ雀卓の人間に口早に告げてそこを離れようとしたが、

「先生、今、ふたつとも使用中です」

秘書らしき男にとめられ、青い顔で坐り直した。

カウンターで話し込んでいた与党の政治家が止まり木から立とうとして倒れ、それを助け起こそうとした人気女性キャスターも口を押さえて体を起こすと、あわてて窓から表のルーフバルコニーへと走り出してゲーゲーと吐き始めた。

一方、感染症の大家を気遣っていた大臣のほうは、サイドテーブルに載っていたアイスペールをあわてて顔の前に運び、その中に嘔吐した。

嘔吐物の嫌な臭いが部屋に広がると、三つの雀卓を囲んでいた者たちがそれに刺激され、床に屈んでゲーゲーやり始め、あっという間に部屋中がひどい修羅場と化した。組の事務所で目にしたのと同じ光景だ。

バルコニーからよろよろと引き返して来た女性キャスターが、カウンターの足元で倒れている与党の政治家を抱え起こして声を上げた。

「あら、大変。この人、意識がないわ――。救急車をお願い……。誰か、救急車を呼んでちょうだい」

「よせ！　馬鹿なことはやめろ!!　マスコミに知られたらどうするんだ」

いつの間にか父親を介抱していた秦野越郎が、あわててそれを打ち消した。

「だけど、急病人なのよ」

女性キャスターは反論したが、

「馬鹿を言うな。マスコミに知られたら、ここにいる全員が終わりだぞ。あんたもだ」

との一言で黙り込んだ。

今や騒ぎはリビングだけにとどまらず、

「おい、いつまで入ってるんだ……!?　早く出てくれ！」

廊下の先で誰かがトイレのドアを叩きながら喚き、

「風呂場で人が倒れてるぞ。わ……、なんだ……。漏らしてしまってる……。誰か来てくれ！」

やはり廊下の先からそんな声がした。

（ざまあみろ……）

健斗は胸の中で快哉を叫んだ。

（だが、それにしても、ずいぶん早く効いたもんだな……）

（そもそも、寿司をつまんでいない人たちまで、どうして苦しんでいるのだろう……）

首をひねる健斗の前に、

「おまえ、いったい何をしたんだ――？」

津川がすごい顔で詰め寄ってきた。

「僕じゃない……。だって、あの人たちはまだ寿司をつまんでないじゃないか……」

健斗は両手を前に突き出して、ちょっと前までソファーやカウンターで歓談していて今ではのたうち回っている人たちを指した。

津川がそれを聞き咎めた。

「おい、それはどういう意味だ⁉　寿司に何か入ってるってことか？」

目に殺気が漲り、抜き身の刃物みたいな顔つきになった。

「そうじゃないです。そんな意味で言ったんじゃなくて――」

「じゃあ、どんな意味なんだ⁉」

いよいよ詰め寄られてパニックになりかけたとき――

「おい、津川……、津川……」

ソファでちょっと前まで他の客たちと歓談していた老人が、苦しそうに息をつきながら津川を呼び、

「会長……」

津川はこの男らしからぬほどに狼狽えて飛んで行った。

「大丈夫ですか、会長――。しっかりしてください……」

低い姿勢で老人の手を取り、顔を仰ぎ見る。

「あんた、ここから逃げなさい。あれは郷党会の会長よ。ヤクザまで同席してるんだもの。ここにいる人間は全員、大変なスキャンダルになるわ」

綾乃が健斗に耳打ちして言った。

「そしたら、ママさんも一緒に逃げましょう……」

「私はいいのよ。さっき下で、誰か一緒に来なさいって言ったのは、あんたたちの本気度を試したかったから。でも、ここにいてあんたが捕まれば、奥様たちにも火の粉が降りかかるでしょ。そうはしたくないの。惚れた男のためだもの。さあ、いいから逃げてちょう

だい」

「だけど……」

「とやかく言わないの。さあ、早く！」

「綾乃ママ……」

健斗は綾乃に礼を述べ、背中を向けてリビングを出た。廊下のトイレの前に数人が寄り集まり、「早く出てくれ」と口々に喚きながらドアを叩いていた。その人たちの後ろをかすめて玄関に向かい、綺麗に並べられた靴を今度は遠慮なく踏んづけて自分の靴に爪先を入れ、玄関ドアを開けて廊下に飛び出した。

靴をきちんと履く暇はなかった。踵を踏んだまま摺（す）り足でエレヴェーターホールにたどり着き、壁に飛びつくようにして下りボタンを押した。体をそらして見上げると、三基あるエレヴェーターはすべて一階に降りてしまっていた。そのひとつが、健斗が押したボタンに反応して上昇を始めた。なんだか表示ランプの動きまでもが、高級ぶってゆっくりとしているように感じられる。ちきしょう、早く上がって来い。

わずかな間走っただけなのに、普段の運動不足がたたってすっかり息が切れてしまっていた。健斗は懸命に呼吸を整えながら、屈み込んで踵を靴に押し込んだ。

誰か追って来ないかと心配し、何度も廊下の先とエレヴェーターの表示ランプとの間に視線を巡らせてきょろきょろした。

（ああ、早く来い）

ドアのすぐ横の壁に手をつき、指先でコツコツとそこを叩きながら表示ランプを見上げていた健斗は、やっと開いたドアに太った体を滑り込ませた。

すぐに操作盤で一階を押し、そのあと「閉」のボタンをつづけざまに押す。

ドアが閉まり始め、「ふう……」と音を立てて安堵(あんど)のため息を吐(つ)いた正にそのとき——真ん中でひとつに合わさりかけたドアのわずかな隙間に、右手の先がこじ入れられた。

恐怖で後ずさる健斗の前に津川が現れ、その背後でドアが閉まった。

「逃がさねえぞ、馬鹿野郎！　おまえ、いったい誰なんだ⁉」

じりっと近寄って来る津川の鼻づらに、健斗はポケットから抜き出した右手を突き出した。

そこに握られているものを見て、津川は反射的に動きをとめたが、それとは逆に威圧感は増し、健斗には相手が一回り大きくなったようにすら感じられた。

「そんなオモチャを、どこで手に入れた？」

声は静かで、小馬鹿にしたような響きがあった。

「オモチャじゃないぞ」

健斗は自分の声がかすれ、情けないほどに震えているのを認めるしかなかった。

「オモチャじゃなくても、安全(セイフティ)レバーがそのままじゃ弾は出ないぜ」

驚き、相手から視線を外した瞬間、津川の右手が飛んで来て拳銃を撥ね飛ばした。横の壁に当たり、どこかへ転がる。

それを追おうとした健斗は、左頰に強烈な拳を食らって頭がくらっとした。目の奥に白い火花が散り、口の中が切れて血の味が広がり、痛みに涙が浮かんで来る。

次には胴体を狙った拳が、腹の真ん中や両脇に飛んで来て、サンドバッグ状態になった。

しかし、なす術もなく殴られているうちに、むらむらと怒りが湧いて来た。

津川が健斗の体を押しのけ、床にある拳銃を拾い上げようとするが、体重差でなら健斗に分があった。両足で踏ん張って前に出て、津川の腕を摑んで引き寄せた。

体重をかけて津川のほうへとのしかかり、相手の体をエレヴェーターの壁に押しつけた。

津川が闇雲に脇腹を狙って殴ってくるが、健斗は痛みに慣れてきた。いや、健斗の体重をかけられて、きっと思いきり殴りつけることができないのだ。

「――――」

健斗は自分でも意味がわからない声を喉から絞り出しつつ、思い切って津川を壁に押しつけた。腹の奥から何かが世界に放たれて行くみたいな気がした。

「てめえ……」

エレヴェーターの壁と健斗の体の間に挟み込まれた津川が、苦痛に顔を歪める。健斗はエレヴェーターの揺れを感じつつ、いっそう力を込めて押しつづけたのち、いったん体を後ろへ引き、思いきり肩で突進をかました。

しかし、それは失敗だった。津川は巧みに体をずらし、健斗の突進をやり過ごした。肩の骨が硬い壁にぶつかり、健斗は低く呻き声を漏らした。

津川の姿が、ふっと視界から消えた。

体の向きを変えてもう一度身構えようとした首筋に、拳銃の冷たい銃口が押しつけられ、健斗は体を硬くした。

「くそ、馬鹿力め。大人しくしろ。すっかり手間をかけさせやがって」

銃口に力が籠められるのを感じ、息が喉元につかえた。心臓が、どきどきと激しく打ち始めた。

健斗は深く目を閉じ、息を吸った。

「撃つなら撃てよ。すぐに捕まって、あんたも終わりさ。こんな小僧と自分の人生を引き換えにするのか」

「聞いたような口を叩くなよ」

銃口にさらに力が込められ、圧迫された首筋でどくどくと血管が騒ぎ始めた。

「おまえのようなガキがいなくなったところで、誰も困らねえんだ」

「だから、それならば撃てと言ってるだろ」

健斗は恐怖で息ができなくなりそうになる自分を励まし、必死で強がりを言った。

「この野郎……」

津川が喚いた。

エレヴェーターがとまり、軽快な機械音とともにドアが開くのを、どこか意識の遠くで聞いた。

「そこまでだ」

津川とは違う声がして、反射的に目を開けた。

「拳銃を捨てろ。捨てるんだ！」

開いたドアのところに制服警官が並んで立ち、津川に拳銃を突きつけていた。健斗はそのふたりに見覚えがあった。今日の日暮れどき、早乙女組の事務所を訪ねて来たふたりだった。

11

マンション前には警察車両に加え、何台もの救急車も駐まっていた。さらにその周辺がテレビ中継車と新聞社の旗を立てた車で埋まり、大勢のカメラマンたちがそれぞれ絶好の撮影ポイントを狙ってひしめき合っていた。

あの麻雀部屋にいた人間たちが、ひとりまたひとりと姿を現わすと、猛烈な数のフラッシュがまたたき、テレビクルーの照明が煌々と灯った。救急救命士たちにつき添われ、自分の足で救急車へと乗り込む者もいたが、担架で担ぎ込まれる者もある。その多くがハンカチなどで顔を隠し、しかもマスクをつけていた。部屋にいたときには誰もしていなかったのだから、マスクをする目的が感染防止でないことは明らかだった。

「親父さんが心配してたぞ」

重森に話しかけられ、健斗はそのほうに顔を転じた。その声には温かみがあり、心を開く気持ちにしてくれるものだった。

「父さんに会ったんですか？」

「事務所がコロナ騒動になったときに駆けつけたし、その後、病院のベッドにも見舞ったよ。そのとき、おまえの話を聞いたんだ。——親父のために、こんなことをしたのか？」

訊かれた意味がわからずに戸惑う健斗を見て、重森は察したようだった。

「親父は関係ないか……。そうすると、部屋に早乙女興業と対立する郷党会の会長たちがいることについても、何も知らなかったのか？」

「ええ、知りませんでした。でも、あの津川ってやつは、なんとなく俺の顔に見覚えがあるって言ってました……」

「親父と一緒のところを見られたんだろ」

「たぶんそうだと思います。ところで、父さんの容態は……？　大丈夫なんですよね？」

「ああ、命に別状はないそうだ。安心しろ」

重森はそう答えてからいったん口を閉じ、

「早乙女健斗、こっちを見ろ」

と、健斗を自分に正対させた。

心の奥まで覗き込んで来るような目に出くわして、健斗は目をそらしたくなったが、そらさなかった。そうしなくてはいけないときだとわかったのだ。

「正直に答えろ。逮捕時に郷党会の津川が持っていた銃は、おまえが父親の部屋から持ち出したものだな」

「そうです。俺が持ち出したものです」

重森は健斗の顔をじっと見つめ、しばらくしてから再び口を開いた。

「起訴内容を決めるのは俺たちじゃないが、それなりの罪は免れないぞ。覚悟しておけ」

「はい、わかってます。お騒がせして、すみませんでした」

詫びの言葉が、自分でも不思議なぐらいにすんなりと口から出た。頭を下げ、健斗は気になっていたことを確かめることにした。

「おばあちゃんたちは、どうなりましたか……？」

「マンション近くに不審な車両が停まっていたので、職務質問をかけて拘束した。三人からも、すでに大まかに話は聞いてある」

伸び上がるようにして車を駐めた場所のほうを見たが、警察車両の陰で何も見えなかった。

だが、そこから少し目を転じた健斗は、一台のパトカーのすぐ横で、女性警官につき添われて立つおばあちゃんを見つけた。三人別々に話を聞かれているらしく、真希子と澄夫の姿は見えなかった。

「おまわりさん、お願いがあるんだ。ちょっとだけ、おばあちゃんと話したいんだ。頼むよ、おまわりさん」

健斗が重森にそう頼んだとき、おばあちゃんが健斗の視線に気がついた。隣の女性警官に何か言って頭を下げると、その女性警官につき添われてこちらに近づいて来た。

「どうやら向こうも同じ気持ちのようだな」

女性警官が重森に耳打ちし、

「こちらの御婦人が、少しだけおまえと話したいそうだ」

重森が健斗に改めてそう告げると、おばあちゃんはふたりに何度も頭を下げてから健斗の前に立ち、愛(いと)おしそうに見つめて来た。

「ごめんなさいね、健斗君。おかしなことに最後までつきあわせてしまって……。怪我はなかったかしら？　私、あなたと綾乃さんを送り出してから、すぐに後悔したの。もしも何か起こったらどうしようって……」

「大丈夫さ。なんともなかったよ。おばあちゃん、それよりもまたメッセージを送ってもいいかな」

「ええ、もちろんよ。でも、こんなおばあちゃんが相手でいいの？」

「もちろんさ。俺、ネットでおばあちゃんと話してたときが、一番、世界とつながってる気がしたんだ」

「でも、それは……」

「わかってる。これからは少しずつ、ちゃんと本当の世界とつながるようにするよ」

この一晩の出来事は、他人から見ればバカバカしいものだったのかもしれないが、健斗にはちょっとした冒険をやり遂げたような自信になったのだ。もしかしたら、自分の小さな部屋以外にも、どこか生きていける場所が見つかるかもしれない。

「そうだ、まだおばあちゃんのほんとの名前を聞いてなかった。教えてくれよ。名前は何ていうの？」

「あら、そうだったかしら……。私は設楽多恵よ。設備の設に楽しむ、そして、多く恵むと書くわ」

おばあちゃんは乙女みたいに恥じらいながら名前を告げたが、その後、はっと何かを思い出したらしかった。

「そうだ、私ったら、うっかり忘れてました。どのおまわりさんに言ったらいいのかしら……。実は、警察官だと名乗る人から、さっきこんなメッセージが届いたんです」

設楽多恵はそう言ってスマホを取り出し、女性警官や重森、それに重森につき従っている浩介へと視線を巡らせた。

「警察からですか？」重森が訊いた。「どこの警察から、何と言って来たのでしょう？」

「それが、なんだかよくわからない話なの……。東新宿署にいる何とかという人なんだけれど、私の亡くなった亭主のパソコンについて、何か訊きたいことがあるって」

「東新宿署、ですか……」

その言葉に、重森が反応した。

「パソコンがどうしたんです？」

「二年前、修理に出したのよ」

「御主人が？」

「いいえ、主人はもう六年前に亡くなりました。でも、主人が使っていたパソコンが物置として使っている部屋から出て来たので、私が使うことにしたんです。だって、使えるものなら使わなけりゃ勿体ないでしょ」

「ええ、確かに」

「でも、しばらく使ってるうちに動かなくなっちゃったのね。主人の思い出の品だから、直せないかと思ってネットで探したら、もうメーカーが修理しなくなったパソコンを直してくれる専門の業者さんが見つかって、そこに出したんです。だけど、そこが大規模な盗難に遭って、そのパソコンも盗まれたとばかり思っていたら、間違いだったと言って返して来たの」

「なるほど。じゃあ、パソコンはすでに返却されてるわけですね？」

「そうなんだけれど、違うのよ」

「どう違うんでしょう？」

要点がはっきりしない話を、重森は焦れることなく聞いた。

「変なの。この東新宿署のおまわりさんが、ほんとはそのパソコンはやっぱり盗難に遭ってて、それが今、保管庫にあるって言うの。で、私から、事情を詳しく聞きたいって……。でも、そんなことを言われても、私にだって何のことやら……。ねえ、いった何なのかしら……？」

「それで、返信はしたんですか？」

「いいえ、何と返信していいかわからなくて考え込んでたときに、あなたたちが来てしまったから……」

設楽多恵は、そう言ってスマホを重森に差し出した。

重森の唯一の弱点は、最新機器とのつきあいだ。未だに携帯はガラケーのままだし、報告書を仕上げる以外の目的でパソコンを操作した例しがなかった。最後の最後まで手書きで済ませたがっていたひとりなのだ。

一応受け取りはしたものの、まるで爆発するのを恐れるかのように何の操作もしない重森に代わって浩介が操作した。アプリを開いてモニターを見ると、発信元は東新宿署で、発信人には西新宿署の丸山の名前があった。

「メッセの発信人は、西新宿署の丸山さんです」

「なんだと……、丸さんが?」

浩介と重森のふたりは、メッセージに素早く目を通し、

「こりゃあ、至急連絡をして、直接、詳しく話を聞く必要があるな」

重森がそう意見を述べた。

最終章　朝

1

病室の天井が、カーテン越しに差す朝の光でぼおっと明るかった。痛み止めの注射が効いているみたいで、肩の痛みはそれほどひどくはなかったが、こうしてベッドに横になっていてさえ、右肩から指先にかけて、粘土でも張りつけたように重たかった。

それに、首の付け根も傷めたらしい。頭をちょっと動かすだけでも引き攣るような痛みが走る。枕に後頭部を埋めるようにして天井を眺めているしかなくて、横を向くのにも不便だった。

そのことを、ほんのちょっと前に治療を終えて隣のベッドに運ばれて来た新参者に伝えたかった。――おまえを避けるためにこうしてるわけじゃなく、ただ首を動かすのがとても大変なのだと。

だが、まずは向こうから何か言って来るべきではないのか。

「なあ――」

「おい――」

躊躇った挙句、隆司が声をかけようとすると、ちょうど和也のほうからもそう声をかけてきて鉢合わせになってしまった。

「何だよ？　何かあるなら、早く言えよ……」

隆司は天井を見つめたままで和也のことを促してから、

「だけど先に言っておくがな、俺がそっちを向かないのは、別におまえを避けてるわけじゃないぞ。首が痛くて、動かせないんだ」

あわててそう言い足した。

「おまえは動くだろ」

「なんだと」

「おまえは動くだろ……。俺は無理だけれど」

気色ばみそうになった隆司は、首筋の痛みを堪えつつ横を向き、思わず噴き出した。和也は体のあちこちに包帯を巻き、首に巨大なギプスをはめて仰向けに横たわり、じっと天井を睨みつけていた。

笑うと肩や首筋に響いて痛みが増した。

「よせよ、笑わせるな」

「笑わせてなんかねえだろ。この格好のどこがおかしいってんだ」

和也が気色ばむ。首が固定されていて動かせないために、目玉をきょろきょろさせてこっちの様子を窺おうとしていた。

それを見ているとまた笑いの発作が襲ってきたが、隆司は懸命に堪えようとした。

「悪い悪い。おまえの格好を笑ったわけじゃないんだ。ただ……、なんというか……、ふたりとも、無事でよかったと思ってさ……。おまえのとこには、肉切り包丁と拳銃を持った、中国人の店主が乗り込んできただろ」

「おまえは、ナイフを持ったあの店の店員に襲われたんだってな」

ふたりとも傷の治療後に取調べを受け、おおよその事情を警察から聞いていた。隆司が気にして訪ねた中華料理店の店主が、愛人を殺したのは中国人のギャングたちだと勘違いをしてブチ切れ、アジトであるファッションホテルへと武器を持って乗り込んだのだそうだ。

いつも厨房で物静かに、どこか不機嫌そうに、しかしそれなりに美味い料理を作っていたあの主人が、裏では新宿に暮らす中国人たちの不法送金の窓口になっていたとのことだった。あの店主が金を集め、それを中国元に換算した金額を、大陸内の仲間が直接送金先へと送る。店主が集めた日本円のほうは、日本国内にいる別の仲間へと流れてその資金源となる。つまり、同じ金額が双方で動くようにしてバランスを取るのだ。

新宿で働く中国人たちの中には、ギャング団に高い仲介料を払い、借金を背負い、日本へ来て働いてそれを返す契約を結んでいる者もいる。あの店主は、そうした人間の集金役も兼ねていたが、コロナの影響で様々な不都合が起こった。ギャング団の連中は、大陸からの指令を受けて今までにも何度かあの店主を締め上げ、集金を急かしていたらしかった。

そんな中、昨日の日暮れどきに、店主の年の離れた妻の従姉に当たる女性が襲われた。実際にはその女性と密かに肉体関係にあった店員の男が痴話げんかから強く押したのが原因で、打ちどころが悪くて死んでしまったのだが、それを隠すしかない店員は、ギャング団の連中が彼女につきまとっていたという話をでっち上げて店主に聞かせた。

実はこの店主はとんでもない男で、日本への永住を条件に親子ほども歳が離れた女を妻にして大陸から連れて来たあと、やはり日本に来たがっていた彼女の従姉も親切ヅラをして呼び寄せた挙句、強引に迫って肉体関係を持ってしまっていた。

この所有欲の強い男は、自分が手をつけた女をギャングたちに殺されたと信じ込んでキレたのだった。

「まあ、俺からすると、あの無茶な男が乗り込んで来たから助かったんだ。あのままだったら、どうなっていたかわからないよ——」

和也が少ししんみりと言ってから、こう主張した。

「だけど、俺は、おまえのことは何も言わなかったぜ。全部ひとりでやったことだと押し通して、中国人の連中にも、警察にも、おまえのことは何も言わなかった」

「わかってるよ。おまえはいいやつさ」

「悪かったな、おまえをこんなことに引き込んで……」

「おまえのせいじゃないよ……。俺だって、自分で手を出したんだ」

「おい、少しうるさいぞ」

入り口を見張る警察官に注意され、ふたりはあわてて黙り込んだ。

それから少し経った頃、廊下のほうから何人かの話し声が近づいて来て、

「親父……」

天井をぼんやり眺めていた隆司は、和也が小声でつぶやくのを聞いた。不確かなことを、誰かに訊いて確かめるみたいな口調だった。

病室の入り口に人の気配がし、隆司が首筋の痛みを堪えながら見ると、五十過ぎぐらいの夫婦らしき男女と三十代ぐらいの男とが、制服警官につき添われて立っていた。彼らはそろって警官に頭を下げ、入り口寄りにある和也のベッドへと飛んで来た。

「父さん、母さん……」

和也がつぶやき、父親がそれに応えて口を開いた。

「警察の人の好意で、一、二分だけの約束で入れてもらったんだ。時間がないから、要件を言うぞ。おまえの借金の話は聞いた。そのことはもう心配するな。払う必要があるのならば、父さんが立て替えて払ってやる。出世払いで返してくれればいいさ。だが、そもそも不当な利子を請求している可能性もあるみたいだから、まずは弁護士さんに相談してみることにした。だから、心配は要らないからな」

「そうだよ。大丈夫だからね……。和也、なんで早くに相談してくれなかったんだね……。そしたら、母さんだって少しはへそくりがあるし……」

母親が言い、和也の体にすがるようにして泣き始めた。

「でもさ、迷惑をかけられねえから……」

和也が涙声でそう言いかけると、

「馬鹿野郎、水臭えことを言ってるんじゃねえぞ。このあとどんなふうになろうと心配は要らねえから……。兄ちゃんもついてるからな。だから、気を強く持って、迷惑をかけた人にはきちんと詫びるんだ」

兄がそれに押しかぶせるように言うのを聞きながら、隆司は天井に向き直った。首筋の痛みを堪えてまで、いつまでも好き好んで見ている光景じゃなかった。

（なんだ、こいつにゃ、良い家族があったんじゃねえか……）

胸の中でつぶやいてみると予期せぬスピードで苦いものが広がり、あっという間に胸の中をいっぱいに占めた。

隆司とは違った。

隆司の家族がこうしてやって来るようなことは、間違ってもないのだ。父はもう死んでしまったし、新たに所帯を持った男と母が、父の生前からこっそりつきあっていたらしいと知って以降、あの女とはただの一度も会っていなかった。もしかしたら息子会いたさに向こうから何か言って来るのではないかという密かな期待も、裏切られつづけてもう何年にもなる。

「すみません、ほんの一言話したら帰りますので」

聞き慣れた声がして、隆司は幻かと我が耳を疑った。

「親方……」

入り口に立つ人を見て、一瞬、首筋の痛みを忘れた。

舞台監督である「親方」は入り口の警官に頭を下げたあと、和也の家族たちにも何度となく頭を下げながら、奥のベッドに横たわる隆司のほうへと近づいて来た。

ベッドサイドに立ち、言葉に詰まった様子でしばらく隆司を見つめていたが、やがて体を屈めて手を取った。

「隆司、勘弁してくれ。決しておまえのことを忘れてたわけじゃないんだ……。だけど、俺も大変でな……。おまえらのことが気になっていたのに、どうすることもできなかった……。だが、今度、政府から給付金が出るみたいだし、なんとか必死で乗り切るつもりだ……。だから、また一緒にいい舞台を作ろう……」

親方は両手で隆司の手を固く握り、のしかからんばかりに顔を寄せて来た。

（そうか、これは幻じゃない……）

隆司の喉（のど）から嗚咽（おえつ）が漏れた。

「おい、子供みたいに泣くんじゃねえよ……。みっともねえだろ……」

隣のベッドから和也の声がしたが、やっぱり涙で声が詰まっている。

「おまえもじゃねえか……」

隆司が言い返す声も涙で詰まり、ふたりの若者はしばらく子供のように泣きじゃくるのをとめられなかった。

2

シフトの交代時間が来て、やはり近隣署から派遣されて来た警察官へと業務の引き継ぎを終えた。引き継ぎ自体は簡単なものだったが、つい数時間前に行なわれた逮捕劇の事後処理には、多大な労力と時間を取られ、丸山は今なお夏井に手伝わせて報告書を仕上げているところだった。

気がつくと、何年かぶりに、一睡もせずに朝を迎えたことになる。快晴の強い日差しが窓を明るく浮かび上がらせていて、そこに視線をとめると目の奥にジーンとしこったような痛みが広がった。

しかし、紛れもなくそれは、心地のいい疲れだった。

内勤警官として忘れていた感覚を、実に久々に思い出したのだ。

夏井もまた同じような高揚を覚えていることは、目の光や少し上気したように火照った頬、それに担当刑事たちの質問に答えてこの一晩の出来事をすらすらと語る、その話し振りからもたやすく想像がついた。

こういった高揚感がデカを育てる。警察学校を出て日々の任務を着実にこなしていくことに夢中の新米警官を、本物の警察官へと成長させるのだ。

事件の幕切れはあっけなかった。

だが、事件とは、そんなふうにあっけなく幕を閉じるのが多いことも丸山は知っていた。

設楽多恵宛にメッセージを発信してから、一時間ほど経った頃――。

もう今夜は何の反応もあるまいと諦めかけていたところに、なぜだか交番勤務の頃の部下だった重森から電話が入った。そして、驚くべきことに、現在、設楽多恵と一緒にいるので、メッセージの内容について、詳しい話を聞かせてほしいと言われたのだった。

今夜の出来事を説明し、設楽多恵が修理に出したパソコンを取り巻く事情について、本人から詳しく話を聞かせてほしいと頼んだところ、重森がすぐに多恵を伴ってやって来た。そして、彼女の口から、設楽家と秦野家のそれぞれ親子三代にわたる関係を知った。一言でいえばそれは、癒着と呼ぶべきものだった。

国有地の払い下げに絡んで秦野越郎が口利きをした疑惑を含むいくつかの秘密について、設楽多恵の亡くなった亭主が生前に書き残していた。パソコンには、そのデータや関係を裏づける写真などが残っているはずだとのことだった。

それをもしも検察に知られたら、秦野たちには命取りになる。だからこそパソコンが東新宿署の証拠保管庫にある間に、証拠隠滅を図る必要があったのだ。

東新宿署の捜査員である金木は、逮捕後に本人が語ったところによれば、ギャンブル絡みで莫大な借金を作ってしまい、その借用書が郷党会に流れて身動きが取れない状態になっていた。

郷党会で今度のことを仕切ったのは、赤坂のマンションで逮捕された津川一郎だった。津川はいわゆる荒事に組を巻き込むことを避け、普段から取引のある中国人のギャング団と金木とを使った。

金木の証言によれば、大量に盗まれた宅配便の荷物の中に爆弾を紛れ込ませ、保管庫ごと吹き飛ばしてしまうというのは、中国人のギャング団が思いついたアイデアだった。このため、事情を知らない中国人のコソ泥ふたりに宅配便の荷物を盗んで回らせ、買い取ると約束をした場所に金木が出向いて捕まえる予定だった。

盗品の数が多い上に、東新宿署管内で東新宿署所属の捜査員が逮捕をすれば、証拠品が東新宿署の証拠保管庫に納められるのは自然な流れだった。ところが、制服警官の内藤章助によってコソ泥のバンが怪しまれ、あわてて逃げ出したところでトラックに衝突して、車内のコソ泥ふたりとともに荷物はすべて吹き飛んでしまった。

検察庁に証拠が移される翌朝までには、なんとかパソコンを処分する必要があると、郷党会の津川は金木に迫った。それをたまたま新宿中央病院の職員用出入り口で、丸山が目撃したのである。

爆弾のような荒っぽい手口は二度は使えない。金木は一計を案じた末、電子機器のデータを破壊する強力な電磁場発生装置を使うことを思いついた。宅配便の荷物に仕立てた箱にその装置を仕込み、大量の盗品とともに証拠保管庫に持ち込み、こっそりとスイッチを起動させるのだ。

再び何も事情を知らないコソ泥として日本人のふたりの若者に白羽の矢が立ち、金木は中国人ギャングがこのふたりから盗品を買うと約束した場所に出向いた。

だが、ふたりは盗品の多くを元の場所に返してしまっていて、ミニバンの荷台にはわずか八つの荷物しか残っていなかった。手筈通りに電磁場発生装置を仕込んだ荷物をこの中に紛れ込ませても、こんなものは自分たちが盗んだ中にはなかったと、あとで証言される危険性がある。そうしたら、すぐに捜査の範囲が狭められてしまう。それを懸念した金木は、約束の場所に来ていた和也を中国人のギャング団に引き渡し、犯人は取り逃がしたが手配のミニバンに盗品が残っていたことにして、そこに紛れ込ませた電磁場発生装置を東新宿署の証拠保管庫に持ち込んだのだった。

だが、そのときにはもう、丸山は設楽多恵から話をすべて聞いていた。その上で、捜査員を付近に手配し、金木が現われるのを待ち受けていた。

金木は最初言い逃れを図ったが、身体検査を受け、装置の起動スイッチを身に着けていることが発覚した。

さらには、肉切り包丁と拳銃を持った中国人がギャング団のアジトとなっているファッションホテルに殴り込みに行き、大騒ぎになった。付近の警察官が駆けつけた結果、そこに囚われていた和也の証言を得たことで逃げ道を塞がれたのである。

あのときの金木の顔を思い出すと胸がすく。

この気分は、内勤に回されてからずっと忘れていたものだった。

「丸さん、今回はほんとにお世話になりました。俺、一晩とはいえ、丸さんと仕事ができてよかったっす」

報告書を書き上げ、それを担当の捜査員に渡すと、ふたり残った小会議用の部屋で夏井が言った。

丸山が何か指摘する前にあわてて口を閉じ、

「すみません……。これから、口の利き方もいっそう注意して気をつけます」

ピンと背筋を伸ばして頭を下げる。

「俺のほうこそ、感謝するよ。おまえが相談相手になってくれたから、一晩の間に色々と捜査ができたんだ」

「いやあ……、俺なんかまだまだっすけど。――でも、いつか、丸さんと一緒に仕事がしたいです。丸さん、また刑事課に戻ってください。もしかしたら、今度の手柄で戻れるんじゃないんですか」

丸山は一瞬言葉に詰まり、

「おまえ、俺が元はここの刑事課にいたことを誰かに聞いたのか？」

そう問い返すと、夏井はしまったという顔をした。

「はい……、署の玄関で立番をしてたのが、丸山さんと同じ西新宿署の人間でしたので……。でも、ただの世間話の中で聞いただけです」

「何を聞いたんだ？」

丸山は、苦笑して確かめた。わざわざ「ただの世間話」と断わる以上、何かそれ以上のことを聞いたのだ。

「丸さんが、上層部からの圧力をはねのけ、お偉方の息子を逮捕したと……。違うんですか？」

「まあ、少し違うがな……」

夏井は黙って見つめることで、先を話すのを促した。

それに気づいたが、何も言わないつもりだった。三年間、妻以外の誰にも話したことはなかった。誰も何も訊いてこなかったし、こっちから持ち出す話じゃなかった。たった一晩、たまたま臨時で一緒に夜間勤務をしただけの若者を相手にする話じゃない。

そう思ったにもかかわらず、丸山は納めかけていた椅子を引き直し、改めてそこに腰を下ろした。デスクに肘をつき、両手を口元付近で握り合わせた。

そして、話し始めた。

「三年前だ。この近くに、取り壊し間際でほとんどの人間が立ち退いたビルがあった。その一室に、四人の若者が潜り込み、ドラッグをやっていたんだ。完全に人が立ち退いたあとの空きビルには、管理会社が防犯カメラを取りつけるし、そもそも出入り口をきちんと塞ぐが、立ち退き途中の場合、ビルによっては防犯がおろそかになることがある。そこも、そんな状態だったのさ」

その夜、空き室のはずの部屋から人の声がするので、様子を見に行った亭主が帰って来ないとの通報が、妻からあった。それで駆けつけたパトロール警官が、その部屋の入り口に頭から血を流して倒れている老人を発見したのだった。

警官に抵抗して、三人が逃げた。逃げ遅れた娘だけが、その場で逮捕された。老人は頭蓋骨が陥没しており、搬送された先で息を引き取った。

丸山は、その事件を担当した捜査班の班長だった。

「病院で俺は、その老人に抱きついて泣く奥さんを見た。若いやつみたいに、大声で泣き喚くエネルギーはないさ。だが、体中から痛みを絞り出すみたいに泣いていた。逮捕された娘は、同じ病院の別室にいた。まだ薬の影響が残っていてふらふらしていたよ。脅しつけ、なだめすかして、俺は残りの三人の名前を聞き出した。すると、それから間もなくさ。この三人は逃げる途中で、自動車事故を起こしたことが判明したんだ。スピードを出し過ぎ、カーブでハンドル操作を誤り、頭から電柱に突っ込んだんだ。前の座席にいたふたりはたまたまシートベルトをしていて比較的軽傷で済んだが、後部座席にいた人間は、フロントガラスに頭から突っ込み、ほぼ即死の状態だった。ところで、老人が亡くなっていた現場には、血液が付着した鉛入りのブラックジャックが落ちていた。血痕はなくなった老人のもので、さらにはそこには車を運転していた若者の指紋が付着していた。ブラックジャックは、そいつが『護身用』だと言って持ち歩いていたものだったんだ。当然のことながら、俺はその男を殺人容疑で逮捕した」

丸山は、ざらついた嫌な感情が突如、それも物凄い勢いで込み上げてくるのを感じて口を閉じた。

呼吸を整えながら、チラッと夏井の様子を窺い見ると、励ますようにこっちを見ていた。息子が親父を励ますみたいな顔つきだ。ふとそう思った。

「だが、二、三日で状況が変わった」

「なぜですか？」

「主犯のそいつは、警察庁のあるお偉方の末っ子だったからだ。本庁の人間が乗り込んできて、逮捕した三人を再尋問した。そうしたら、驚くべきことに、三人がそろって供述を変えた。ブラックジャックを使用して老人を殴りつけたのは、逃走中に車の後部シートに乗っていて死んだもうひとりだとな」

「死人に罪を押しつけたのか……」

つぶやくように言う夏井の顔に、青白い怒りの炎が燃えた。デカの顔だった。こういう顔をした男こそが、警察官なのだ。

「そういうことだ」

「でも、丸さんは反対したんでしょ」

「俺は既に、三人の調書を取っていた。俺の部下たちもな」

「それじゃあ……」

「それだけのことさ。上司の決裁がいる」

「じゃあ、その調書は——」

「消えたよ」

「じゃあ、やつらは、どうなったんです……？」

「上の連中の思惑は、情状酌量による執行猶予つきの判決だった。そのために、若者たちはドラッグ使用もそのときが初めてで、決して常習していたわけではないという証人までたくさん集めていた。老人を殴ったのも、死んだ若者がひとりでやったことで、他の三人は奥の部屋にいてそこには居合わせなかったという話が作られていた」

「そんな無茶な……。いくらなんでも、人が死んでるんですよ」

「その通りさ。それじゃあ老人を殺害した罪を、生きている三人の誰も償わないことになる」

「そうですよ。じゃあ……？」

「生き残った若者たちを説得した。男はダメだったが、女のほうは、イザとなると根性が坐っていてな。つれあいを殺された夫人が望んでいるのは真実を知ることだと説得したら、応じてくれたよ。それでも、お偉方の息子はなぜだかやはり情状酌量ってやつが認められ、七年の刑にしかならなかった。模範囚でいれば、もっと早く出て来るはずだ」

「ひどい話だな……。それにしても、よく上司がその新たな調書を認めましたね」

「検事を説得し、検事の前で直接証言させた」

「――――」

夏井が吃驚(びっくり)するのを見て、少しだけ誇らしい気持ちになった。

だが、その後、待っていたのは、三年間の冷や飯暮らしだ。

あの声が、まだ脳裏に張りついている。

死んだ人間より、生きている人間だろ。しかも、それは、同じ警察官の息子なんだぞ……。ちょっと融通(ゆうづう)を利かすだけでいいんだ。何も罪を免(まぬが)れるわけじゃない。それなのに、おまえってやつは……。おまえ、自分が何をやったかわかってるのか。上司の命令を無視して、直接、検事と話すなど前代未聞だぞ。なんて融通が利かない男なんだ。そういう警官とは、一緒に現場に出ることはできない。俺だけじゃない。みんながそう思ってるぞ。この意味がわかるだろ。

丸山がしたことを知ると、上司はそれこそ頭から湯気を立ててなじり、そして、丸山を班長から外した。少しして、異動の内示が出た。異動先は東新宿署から目と鼻の先の西新宿署で、しかもそこの総務課だった。

これだけ見せしめの人事ができるのは、余程上の意向が働いたということだ。

「おまえは絶対マネするな」

「後悔してるんですか……、やったことを？」

「後悔はしてないさ。だが……」

丸山はふっと答えに詰まった。だが……、何なのだろう。

「自分があのまま刑事課にいたら、もっと悪人を逮捕できたと思うことがある」

言葉を選んでそう言ってみたが、何か嘘(うそ)が混じっているような気がした。

「そうですよ。だから、また刑事課に戻ってください。俺も頑張って、早く捜査員になれるようにします」

顔を輝かせて言う夏井に微笑(ほほえ)みかけると、

「世話になったな。さすがに疲れた。俺はそろそろ行くよ」

丸山は椅子から体を持ち上げた。

3

「ありがとう、重森さん。心から礼を言うぜ」

礼を述べながらベッドに置き上がろうとする早乙女源蔵を、重森と浩介のふたりはあわてとめた。

「いいから、そのまま寝てろよ」

そう言って聞かせたのにもかかわらず上半身を起こし、早乙女は重森たちに深々と頭を下げた。

「これこの通りだ。ありがとう。あの馬鹿が、もしも間違って拳銃を誰かにぶっ放してたらと思うと、心配でおちおち眠れなかった……」

その言葉を裏づけるように、早乙女は赤い目をしていた。一晩が経ち、すっかり憔悴して頬がこけていた。右腕の血管には、今なお点滴の針が刺さっており、それは脱水症状の治療と栄養補給をするためのものだった。

「それにしても、あの臆病者が、よくそんなセレブの集まりへと乗り込んだもんだな」

早乙女がつぶやくように言った。苦笑を浮かべつつ、満更ではない感じだった。捜査上、話せないことは抜きにして、早乙女健斗の一晩の行動のあらましはもう話してあった。

「誰か一緒に行くことが条件だったらしい。やったことは褒められたもんじゃないが、おまえさんが心配するよりもずっとしっかりしてるのかもしれないぜ」

「そうかな。ま、わからねえが、罪を償うのにしばらく食らい込むのも、良い人生修行になるだろうよ」

「食らい込むことについちゃ、自分の心配をしろよ。銃刀法違反はおまえさんこそ該当するし、事務所兼自宅から、色々とまずいものが出てるみたいだぞ」

「ふん、家宅捜索令状もなしに入ったじゃねえか。俺は一一九番はしたが、警察を呼んだ覚えはねえぞ。弁護士をつけて、徹底的に闘ってやる」

ぽんぽんと言葉のやりとりをしてから、

「そうだ、おまえにひとつ見てもらいたいものがあったんだ」

重森はそう告げ、浩介が操作したタブレットを早乙女に見せた。そこには、津川に例の培養液を売りつけた男の顔を、斜め上から捉えた写真が表示されていた。浩介が、津川の立ち寄り先であるファッションヘルスの防犯カメラで見つけたものだった。

「ああ、こいつだ。車に乗り込んできて上手いこと言い、俺に培養液を売りつけたのはこの野郎だぜ」

その画像を一目見るなり、早乙女は勢い込んで答え、「この写真をどこで撮ったんだ？」と身を乗り出して来た。

「それは言えない」

「だが、身元はわかったんだろ？　もうパクったのかい？」

「いいや、まだ捜査中だ」

「そしたら、何かわかったら教えてくれ」

「ああ、わかったよ。じゃ、体に気をつけてな」

ベッドサイドの丸椅子から腰を上げる重森を、

「そうだ、ちょっと待ってくれ」

と、早乙女が引き留めた。

「あんたが言ってた、立木卓の件さ。あのあと考えたんだが、ひとりだけあいつと親しくしていた男がいた。もっとも、立木がムショにいる間にそいつは足を洗ったんで、今でも連絡を取り合ってるかは保証できないが、もしかしたら何か知ってるかもしれん。ネパール人の女と結婚して、高田馬場でネパール料理の店をやってる。俺のスマホに、店の番号がある。プライベートで使ってるスマホのほうだ。サツが持って行っちまったんで手元にないがな、あんたが調べりゃいい」

4

病院の朝食時間は比較的早いので、そろそろ起きているかもしれない。そう思いつつ新宿中央病院の正面ゲートを入った丸山は、駐車場を横切り、裏庭を目指して急いでいた。だが、救急搬送口を横目にしながら足早に過ぎ、職員用の出入り口も同じようにしかけたときのことだった。その近くの吸い殻入れのところに立って、たばこをふかしている看護師が見えた。松崎里奈だった。

彼女のほうもちょうどこちらを向いたところだったので、期せずして目が合った。

「おはようございます。やっと落ち着いて喫えましたか」

丸山は、そんな軽口を叩きながら歩みを緩め、立ちどまった。

「ああ……、はい……。ちょっと休憩してたところです……」

里奈は微笑んだが、空気の抜けたボールみたいな反応だ。朝の光の中で見ると、顔がとても疲れている。改めて看護師という仕事の大変さを垣間見る思いがする。

彼女はちょっと前に煙を吐いたところだったが、人前で喫煙をするところを見られたくないのか、火のついたたばこを指先に挟んだまま、もう一度唇に運ぼうとはしなかった。

「丸山さんは、まだお仕事ですか――?」

そう訊かれ、昨夜もここでばったり出くわしたとき、松崎里奈が自分のことを捜査関係者だと勘違いしていたことを思い出した。警察でどんな仕事をしているかまでは話していないのだ。

「いえ、まあ……」

丸山は言葉を濁しかけたが、やはりちゃんと答えることにした。

「夜勤が少し前に明けました。自分は、捜査畑じゃないんです。妻の顔を見られないかと思って、家に帰る途中でやって来たんですよ」

「あら、そうでしたか……。でも、こんな時間に……」

「裏庭から三階を見上げると、談話室の窓が見えるんです」

「そしたら、そこに奥様が……?」

「まあ、朝はいないでしょうけれど……。秘密にしてくれますか。いつもは、勤務帰りにそうやって顔を見ては携帯で話してたんです」

「あらまあ、そうでしたか。ええ、もちろん秘密にしますわ。ここだけの秘密。じゃ、わざわざ毎日……。奥様は、幸せですね」

（そうだ、この看護師に相談してみたらどうだろう）

丸山は、そう思いついた。このコロナ下に於ける自分と妻の未来について、誰か信頼できる人に意見を聞きたかったのだ。

だが、口を開こうとする丸山の前で、松崎里奈は深く肺の奥まで染み渡らせたたばこの煙を吐くと、

「あのぉ……、丸山さん、私……。ちょっとどなたかに意見を聞いてみたいことがあったんです……」

彼女のほうから相談を持ちかけて来た。

「何です？　何でしょうか？」

丸山が尋ねると、しかし、彼女はうつむいて黙り込んでしまった。話すか話すまいか、やっぱり迷っているらしかった。手元のたばこにとめていた視線を動かしてチラッと丸山を見たが、なんだか巣穴の奥から外の様子を窺う小動物みたいな目をしている。

「いえ……、やっぱりいいです……。何でもないんです……」

　あわてて言いながら、たばこの先端を吸い殻入れのふちに擦りつけて消した。

「妻がお世話になっておりますし、もし私でよければ話してみていただけませんか」

　相手が立ち去ってしまいそうな気配を察し、丸山はあわてて言った。

「いえ、なんでもないんです……。ただ、コロナ騒動の中で、昨夜は色々な事件に関係した患者さんが搬送されて来たものですから……」

　しばらく待ってみたが、それで終わりのようだった。

「はい。存じています。大変でしたね――」

「いえ、それが私の仕事ですから」

　背筋を伸ばし、凛として言おうとしたらしいが、それほど成功しているようには見えなかった。

「ええと、例えばどんな……？」

「はっ……？　何です？」

「いえ……、例えば、どんなことがあったのかと思いまして……。人に話せば、気持ちが楽になることがあるものです。ですから、もしも私でよければ、話してみませんか……」

　極力穏やかで優しげな顔と口調を心がけつつ話しかけてみたが、彼女はまたちょっと迷うようにしてから、結局、首を振って微笑んだ。

「ありがとう。でも、大丈夫です……。ここで、丸山さんのような方とこうしてばったり会えただけで充分ですから、早く奥様のところへ行ってさしあげてください。私は、本当に大丈夫ですから……」

そうか、彼女の中のタイミングは過ぎてしまったのだ。誰かに気持ちを打ち明けて、聞いてもらいたいというタイミングは。

丸山自身がそうだから、よくわかった。人に話せば気持ちが楽になると思っても、そんなことなどできない人間はごまんといるのだ。

「本当に大丈夫ですか……？」

「大丈夫。さあ、奥様のところへ早く」

明るく返され、丸山は頭を下げて背中を向けた。

建物の角を曲がる前にチラッと背後を振り返ると、里奈は新しいたばこに火をつけようとしていた。

（どうも気になる……）

チラッとそんな思いがよぎったが、それはすぐに心の片隅へと追いやられた。いつもと同じ三階の窓に、妻が立っているのが見えたためだった。

丸山は、驚いた。昨夜につづいて、こういう偶然を何というのだったか……。そうだ、シンクロニシティーだ。暇(ひま)つぶしに読んだ雑誌で目にしたことがある。

携帯電話が鳴り、すぐに妻の弾む声が聞こえた。

「びっくりしちゃった。いったい、どうしたのこんな朝早くに？　もしかして、勤務が終わったところ――？」

「ああ、すっかり長引いてしまって、ちょっと前に終わったんだ」

丸山はそう答えると、もう堰が切れてしまった。

「実はな、瑤子。事件をひとつ、この俺の手で解決した。昨夜、ミニバンの爆発事件があったろ。あのホシをパクった。そいつは、昔の俺の同僚で、俺が夜勤で守ってた証拠保管庫にあるパソコンを狙ってたんだ。同じ署の人間なら、なあなあで保管庫から出し、データを完全消去して戻せると思ったんだろう。ところが、どっこい、東新宿署のコロナ騒動で、保管庫を守ってたのはこの俺さ。正式な手続きを踏まない限りは、何人たりとも証拠品には一切手を触れさせない。それで、困っちまって、色々と小細工をしたわけさ」

「ま、詳しい話はできないんだが――」

べらべらと夢中で喋ってしまってから、自分の子供じみた行為が恥ずかしくなり、

と、遅ればせながらつけ足した。

「とにかく、すごくすがすがしい気分だ。それで、まあ、もしかしたらおまえがもう起きてるかと思って、帰る前に寄ってみることにしたのさ」

「そうだったのね、おめでとう。あなたはやっぱり、捜査員に向いてるんだわ。私にはそれがわかってる。あとは、警察がいつそれに気づくかよ」

「ああ、そうだな……。それで、体調はどうだい？」

「ええ、気分がいいわ。今朝は気持ちよく目が覚めたの。天気もいいし。それで、ここから外を眺めてたのよ。そしたら、こうしてあなたが来て、良い話を聞けたんだもの。とっても気分がいいわ」

「そっか。それはよかった。ええと、そろそろ朝食の時間か？」

「そうね……。でも、まだしばらく大丈夫よ。もうちょっと話を聞かせて。もちろん、話せる範囲で構わないから」

「ああ、そうだな」

丸山はひとつ、深呼吸をした。上着の襟を指先で撫でおろして、居住まいを正した。そうするほんの短い間に、自分の決心に何ら変化がないことを確かめた。

「それよりも、おまえに提案があるんだ。俺は……、つまり、色々考えたんだが、新型コロナでみんなが大変なのはわかる。病院だって、みんな必死になって、この状況と闘おうとしてくれてるんだろう……。だけど、それでも入院している患者に、身内が一切会えないというのは、やっぱり間違いだと思うんだ……」

丸山はそこまで言うと一度口を閉じ、窓辺の妻の様子を窺った。妻は黙ってこちらを見下ろすだけで、耳元に当てた携帯電話からも、ただ静かに息遣いが伝わるだけだった。

「つまり、これからしようとする大事な話も、直接、近くでおまえに話せない。こうして、何もかも電話でしか言えないなんて、おかしいことだ。そうだろ？」

「ええ、そうね――」

もう一度口を閉じてみると、妻は少し間をあけてからそう応じた。

「だから、色々考えたんだが、おまえを家に連れて帰りたいと思うんだ。おまえの体のことを思えば、病院にいるほうがいいのかもしれない。もしもコロナに感染したら、おまえのような、つまり、強い薬で病気と闘っている人間は危険なのかもしれない……。だが、つまり、こういうことは……」

「私もあなたの傍がいいわ」

瑤子が言った。明るく、そして躊躇いのない口調だった。出会ったときから、彼女がいつでもそんなふうに何かを言えば、ふたりにとってはそれが決定事項だった。

「いいのか……？」

「ええ。だって、あなたの傍がいいもの。ふたりで頑張りましょう。色々調べればいいわ。必要なことは、助けてくれる人がきっといるはず」

「ああ、そうだな……。わからないことは、俺が色々調べるよ。訪問医療や看護など、お願いできるシステムがいくつかあるみたいなんだ」

「看取りの手助けでしょ」

「――」

丸山は、そんな言葉に簡単に動揺してしまう自分を見せたくなかった。

「私ね、ここにいたまま、独り(ひと)で死ぬのは嫌……」

「――――」

「独りでその日が来るのを待つのは、嫌。それは、絶対に間違ってるわ」

「瑤子……」

「私はあなたの傍がいい。こんなコロナの中で病院を出て行くなんてと、看護師さんや先生は反対するかもしれない。私たちのことを、間違っていると思うかもしれない。でも、それは看護師さんや先生にとっての間違いであって、私たちにとってじゃないわ。私は、あなたの傍がいいの。私を早くここから連れ出してちょうだい」

「大丈夫だ。一緒に家に帰ろう。そして、俺はずっとおまえの傍にいる。俺は警察を辞(や)めるつもりだ」

「待って……。そんな必要はないのよ……。だって、あなたは長い間ずっと……」

「何も言わないでくれ。もう、決めたんだ。すまなかった。おまえの病気が再発したとき、すぐに警察を辞める決断をするべきだったんだ。それなのに、俺は、自分のこだわりが捨てられなかった。俺を刑事課から外した上層部への怒りで、決して自分からは警察を辞めないと決めた気持ちを捨てられなかった。しかし、そんなこだわりには意味はなかった……。定年まで警察官をつづけることに意味はない。それが、昨夜、はっきりわかった。三年前、俺は警察官としての仕事をしたんだ。それでいい」

（そうか……。夏井に対しても、本当はこう言いたかったのだ。ただ、警察官としての仕事をしただけだと……）

「そしたら、あなた……」

「ああ。だから、少しだけ待っててくれ。なあに、長いことじゃないさ。今の上司に事情を話し、辞表を出して来る」

「ほんとに、それでいいの？」

「もちろんだ。俺だって、おまえの傍がいい」

「わかったわ。それじゃ、待ってる」

そろそろ朝食の時間だぞ、と言って、丸山は話を切り上げることにした。自宅で少し眠ったあと、午後にはまた訪ねて来るので、そのときに改めて話をしようと言った。

あとは夫婦で決めた通りに進むだけだ。瑤子が言うように、確かに医者や看護師は反対するかもしれない。しかし、もう迷うまい。ふたりで決めたことが、ふたりにとっては最良の決断に決まっていた。今までだって、ずっとそうだったのだ。

妻が窓辺から立ち去るのを確かめ、丸山は歩き出した。しかし、建物の角を曲がるとともに、掻き消せない事実が押し寄せてきて息が詰まりそうになった。

（瑤子はやがていなくなってしまう……）

愛しい女性が、自分ひとりを残していなくなってしまう理不尽さへの怒りから、不覚にも涙が込み上げてきた。

（くそ、俺は独りになってしまうのだ……）

瑤子のいない家の味気なさを思うと、帰宅するのが怖かった。一刻たりとも、彼女の傍を離れたくない。彼女といるときだけが、本当の自分でいられる気がした。もしも夏井が知ったら驚くだろうが、もうすぐ還暦の男だって、女のことを思って涙を流すのだ。

目頭を熱くしているものを拭い去り、職員用の出入り口を通り過ぎようとしたとき、何かが丸山の歩みをとめさせた。

松崎里奈はもういなくなっていた。出入り口の傍に置かれた箱型の吸い殻入れが、朝の日だまりでぽっと浮かび上がって見えた。

ぼんやりとした不安が、心の底に横たわっていた。自分はとても大事な何かを見過ごしたのではないか……。ふっとそんな気がして、堪らなく不安な気持ちになった。

丸山は、日だまりに置かれた箱型の吸い殻入れへと向かった。さっき、自分は、この中に何か気になるものを見たのだ。それなのに、自分の話に夢中になって、それに注意を払おうとはしなかった。自分の置かれた状況を松崎里奈に打ち明けて相談するべきかどうかと、そんなことばかりに気を取られ、目にしたものの意味を考えようとしなかった……。

吸い殻入れの前に立った丸山は、消煙用の砂利石が入った四角い皿の中を覗いた。白い砂利の中に、吸い殻がいくつも落ちていた。その中の大半が、女性向けの細いメンソールだった。松崎里奈が喫っていた銘柄だ。しかも、ほんのちょっと前に喫ったものらしく、まだ新しい。

三本、四本、五本、六本……。

数えるうちに、坂道を転げ落ちるように不安が増した。日差しが雲の後ろに翳って日だまりが消え、日陰に溜まっていた冷たい空気が流れて来た。

(彼女は、いったいここで、どれだけの間たばこを喫っていたのだろう……)

職員用出入り口のドアが開き、丸山はドキッとして目をやった。

制服警官がふたり、ドアから出て来た。そのうちの年上のほうが、丸山を見て相好を崩した。

「あ、丸山さん。御無沙汰してます。どうしたんですか、こんなところで?」

山口勉だった。昔、この男が東新宿署管轄の交番勤務だったとき以来の顔見知りだ。そういえば、この男は今、重森の下にいるはずだった。

「まあ、ちょっとな……。ところで、おまえ、今、看護師とすれ違わなかったか?」

丸山の様子に、何かただならぬものを感じたのかもしれない、隣の若い警官と顔を見合わせてから、

「ええ、エレヴェーターのところで、ちょうどすれ違いましたけれど、それが何か

――？」

山口が答え、

「看護師長の松崎さんですよ」

一緒にいる若いほうがそうつけ足した。

「彼女を知ってるのか？」

「はい。昨夜、色々世話になったんです。爆発事件があったり、若い女性が殴られて亡くなったり、色んなことがありましたので――」

「若い女性というのは、中華料理屋の店員のことだろ？　急に容態が悪化して亡くなったと聞いたが」

「ええ、そうです。それで、店の主人が救急外来に怒鳴り込んできて、大変だったんですよ。死に目に会えなかったのは、おまえのせいだと言って、ものすごい勢いで松崎さんを怒鳴りつけて……。結局、店主は、その店員とデキてたんです」

「彼女の担当する救急外来は、一階の奥だろ……。彼女は、どうしてエレヴェーターに乗ったんだ？」

「さあ、そう言われても……。いったい、どうしたんです……？」

（まさか……）

とは思った。だが、警察官としての長い経験から、丸山にはひとつわかっていることがあった。まさか、と思わせる人間こそが危ないのだ。そういう人間の中では、ピンと糸が張りつめている。そんな状態で、毎日を乗り切っている。そして、平静を装って、人のために尽くしている。松崎里奈のようにだ……。

今から思えば、彼女は危険信号を出していた気がする。SOSを出していたのだ。それなのに、俺は自分の抱えた問題に夢中で、そのSOSにきちんと気づけなかった。いや、きっと、彼女の周りの誰ひとりとして気づけなかったのではないのか……。

昨夜は、大変な夜だった。暴力団事務所でのコロナのクラスター騒ぎ、宅配便泥棒のミニバンが爆発した爆弾事件、そして、中華料理店の女性店員が死亡した事件。そういったすべての患者が、この新宿中央病院に運び込まれた。彼女は、看護師長として、そのすべてに関わり、必死になって対応していたにちがいない。

昨夜だけじゃない。今度のコロナ騒動が始まってから、それこそ毎日のように、様々な困難な状況と闘ってきたはずだ。普通の人間ならば、神経がすり減ってしまって当然だ……。それなのに、誰からも気にされず、感謝もされず、彼女がそうして尽くすのが当然だという扱いしか受けてこなかったとしたら……。張りつめた糸が、ぷつんと音を立てて切れてしまうのではないか……。

「一緒に来てくれ」

丸山は山口たちふたりに告げ、職員用の出入り口から建物の中へと飛び込んだ。病院の表側とは異なり、長年塗り直しがされずにほったらかされた様子の廊下を奥へと走った。

「いったいどうしたんですか、丸さん……？」

山口が、少し後ろを走りながら訊いて来る。

「俺の思い過ごしならいいんだが、彼女の様子がおかしかった」

「おかしいって……？」

「情緒不安定だ。思い過ごしならいいんだが……」

エレヴェーターホールにたどり着き、丸山はエレヴェーターの位置を示す表示ランプに目を走らせた。

「彼女が乗ったのは、このエレヴェーターです」

山口がその一基の表示を指差した。エレヴェーターは、最上階付近にあった。

「屋上に昇ったのかもしれん」

丸山は、昇りのボタンを押して回った。

「でも……、そんな馬鹿な……。あの看護師長に限って」

若い警官が、つぶやくように言った。

「俺は念のため救急外来に行って確認して来ます。こいつは内藤章助といいます。章助、おまえは丸山さんと一緒に行け。状況がわかったら、無線で連絡を入れる」

「了解しました」

エレヴェーターが到着し、丸山は章助を伴って乗り込んだ。最上階のボタンを押し、あわてて《閉》ボタンも押す。

ドアが閉まり、小さな振動が来て、箱が上昇を始めるが、ドア上の表示ランプはやけにゆっくりとしか動かなかった。

「でも、信じられません……。彼女、二十四時間オープンの保育所にお嬢さんを預けて、昨日は日暮れどきにそこでも会ったんです。まさか、あんな小さなお嬢さんを残して……」

隣に並んだ章助が、やはり表示ランプを一心に見つめたままで言う。

「追い詰められたときというのは、視野がすごく狭くなってしまうものなんだ。子供のことも、親のことも、親友や仕事のことも考えられなくなってしまう。そして、命を断ち切ることが、自分のこの苦しい状況から抜け出す唯一の方法に思えてしまうのさ……」

「でも……、あんなにしっかりした人が……。几帳面で、しっかりしてて……」

章助はそう言いかける途中で息を呑んだ。

「あ……、そういえば……」

「どうした？　どうかしたのか……？」

「思い出したんです。あの人、母親宛ての手紙を、保育園の園長に渡していました。明日、母親が娘を迎えに来たときに、渡してほしいと……。まさか……」

「――――」

エレヴェーターが停止した。最上階だ。飛び出すと、まだオープン前のキャフェテリアの前だった。

「こっちです、丸山さん――」

少し先の廊下に、階段の昇降口があった。章助が先に見つけ、丸山を呼びながら駆け出した。丸山もすぐあとを追う。

章助の無線が鳴り、山口の声が聞こえて来た。

「まずいぞ、章助。彼女の勤務時間は、もう一時間以上前にとっくに終わってる。救急外来には、次のシフトの人間がいた。すぐに俺もそっちへ行く」

章助が、助けを求めるように丸山を見つめる。

「そしたら彼女は、仕事が終わっていたのに、白衣のままで一時間も病院に……」

「大丈夫だ。間に合う。死なせてたまるか」

丸山は断言した。

屋上ドアを開けて外に飛び出した。

春の青空が上空に広がり、屋上を囲む手すりの影が、コンクリートの地面にくっきりと落ちていた。里奈の姿はなかった。

「おまえは向こうを見ろ」

丸山は章助を左へ走らせ、みずからは右側へ走ろうとした。

「待て、内藤。こっちだ！」

だが、すぐに章助を呼びとめた。昇降口から向かって右側の先に、松崎里奈がぽつんとひとりで立っていた。

彼女がいるのは、手すりを越えた向こう側だった。屋上の縁との間の狭い隙間で、こちらに背を向け、大空の青さを独り占めするみたいに立っていたが、丸山たちに気づいて振り向いた。

「松崎さん——」

血相を変えて彼女に走り寄ろうとする章助を、丸山は素早く手で制した。

「よせ」

小声で鋭く命じ、じっと里奈に視線を注ぎつつ、彼女に向かってゆっくりと近づき始めた。

「ああ、丸山さん、奥さんはどうでしたか……？　話せましたか……？」

里奈のほうから先に話しかけてきた。まるで病院の廊下ですれ違って声をかけ合ったみたいに、いつも通りのごく普通の口調であり、表情だった。

「おかげさまで、話せましたよ。それで、改めてあなたに色々相談に乗ってもらいたいと思ってたところでした」

「そうでしたか。そしたら、それはまた改めて今度」

「そうですね。お願いします」

だが、ゆっくりと丸山が近づくに従い、里奈は少しずつ落ち着きをなくした。

「丸山さん、それ以上は近づかないでください」

やがて、震えを帯びた声で言った。

「手すりを越えて、こっちに戻って来てくれませんか？」

「無理です。お願い、それ以上は近づかないで！」

丸山がさらに何歩か近づくと、幼い子供のような金切り声を上げた。目の前に迫った何か怖いものから身を守るように両手を突き出し、その反動でふらふらした。

今にもバランスを崩して後ろに倒れてしまいそうに見え、丸山は恐れからそれ以上進めなくなった。

「お願いです、松崎さん。手すりを越えて、こっちに戻ってきてください」

「放っておいてください。しばらく私をひとりにして」

「それはできない。手すりを両手で摑んでください。そしたら、私がそこに行きますから」

「もう引き返せません」

「なぜですか。そんなことはありません」

「無理なんです。私、疲れてしまって……」

「いいや、引き返せる。手すりを摑むんです」

「疲れたんです、私……、丸山さん！　お願いだから、向こうへ行ってください」

「――――」

「お嬢さんのことを考えてください！」

丸山の少し後方に立っていた章助が、声を張り上げた。

「お願いだから、お嬢さんのことを考えて！　俺はまだ新米で、上手いことは言えないけれど、こんなことは間違ってる。絶対に間違ってます……。母親に手紙を残したのかもしれないが、そんな勝手なことがありますか。お嬢さんは、あなたが来るのを待ってるんですよ。お嬢さんのことを考えてください。頼みます、松崎さん」

「でも……、私、もう、ほんとに疲れてしまったんです。誰も彼も勝手なことばかり……。これ以上は、無理なんです……」

「疲れたなら、休めばいい」

丸山は強い声を出し、勇気を振り絞ってもう一歩彼女に近づいた。

「休めばいいんです」

「そんな無責任なことが許される職場じゃありません……」

「休むのは無責任なことじゃない。休みながら、責任を果たすんです」

「──────」

「私は警察を辞めるつもりです。もう疲れました。妻との時間を、大事にしたいと思います。しかし、あなたはまだ若いんだ。疲れたら休めばいいんです。お嬢さんとの時間を大切にしてください」

丸山はためらったが、打ち明けることにした。

「私は、妻を自宅に連れて帰るつもりです。彼女もＯＫしてくれました。いや、彼女がそう望んだんです。このまま入院をつづけ、三階と裏庭に離れて電話でしか話せないようじゃ、なんというか、それは私たちの人生にとって、正しい選択ではない気がしたんです」

「でも、このコロナ禍で、それは……」

「わかっています。だから、何が起こっても後悔はしないつもりです。しかし、我々だけでは、わからないこともたくさんある。色々と相談に乗ってくれませんか。私が、妻に最後の別れを告げるまで、一緒に見守ってくれませんか」

「私は……」

「あなたの毎日の負担がどれほどのものだったか、残念ながら私には正確なところはわかりません。きっと、あなた以外の誰にもわからないのでしょう。しかし、お願いだから、どうか心を折らないでください。疲れたら休めばいいんだ。休めばいいんです。自分を追いつめて、こんな答えなど出してはいけない。お嬢さんとの生活を考えてください」

「私は……。私は……」

「いいですね、ゆっくり近づきますよ」

微かに顎を引いてうつむく里奈へと、丸山はゆっくりと近づいた。

「さあ、手を出してください——」

柵越しに手を差し伸べ、辛抱強く待った。

やがて差し出された手はガラスのように冷たくて、丸山は思わずそれを両手で握り返した。自分の温もりが伝わるようにと強く握り、さすりながら、願いを込めて呼びかけた。

「さあ、こっちへ来てください」

5

新宿中央病院と隣接する都民の杜公園は、朝日の中で静まり返っていた。コロナ前ならば、ラジオ体操や太極拳、それにいくらか少人数ではあるがヨガのグループなどに集う人で賑わっていたものだが、現在ではどのグループにも自粛の要請が出ていた。

夜明けの青っぽい光が消え、目覚めた鳥たちが公園樹の枝で鳴き競う間を、春めいてきた風に吹かれながら制服警官がふたり歩いていた。昨夜、あの男をここの公園で目撃したという情報を、山口と章助から聞いたばかりだった。

「おい、あれ――」

隣を歩く重森が、つぶやくように言って指差した。

坂下浩介がその先を見ると、誰もいない公園のベンチにひとり、阪神タイガースの野球帽をかぶり、だらっとしたコートを薄手の毛布を体に巻きつけるみたいに着たホームレスが坐り、紙パックの牛乳を細いストローで吸っていた。

浩介と重森が近づいて声をかけようとすると、その前にすっとこちらを向き、

「ああ、旦那。久しぶりです」

と、向こうから声をかけてきた。まるで重森たちがこうしてやって来ることをわかっていたみたいな態度だった。

ホームレス仲間からも、浩介たち新宿を警邏（けいら）する警官たちからも、「教授」と呼ばれている男だった。誰も――新宿の生き字引と呼ばれる重森ですら、この男の本名は知らなかった。「教授」というニックネーム以外には、何もわからない男なのだ。

浩介は、教授の外見の変化に気がついた。いつも伸ばし放題に伸ばした髪が、かつては野球帽の端っこから広がっていたのに、それがすっかりなくなっていた。

「悪いが、帽子を取って顔をよく見せてくれよ」

重森がつづけて言うと、

「よく見ても面白い顔じゃないと思うがな」

教授は茶化すように言ったものの、求めに応じて野球帽を脱いだ。そうすると、今では高校球児でもあまり見かけないぐらいに青々と刈り上げた頭が現われた。

「どうしたんだ、その髪は？」

「なあにね、これから暑くなるからすっきりさせたのさ」

「ついこの間は、サラリーマン風に刈り上げて眼鏡をかけていたんだろ」

髪型や眼鏡でずいぶん人の印象は変わる。津川一郎が行ったファッションヘルスの防犯カメラに映っていたのは、この男なのだ。

浩介たちが「どこかで会ったことがある」と感じつつ誰も言い当てられなかった男の正体を見極めたのは、重森だった。防犯カメラの映像をじっと見つめ、しばらく眉間にしわを寄せていたが、やがて「おい、この男なら、パトロール中に何度も会ってるじゃないか」と微笑んだのである。

それにしても、早乙女と津川というヤクザの車に同じようにするりと滑り込み、口八丁でおかしな培養液を売りつけるなんて、このホームレスのいったいどこにそんな度胸や胆力がひそんでいたのか、浩介には想像がつかなかった。

それだけじゃない。赤坂のあのマンションにオードブルやサンドイッチ、軽食類などの出前を届けた業者を調べたところ、配達を請け負ったアルバイトのひとりが、脅された上に金をチラつかされ、ほんの二、三分だが届け物を妙な男に預けていたことが判明した。

防犯カメラの映像を見せて確認したところ、それもやはりこの男だった。

「なんのことだね、それは？」

と嘯く教授に対して、

「交番に電話を寄越し、俺宛ての伝言を残したのもあんただろ」

重森は、さらにそう指摘した。

電話の主は「先日、重森に命を救われた者だ」と名乗った上で、「大量の急病人が出た」「コロナのクラスターが発生した疑いがある」といった指摘とともに赤坂の住所を告げ、一方的に電話を切ってしまったのだった。以前に教授がホームレス狩りに遭って殴られていたとき、駆けつけて助けたのは、他でもない重森だった。

警察と救急が素早く出動し、あの麻雀部屋の騒動に対応できたのは、その一本の電話のおかげなのだ。

「いいや知らないよ。なんのことだい？」

と、教授は嘯くのをやめなかった。

「そう言うなら仕方がない。交番への電話は録音されないんだ。ま、それを知ってて交番にかけてきたんだろうがな」

重森はぽんと投げ出すように言い、

「隣、いいかい？」

と、教授に許可を求めた。

「どうぞ、別に俺の椅子じゃないさ。坐ってくれよ。立ってられると落ち着かないから、そっちの若いおまわりさんも坐ってくれ」

教授がいるベンチはふたり坐るといっぱいだったが、ほんの少し距離を置いた隣のベンチの端っこに、浩介は教授たちのほうを向いて坐った。

「知ってたかい、旦那。あの秦野って政治家親子は悪い野郎たちでね。今度のコロナ騒動に乗じて、この新宿の土地をあっちこっち買い漁る手引きをしてるんだ」

教授は、唐突に話し始めた。

「やつらの裏には、外資がいるんだぜ。あの秦野の息子のほうは、政治家になる前、アメリカのある有名証券会社でマネージャーをやってた。アジアの、特に日本のマーケットを担当してたのさ。政治家になっても、その当時のつきあいがまったく切れてない。そして、やつは外国の資本家たちのために、コロナで疲弊したこの国の不動産を買い漁ってるんだ。形だけはヤクザをやめて不動産エージェントになった津川って野郎は、その手先のひとりだ」

「外資ってのは、アメリカの証券会社のことか？」

「証券会社もその一員である、巨大な金融資本グループさ。俺はな、旦那、今度のコロナ騒動の陰では、そういうことが世界のあっちこっちで起こってる気がするぜ。少なくとも、この日本じゃ確実に起こってるだろ。観光地では、老舗旅館やホテルがやっぱり次々と安く買い叩かれてるそうじゃねえか。この新宿も見てみろよ。明かりが消えて、看板やネオンまでなくなっちまったビルが山ほどもある。コロナが終息したら、ああいうところはみんな外国人の持ち物になってるんじゃねえのかな……。そもそもこのコロナ騒動自体が、何か得体の知れない大きな意図のために、誰かの手で仕掛けられたものじゃないかって気さえするよ。——もっとも、たかがホームレスがこんなことを言っても、誰も耳を傾けてなどくれないだろうがね」

「今夜のことで、おそらく秦野親子は世間から袋叩きに遭うぞ。一緒にいた、たくさんの人間たちもだ」

「自業自得だろ。世間にゃ自粛だ自粛だと押しつけて、仲間内で馬鹿騒ぎをする連中が集まってたんだ。思いっきり叩かれりゃいいのさ」

「それが今度のことを引き起こした動機か？」

「よせよ、旦那。おかしな言いがかりはつけないでくれ。俺は何もしちゃいねえと言ってるだろ」

「早乙女と津川が、おまえさんから培養液を買ったことを証言するぞ」

「何のことだい？　俺は否定するさ」

ふたりの会話を聞きつつも、やっぱり浩介は半信半疑だった。

赤坂のマンションからは、政治家だけではなく、財界人や芸能人など、数多くの人間たちが病院へ搬送された。その模様を、表に陣取っていたマスコミのカメラが待ち受け、捉えていた。既にネットにはニュースが出回っているし、テレビのワイドショーだってもう大騒ぎになっているはずだ。その大騒動を招いたのが、このホームレスだとは……。それを痛快に思う一方、やっぱり信じられない感じもする。

それに、なぜこの「教授」と呼ばれる男が、外資や政治家の情報に精通しているのかもわからなかった。

教授が突然、浩介のほうを向いた。そして、浩介がたった今思ったことを読んだかのように、にやりとした。

「たかがホームレスが、なぜそんなことを知っているんだ。もしかして、口から出任せを言ってるだけじゃないかと、今、そう思ったのかね?」

「いや……」

相手の心を見透かすような視線に出くわし、浩介は戸惑った。

「隠さないでいいよ、若いおまわりさん。そう思って当然さ。だけれどね、その答えは、おまわりさんが今そう思った心の中にあるのさ」

「――――?」

「俺たちは、どこにでもいるんだぜ。そして、誰からも気にかけられやしねえ。例えばおまわりさんの姿が見えるところじゃ、たとえ何もやってない善良な市民でも、誰もがちょっと身構えるさ。制服ってのは、そういうもんだ。そもそも、注意を引いて目立つために着てるんだろうしね。だけれど、道にホームレスがしゃがみ込んでたって、誰も気にやしねえや。俺たちゃ、道端に落ちてる石ころみたいなもんなんだ。ところが、どっこい、石ころとは違って耳がある。それに気づかない市民どもは、言っちゃまずいような話を、不用意に俺たちの傍でしてるのさ」

「つまり、今度のことを起こすに当たって、あんたの目となり耳となった仲間もいるわけだな？」

　重森の問いかけに、教授はにんまりした。

「人が悪いや、重森さんは。そういうのを、誘導尋問と言うんじゃないのかね。俺は何もしちゃいないと言ってるでしょ。何もかも仮定の話だよ」

「それなら、仮定の話でもう少し聞かせてくれ。培養液は、どうやって作ったんだ？」

「菌の種類は特定できる。黄色ブドウ球菌やセレウス菌など、潜伏期間が短くて症状が比較的ハデな菌を選んで培養するのは、その気になれば簡単だぜ」

「かもな。だが、問題は新型コロナウイルスのほうだ。どうやって培養した？　そもそも、どうやって入手したんだ？　早乙女たちは、弱毒化されたウイルスだという説明を受けたらしいが、そんなことが本当にできるのか？」

「入手なんかしてないさ。当然、培養もしてない」

「仮定の話で構わないと言っただろ。聞かせてくれ」

「だから、入手してないし培養もしてないと言ってるだろ。そんなもの、入っちゃいないんだよ。だから、当然、弱毒化なんかしてねえさ」

「おい……」

「真面目に答えてる。嘘なんかついちゃないよ。ただ、俺たちのホームレス仲間で妙な咳をしてるやつとか、しばらく熱が下がらないやつから、唾液を分けてもらって入れはしたがな。だけど、そんなのはただのおまじないみたいなもんさ。まあ、気は心って程度のものと言ってもいいかもしれねえ」

「ほんとにそれだけなのか……？」

「ああ、ほんとだよ。いくら『教授』と呼ばれてるからといって、俺は何もほんとの『教授』じゃないんだぜ。ただのホームレスだ。そんなやつに、新コロのウイルスを入手できるわけも、ましてやそれを培養したり弱毒化することなんかできるわけがねえだろ」

重森が、困惑を顔ににじませた。

「しかし、PCR検査では、培養液を摂取した何人かに陽性反応が出たんだぞ」

我慢しきれなくなって浩介が問うと、「教授」は楽しそうに笑った。

気色ばむ浩介を手で制し、

「笑ったりして、悪かった。だけれど、おまわりさんが今、自分で言ったじゃないか。何人かに陽性反応が出たと。俺たちだって同じ検査をすれば、誰かが陽性かもしれんよ。パイナップルでも犬でも陽性になるっていうニュースを見たことはないかい？」

浩介と重森は顔を見合わせ、重森が答えた。

「いいや……、そんなニュースがあるのか……？」

「警察官は忙しいから、くだらないニュースは見てる暇がないんだろう。だけれど、俺たちゃ時間がいくらでもあるから、四六時中誰かがラジオをつけてる。テレビを持ってるやつだっているし、毎日、こまめに新聞を拾ってくるやつだっている。世の中のそういうくだらないニュースは、大好きさ。そして、ふっと考えたんだ。パイナップルでも犬でも陽性になるってことは、誰でも陽性になるんじゃないかってな。少なくとも、誰でも陽性になる可能性はあるだろうって。それに、無症状の感染者とか、陽性じゃないのに陽性と出る偽陽性とかもあるって言うだろ」

「じゃ、結局、ただ口から出任せで早乙女と津川を信じ込ませただけだったのか……」

「だから、さっきからそう言ってるじゃねえか。もしかしたら、唾液を分けてくれた仲間の誰かが、ほんとにコロナにかかってたのかもしれん。だけど、そんなこと誰にわかるんだ。誰もホームレスのことなんか気にかけちゃくれねえし、そもそもこの国じゃ、コロナは指定感染症だとか言って保健所が仕切り、ほんの限られた医者しか診（み）ちゃくれねえ。それらしい症状が出たって、自分から検査をしてくれと保健所に願い出るようなやつなど、俺の仲間にゃ誰もいねえよ」

「――――」

「で、どうするね？　俺を逮捕するかい？」

「これだけの騒ぎになったんだ。とにかく、一緒に来てもらうぞ」

「わかったよ」

教授は、あっさりと両手を前に突き出した。

重森が首を振った。

「あんたが今言ったのは、全部、仮定の話なんだろ。参考人として来てもらうだけだ。それより、ここでもうひとつ聞かせてくれ。なぜこんなことをしたんだ？」

突き出した両手を、そっと上から押さえ込むようにして訊いた。

教授はまた人を食ったような顔で何か言おうとしたらしいが、それを呑み込み、真顔で改めて口を開いた。

「この公園も取り壊されちまうらしい」

「――――？」

「前の再開発のときに、ここは公園になった。だが、今度は、ここから西のエリアが開発される。それに合わせて、ここを複合施設にする案が浮上してる。秦野親子が先頭に立ち、都知事や他の政治家たちも巻き込んで推進してるんだ。建前上は、公園は潰されないさ。エリアの一部に高層ビルが建ち、残りは緑化がされるんだとさ。緑を残したまま、住居も商業施設も娯楽施設も入った、未来型の複合ビルとかってやつさ。素晴らしい未来だよ。だけど、はっきりしてるが、そんな場所には俺たちはもう立ち入れない。潜り込んで眠ることも、酒盛りをすることもできやしない。この新宿だって、既にそういう場所ばかりだぜ。せめて、ここはこのまま残しておいてほしいもんだ」

「それが動機か……?」

「さあてね。ほんのイタズラ心ってやつさ。こんな騒動が起こったところで、結局、計画は何も変わらないだろうしな」

教授は嘯き、唇をちょっと歪めて笑った。

「逮捕じゃなくて、よかったんですか?」

教授をパトカーの後部シートに乗せてドアを閉めると、浩介は小声で重森に確かめた。

「全部、仮定の話だと言ってるんだ。しょうがないだろ。それにな、早乙女と津川が、この先、いつまで同じ証言をつづけるかわからんぞ。ヤクザってのは、メンツが大事なのさ。まさか、口八丁のホームレスに引っかかったとは認めたくないはずだ。ウーバーイーツの配達をしていたアルバイトの人間も、この教授らしき男から脅されて金を貰い、二、三分の間だけ荷物を預けたことは認めたが、それでその男が何をしたかは見ていない」

「逮捕しても、起訴には持ち込めないと？」

「さあて、どうかな」

「それにしても、ほんとに犬やパイナップルでもＰＣＲ検査が陽性になるんでしょうか？ どう思います、重森さん？ そんなあいまいな検査によって、世界中が躍らされてるんでしょうか……？」

浩介の問いかけに、重森は静かに首を振った。

「俺にもさっぱりわからんよ……。だが、やがて事実は明らかになるだろ。俺たちは、そう思って、毎日この街の安全を守るだけさ。そうだろ？」

「はい」

重森は、朝の空に向かって伸びをした。

「さて、もうひと踏ん張りだ。教授の身柄を本署に届けたら、早乙女が言っていた立木卓の知り合いの店へ行ってみよう。立木や勝田佳那について、何か聞いているかもしれん」

「高田馬場のネパール料理店ですね」

6

「母さん……」

二十四時間保育の『日の丸園』の入り口に立ち、園長の山根康子に挨拶している老婦人を見て、松崎里奈がつぶやいた。

それはほんの小さなつぶやき声だったが、なぜだか相手には聞こえたようで、老婦人がこちらを振り向いた。娘が制服警官と一緒であることに、一瞬、怪訝そうな顔をしたが、相好を崩し、

「今年はトマトがよかったんで、たくさん持って来たよ。ナスやキュウリも入れて来た」

と、大きな手提げを掲げて見せた。

「重たい思いをして、そんなに持って来なくてもいいのに」

「おまえじゃない。孫に食べさせるためだ。保育園の先生たちにも、今、お裾分けをしたところさ」

そんなやりとりをしてから、

「私の母です……。茨城で農家をやってるんです」

里奈は、いくらか照れ臭そうにして、山口勉と内藤章助、それに自分から申し出て病院

からここまで一緒につき添って来た丸山の三人に彼女を紹介した。

「母です。娘がお世話になっております」

老婦人は型通りの挨拶をした上で、「ええと、こちらのおまわりさんたちは？」と、当然の疑問を口にした。

「我々は、カラスへの警備です。昨夜から、松崎さんの勤務する新宿中央病院には色々とお世話になってまして、今もたまたま病院にいるときに出動命令があったものですから、一緒に来ました」

山口が機転を利かせて答えた。

「私は西新宿署の丸山と申します。妻が入院中で、やはりお嬢さんにはすっかりお世話になっておりまして」

と、丸山がつづけた。

「そうでしたか。こちらこそ、お世話になりまして。それにしても、あのカラスはひどいですね。我が物顔で飛び回っとる。私らのほうじゃ空砲を鳴らすんだが、連中ときたら賢いもんだから、それだってすぐに効果がなくなるんです。やっぱり、ああいうのは専門業者に頼まないと」

「行政にはお願いしてあるんですよ」

傍でやりとりを聞いていた園長の康子が、そう言って話に加わった。

「でも、コロナで人が少なくなっているために、あっちでもこっちでもカラスが我が物顔で巣を作ってるみたいで、なかなか順番が回って来ないんです」

そのとき、保育園の中から保育士に連れられた幼子が出て来て、老婦人が頭の天辺から声を出した。

「ああら、メイちゃん。元気だった？　おばあちゃんのこと、忘れちゃったんじゃない？　茨城のおばあちゃんよ。メイちゃんに会いたくって、飛んで来ちゃったわ」

幼子に走り寄り、その前で屈み込み、自分の頬を擦り寄せた。

「顔をよく見せてちょうだい。大きくなったわね」

祖母の愛撫をしばらく受けた幼子が母親のところへ飛んで行き、腰にまとわりついて甘え始めた。

「そうそう、あなたが園長先生に預けていた手紙を読んだわよ。まったく、あんたは誰に似たんだか、よくぞ自分の母親にここまで細かく指示を出せたもんだわね」

老婦人は娘をそうなじったが、顔に相手を責める雰囲気はなかった。

彼女は娘に近づくと、娘が孫娘を撫でているのとは反対の手をみずからの両手で握って引き寄せた。

「おまえ、大丈夫なのかい？」

「なんで……、大丈夫よ……」

「いいや、ダメだね。きっと、張り切り過ぎてるんだ。家事も仕事も、両方人の何倍もやろうとしてるだろ」

「そんなこと……」

「お父さんが心配してね、しばらくついていてやれと言うんで、着替えも詰めて持って来た。しばらくは、私がこっちに寝泊まりするから、少しペースを落としなさい。園への送り迎えも私がやるつもりで、さっき園長先生に御挨拶してたところさ」

「母さん、もう……」

「いいから。たまには、何も言わずに母親に従うものよ」

松崎里奈の顔に、目には見えない細かい亀裂がいくつも走り、今までとは違った表情が現われた。たぶんこれが、彼女が昔から自分の母親に見せて来た、子供の頃のままの表情なのだ。

(こういう母親が傍にいてくれれば、きっと安心だ)

ふたりのやりとりを聞きながら、章助はそう確信したが、自殺未遂があった場合は、やはり肉親にそれをきちんと報告して注意を促す必要がある。それをするために、丸山もここまで一緒に来てくれたのだ。

彼女につき添っているようにと、山口が目配せで章助に伝えると、

「お母さん、少しあちらで話があるのですが、よろしいですか」

そう切り出し、丸山ともども、里奈の母親と三人で少し離れた場所へと移動した。

松崎里奈はそれを目で追いながら、愛娘を抱き締めていた。

7

早稲田通りにパトカーを停めた。それらしい雰囲気の看板を掲げたネパール料理の店が、ビルの一階に入っていた。

午前中のこの時間だと、まだ誰もいない可能性もあると思ったが、重森とふたりして通りに面した大きなガラス窓から中を覗くと、大して広くない店の奥にある厨房で働く人影が見えた。男がひとりに女がふたり。それぞれが忙しく立ち働いて調理をしている。

「おい、あれ」

重森に耳打ちされ、浩介もすぐに気がついた。厨房に立っている女性の片方が、死体の発見されたマンションの住人が見せてくれた写真の顔と一致した。勝田佳那だ。

入り口のガラス戸を開けようとするとロックされていたが、調理場の人間たちがそれで表に立つ制服警官に気がついた。顔を見合わせ、「自分が行く」と言ったらしい勝田佳那が、ひとり店のフロアを横切って近づいて来た。

ロックを解除してドアを開け、怪訝そうな顔を浩介たちに向けた。

「勝田佳那さんですね？」

重森がそう確認し、

「ええ、そうですけれど……、何か……？」

彼女は、不安そうな表情になった。

「少しお話をうかがいたいんですが、お願いします」

重森は店の外で話したいという意味で言い、体を戸口から引く動作でその意を伝えた。

勝田佳那は、ちらっと後ろを振り向いてから、戸惑い顔で従った。浩介の目に、店のテーブルに並ぶ弁当のプラスティック容器が見えた。コロナの自粛に伴ってデリバリーを始め、朝からその準備をしているところらしかった。

「何なんでしょうか……？　仕事中なので、早く終わらせていただけるとありがたいのですが……」

佳那が訊いた。店の入り口のドアを後ろ手に閉め、自分の小さな体でそこに立ち塞（ふさ）がるようにしていた。

「実は、昨日、あなたが以前に新宿で暮らしていらしたマンションのルーフバルコニーから、男性の死体が発見されました。頭部を強く打って亡くなっていまして、不審死として現在、捜査を行なっています」

「不審死とは……？」

驚いた様子で尋ね返す彼女の顔を、相手に気づかれないように意識しつつ、浩介はじっと観察していた。彼女自身がその男とともにルーフバルコニーに忍び込み、彼女の祖父が言っていた「宝物」を盗んで逃げた張本人かもしれないのだ。

「事故と事件の両方の可能性が考えられるということです」

「それにしても、どうしてあのバルコニーに？」

「あの部屋の鍵は、まだお持ちですか？」

「いえ、もう不動産屋さんに返しましたけれど」

「複製した鍵を持っていたりはしませんか？」

「持ってません、そんなものは……。なぜそんな質問をなさるんですか？」

佳那がいくらか気色ばんだ。重森が発する質問の意図を懸命に考え始めたのが察せられた。

「実はですね、あのルーフバルコニーに並んでいた花壇やプランターの土を、あちこち掘り返した跡があったんです。死んだ男は、そのどこかに宝物が隠されていたものと考え、それを探していたのではないかと思われます」

「宝物って、もしかして、私の祖父が隠したとかいう宝石類とかですか——」

それまで息を詰めるようにして話を聞いていた彼女の表情が、急に緩んだように見えた。

「はい、そうです」

そう答える途中でついには笑い出したので、さすがに重森が気色ばんだ。

「何がおかしいのでしょうか？」

佳那はあわてて笑いを引っ込め、鹿爪顔を繕ったが、笑顔の名残りを消し去ることはできなかった。

「ごめんなさい。だけど、あの花壇やプランターには宝物なんかありません。だって、あれはお祖父さんが亡くなる前に、私が置いたものなんです。病気が悪化し、動くのも段々と不自由になって、ベッドからたくさん花が見たいというので、ホームセンターで土と一緒に買って来て、花の苗をたくさん植えました」

「────」

「そもそも、お祖父さんが吹聴してた『宝物』は全部、治療と介護の費用で消えてしまいました」

重森は一呼吸間を置きつつ、じっと相手の顔に目を据えた。まだ相手の言うことを、全面的には信じていないのだ。

「ところで、立木卓とはどういった関係だったのでしょうか？」

「どうしてそんなことをお訊きになるんですか？」

「立木があなたにしつこくつきまとっていたと言う人がいるんです。あなたと彼の間に何があったのかを、教えていただきたいと思いまして」

「まさか、そのルーフバルコニーの死体が立木卓で、そして、私が彼を殺して宝物を独り占めにしたとでも疑っているんですか？」

丁寧（ていねい）な口調は崩さなかったが、どこか投げやりで棘（とげ）のある感じが生じた。見かけよりも芯の強い女性らしいと、浩介は感じ始めていた。

「様々な可能性を検討する必要があるんです」重森が、辛抱強く応じた。「何しろ、まだ死体の身元が確認できないものですから」

「それならば、可能性はひとつ排除できましたよ。その死体は、立木卓じゃありません」

「なぜそう断言が……」

「だって、彼なら私と一緒に暮らしてますもの」

「――――」

さすがの重森が絶句し、言葉に詰まる横で、浩介はちょっと先の路地から出て来た男に気づいて目をとめた。

男はポロシャツにジャンパー姿で、デザイン無視の腰がゆったりとしたジーンズにウォーキングタイプの革靴を履き、肩がけ鞄（かばん）をかけていた。

ネクタイこそはしていないものの真面目な勤め人風の男には、ヤクザの面影はなかったが、その顔つきは間違いなく前科者のデータにあった立木卓と一致した。

立木は勝田佳那と一緒に立つ制服警官に驚き、足をとめた。しかし、すぐに思い直したようにして、佳那に片手を上げて近づいて来た。

「おまわりさんたちが何を考えているのかわかりませんけれど、ルーフバルコニーの死体はあの人じゃないし、私たちふたりとも、その死体とは何の関係もありません」

勝田佳那は、立木に小さく手を上げ返しつつ言ってから、一呼吸置き、はっきりとした声でこうつけ足した。

「私たち、近々、式を挙げるつもりなんです」

8

太陽がちょうど通りの先に来て、高層ビルの作る日陰が細長く通りの片側に押しやられたために、保育園の前は日だまりとなった。

ぽかぽかしているのはありがたいのだが、丸一日以上眠っていない坂下浩介は睡魔に襲われ、必死になってそれを押しやらなければならなかった。

変な音がして目をやると、少し離れたところに立つ後輩の内藤章助が、いつしか立ったまま居眠りをして、小さな鼾をかいていた。

「おい、章助」

近づいて肩を揺らそうとすると、その直前に章助はグラッとして倒れかけ、それに驚いて自分で目を覚ました。

左右をきょろきょろし、まるで眠ってなどいなかったかのように振る舞おうとしたが、すぐ横に近づいていた浩介に気づいてさすがにきまり悪そうな顔をした。

「ぽかぽかして、眠くなっちまいますね」

周囲をはばかるように小声で言う章助のことを、怒る気にはならなくて、

「ああ、俺もさ……。もうひと踏ん張りだ」

小声でそう応えて浩介は苦笑した。

次のシフトからまだ人手を割けないため、結局昨夜のシフトの浩介と章助が居残る形で、カラスから保育園を守っていた。日が昇ってから、カラスがまた活発に活動を始めていたのだ。

ただし、少し前にやっと専門の業者が現われ、カラスを駆除するために隣のビルに入ったところだった。カラスさえ駆除すれば、たとえ次のシフトの人間が現われなくとも、お役御免で引き揚げられる。もうひと踏ん張りだと声をかけ合い、若い警官ふたりはふたたび保育園の出入り口の左右に分かれて立った。

この一晩の間にふたりが遭遇した様々な出来事については、お互いにいくらかの自慢を交えてすでに披露し終えていた。早乙女興業と津川エージェンシーのこと、早乙女の息子

の健斗のこと、ミニバンが謎の爆発を起こしたことや、東新宿署の刑事で逮捕された金木という男のこと。そこの保管庫を守った丸山のこと、出来心からつまらない盗みを働いた挙句、命の危険にさらされた和也と、その相棒である隆司のこと。真希子と澄夫の姉弟と、ふたりの祖母であり、早乙女健斗とSNSでつながっていた設楽多恵のこと。そして、人を食ったような不思議なホームレスである「教授」のこと……。

たった数時間の間に、様々なことが起こった夜だった。様々な出来事が、見えない糸でお互いに結びついてもいた。

それにしても、勝田佳那が立木卓と所帯を持つ気でいたことには驚いた。ふたりは結婚の約束をして、立木の古い知り合いで今は堅気になっている友人を頼り、その友人が経営するネパール料理店の近くの賃貸マンションに暮らしていたのだった。

佳那はネパール料理店でパートとして働き、立木のほうは、やはり昔の縁で雇ってもらった土木建設会社に通っていた。

二十年近く前に、ドラッグ絡みで知り合って関係を持ったふたりだったが、再会して、お互いがすっかりドラッグとは手を切って立ち直っていることを知った。そのうちに、愛情が芽生え、立木はヤクザから足を洗って彼女と生きて行く決意を固めた。

――そういった話を、立木と佳那のふたりは、あのネパール料理店を訪ねた浩介たちに語ったのである。

（そうしたら、ルーフバルコニーの死体は誰なのだろう……）

結局、その問いは振り出しに戻ってしまったが、捜査は東新宿署から四谷中央署に引き継がれて進んでいる。じきに答えがわかるにちがいない。

「あれ、カラスの声が聞こえなくなりましたね……」

章助がそう話しかけてきて、浩介は空を見渡した。

そういえば、睡魔と闘うことで注意がおろそかになっていたが、いつの間にかあの威嚇する声も聞こえなくなっている。業者が追い払ってくれたのだ。

「よかったわ。カラスがいなくなったみたいですね」

園内から様子を窺っていたらしい園長の山根康子が顔を出し、ほっとした様子で声をかけてきた。

「やっぱり専門の業者は違いますね」

章助が明るい声を出し、三人でうなずき合ったとき、

「あら、何かしら——」

通りを走ってきたパトカーが、隣のビルの前に停まり、中から飛び出した私服警官たちがあわただしくエントランスへと駆け込んで行った。四谷中央署の捜査員たちだった。

事情がわからずに様子を窺っていると、やがて鳥獣駆除業者たちが捜査員につき添われて表に出て来た。何か礼を述べるふうに頭を下げる捜査員に頭を下げ返し、自分たちの車

に乗って姿を消した。

それと入れ替わるようにして今度は鑑識の車両が到着し、中から飛び出してきた鑑識課員たちが、さっきの私服警官と同様にあわただしく建物内へと消えて行く。

ついには我慢しきれなくなった浩介は、捜査員に近づいて声をかけた。

「恐れ入ります。何か進展があったんでしょうか？」

「ああ、カラスさ」

捜査員は、幾分興奮した声でそう答えた。

「遺体が見つかったルーフバルコニーよりもさらに上の屋上に高架水槽があり、その天辺にカラスが巣を作ってた。駆除業者がカラスを追い払って巣を撤去したところ、その中からバルコニーの遺体が身に着けてたと思われる財布やハンカチ、それにキーホルダーなどが出て来たんだ」

「じゃ、カラスが全部盗んでたんですか……？」

「そういうことだな。巣作りに使ってたのさ。財布に入ってた免許証から、遺体の身元が割れた。新谷晃って男だ」

浩介は、捜査員が口にした苗字に聞き覚えがあった。

「あの部屋に暮らしていた老人の長女が、新谷という苗字でした。ええと、フルネームは確か新谷久枝です」

同じ四谷中央署勤務であり、満更知らない顔でない捜査員は、すぐに思い当たった様子でうなずいた。

「そうか、重森さんとおまえが、立木卓のことを調べに早乙女興業へ行ったのだったな」

「はい、そして、東新宿署の捜査員から新谷久枝の話を聞きました」

「うむ、なるほど。新谷晃は、新谷久枝の息子だったよ」

浩介は、早乙女興業を訪ねる直前に、東新宿署の捜査員から無線で聞いた話を思い出した。亡くなった勝田清治の長女である新谷久枝は、「宝物」など父の出任せにすぎないと語ったそうだが、どうやら息子のほうはこの話を信じ込んでいたらしい。

「部屋の売却は、新谷久枝が手伝って進めていたとのことだから、息子の晃は母親の目を盗んで部屋の鍵を持ち出し、複製を作っていたんだろう。これで、誰か共犯者がいて、遺体の身元がわかるようなものを持ち去ったという線は消えてなくなった」

「そうすると、死因のほうも……」

「ああ、当然、見つけた『宝物』を巡って争いになり、倒れた拍子に花壇の角に頭をぶつけたというのも消えたわけさ。遺体の傍には、屋上へと昇る作りつけの梯子があった。おそらくは、あれを昇ろうとして落下し、後頭部をぶつけたんだ。もしかしたら、巣を狙っていると勘違いしたカラスが襲って来て、あわてて手を滑らせたのかもしれないな」

捜査員はそう意見を述べたのち、いくらか厳かな口調でつけ足した。

「いずれにしろ、これで一件落着さ」

9

「さすがに眠いな……。もう、目が塞がっちまいそうだ」

並んで自転車を押しながら、内藤章助が言った。二十四時間保育の保育園をあとにして、歩き出したところだった。

「ああ、俺もさ……。早く寮に帰り、熱いシャワーを浴びて布団にもぐり込みたいよ」

口を開いて言った拍子に、欠伸(あくび)が込み上げそうになり、坂下浩介はあわててそれを噛み殺した。制服警官が街を移動中に欠伸をする姿など、市民に見られたら大変だ。

とはいえ、今日もまた朝の通勤ラッシュの波が収まった今では、街はひっそりと静まり返り、車の往来も歩行者もほとんどなかった。

いつまでこんな状況がつづくのだろう……。

「次の夜勤もまた、こんな大忙しになったら大変ですね」

「だけど、それも悪くないかもしれない。そう思わないか?」

「う〜ん。そうかな……」

「なあ、章助。ほんというと、俺は夜勤のたびに思ってたんだ、この大勢の人間たちを、誰かなんとかしてくれないかって。勝手に飲んだくれて、そこいら中にゲロを吐いて、喧嘩をして……。だけど、新宿って街は、それでつりあいを保っていたのかもしれない……。そんなふうに二十四時間いつでも人であふれ返っているからこそ、新宿なのさ」

「俺もそう思いますよ。新宿は、やっぱり賑やかじゃないと調子が狂っちまいます」

「そうだな。さて、交番へ帰ろう」

章助を促し、自転車にまたがったときだった。浩介は、高層ビルで日差しが遮られた暗がりから、つっと現われた小さな獣に気づいて驚いた。向こうでも足をとめ、小首を傾げるようにして浩介を見つめて来た。

「あれ、変な猫ですね……」

「猫じゃないさ。ハクビシンだよ。故郷じゃ、ときどき見かけるんだ」

「ほんとですか。でも、ここは東京のど真ん中ですよ」

まさか、昨夜出くわしたのと同じやつだろうか……。そう思う間もなく、

「あ、逃げる……」

章助が指差す先で、ハクビシンはさっと身をひるがえした。

ふたりの制服警官をその場に残し、雑居ビルのコンクリート塀を駆け上がり、いずこへともなく姿を消した。

注　本書は令和四年六月に書下ろし単行本として刊行された作品です。また、フィクションであり、登場する人物、および団体名は、実在するものといっさい関係ありません。

——編集部

ナイトシフト

一〇〇字書評

切・り・取・り・線

購買動機（新聞、雑誌名を記入するか、あるいは○をつけてください）

□（　　　　　　　　　　　　　　　）の広告を見て
□（　　　　　　　　　　　　　　　）の書評を見て
□ 知人のすすめで　　　　　　　□ タイトルに惹かれて
□ カバーが良かったから　　　　□ 内容が面白そうだから
□ 好きな作家だから　　　　　　□ 好きな分野の本だから

・最近、最も感銘を受けた作品名をお書き下さい

・あなたのお好きな作家名をお書き下さい

・その他、ご要望がありましたらお書き下さい

住所	〒				
氏名		職業		年齢	
Eメール	※携帯には配信できません	新刊情報等のメール配信を 希望する・しない			

この本の感想を、編集部までお寄せいただけたらありがたく存じます。今後の企画の参考にさせていただきます。Eメールでも結構です。

いただいた「一〇〇字書評」は、新聞・雑誌等に紹介させていただくことがあります。その場合はお礼として特製図書カードを差し上げます。

前ページの原稿用紙に書評をお書きの上、切り取り、左記までお送り下さい。宛先の住所は不要です。

なお、ご記入いただいたお名前、ご住所等は、書評紹介の事前了解、謝礼のお届けのためだけに利用し、そのほかの目的のために利用することはありません。

〒一〇一・八七〇一
祥伝社文庫編集長　清水寿明
電話　〇三（三二六五）二〇八〇

祥伝社ホームページの「ブックレビュー」からも、書き込めます。
www.shodensha.co.jp/bookreview

祥伝社文庫

新宿花園裏交番（しんじゅくはなぞのうらこうばん） ナイトシフト

令和 6 年 5 月 20 日　初版第 1 刷発行

著　者　香納諒一（かのうりょういち）

発行者　辻　浩明

発行所　祥伝社（しょうでんしゃ）

東京都千代田区神田神保町 3-3
〒 101-8701
電話　03（3265）2081（販売部）
電話　03（3265）2080（編集部）
電話　03（3265）3622（業務部）
www.shodensha.co.jp

印刷所　錦明印刷

製本所　ナショナル製本

カバーフォーマットデザイン　芥　陽子

Printed in Japan ©2024, Ryouichi Kanou ISBN978-4-396-35050-5 C0193